# I MITI

D1380197

# Susanna Tamaro

# Susanna Tamaro

# ANIMA MUNDI

Arnoldo
Mondadori
Editore

Il nostro indirizzo Internet è:
http://www.mondadori.com/libri


ISBN 88-04-45463-6


© 1997 Baldini&Castoldi, Milano
I edizione I Miti giugno 1998
Edizione su licenza


Questo volume è stato stampato
presso Arnoldo Mondadori Editore S.p.A.
Stabilimento Nuova Stampa – Cles (TN)
Stampato in Italia – Printed in Italy

# Indice

Non meravigliarti se ho detto: dovete nascere in modo nuovo. Il vento soffia dove vuole:
uno lo sente, ma non può dire da dove viene
né dove va. Lo stesso accade con chiunque
è nato dallo Spirito.

*Giovanni 3.7,8*

# Fuoco

# I

*[handwritten marginal note: poi le chat d'un aiguille ?]*

In principio era il vuoto. Poi il vuoto si è contratto, è diventato più piccolo di una capocchia di spillo. È stata una sua volontà o qualcosa l'ha costretto? Nessuno può saperlo, ciò che è troppo compresso alla fine esplode, con rabbia, con furore. Dal vuoto è nato un intollerabile bagliore, si è sparso nello spazio, non c'era più buio lassù, ma luce. Dalla luce è scaturito l'universo, schegge impazzite di energia proiettate nello spazio e nel tempo. Correndo e correndo, hanno formato le stelle e i pianeti. Il fuoco e la materia. Sarebbe potuto bastare questo, eppure non è bastato. Le molecole di amminoacidi hanno continuato, millennio dopo millennio, a modificarsi finché è nata la vita: microscopici esseri unicellulari che, per respirare, hanno avuto bisogno di un batterio. Da lì, da quelle pozze primordiali, con un movimento progressivo di ordine, ha avuto inizio ogni forma vivente: i grandi cetacei degli abissi e le farfalle, le farfalle e i fiori che ospitano le loro larve. E l'uomo, che invece di andare a quattro zampe si erge su due. Da quattro a due le cose cambiano, il cielo è più vicino, le mani sono sgombre: quattro dita che si muovono e un pollice snodato possono afferrare tutto. E allora è libertà, dominio dello spazio, azione, movimento, possibilità di fare ordine o disordine. Intanto l'universo si apre, le stelle sono sempre più lontane, fuggono ai bordi come palle da biliardo. Tutto questo lo ha fatto qualcuno o è andato avanti da sé, con l'inerzia di una valanga? Si dice:

la materia ha le sue leggi, a quella temperatura, a quelle condizioni non poteva fare altro che questo, l'universo. L'universo e la minuscola galassia con dentro, sospeso, il giardino fiorito della terra. Un centinaio di specie di piante e di animali sarebbe già stato più che sufficiente per trasformare il nostro pianeta in qualcosa di diverso dagli altri. Invece di forme di vita differenti ce ne sono decine e decine di migliaia, nessun uomo in una sola esistenza potrebbe imparare a riconoscerle tutte. Spreco o ricchezza? Se la materia ha le sue leggi, chi ha fatto le leggi della materia? Chi ha fatto ordine? Nessuno? Un dio della luce? O un dio dell'ombra? Quale spirito alimenta chi, programmando una cosa, ne programma anche la sua distruzione? E poi, che importanza può avere? Noi siamo in mezzo, costantemente schiacciati fra i due princìpi. Una forma fugace di ordine, le cellule si aggregano nel nostro corpo, nel nostro volto. Il nostro volto ha un nome. Il nome, un destino. La fine del percorso è uguale per tutti, l'ordine si dirada, diventa disordine, gli enzimi partono con i loro messaggi e non trovano più nessuno ad accoglierli. Staffette di un esercito che non esiste più da nessuna parte. Intorno c'è il silenzio sordo della morte.

Ordine, disordine, vita, morte, luce, ombra. Dal momento in cui avevo preso coscienza del mio esistere, non avevo fatto altro che interrogarmi, mi facevo domande a cui nessuno poteva rispondere. La saggezza forse è solo non chiedersi niente. Non sono saggio, non lo sono mai stato. Il mio elemento non è il quarzo ma il mercurio. Materia instabile, mobile, febbricitante. L'argento vivo destinato a muoversi sempre. E sempre nel disordine.

Pensavo queste cose appoggiato al cancello del cimitero aspettando la salma di mio padre. Faceva freddo, c'era vento, gli unici uccelli capaci di sfidarlo erano i corvi.

Il furgone del comune è arrivato in ritardo avvolto in

una nube nera di gasolio. «Dov'è il prete?» mi hanno chiesto scaricandolo. «Il prete non viene», ho risposto.

Tutto si è svolto in maniera rapida, il loculo era già aperto, gli uomini hanno issato la bara e l'hanno infilata dentro, poi l'hanno chiusa con una lastra bianca. Per fissarla hanno usato il trapano. C'era solo quel rumore intorno e il gracchiare dei corvi.

Invece di fare un discorso, i suoi tre amici – gli unici ancora vivi – si sono messi a cantare qualcosa che assomigliava all'*Internazionale*. Cantavano debolmente, come possono cantare le persone molto vecchie. Il vento soffiava a raffiche, le note uscivano e subito venivano strappate via. Io guardavo loro e loro non guardavano me. Avevano tre garofani rossi in mano, li tenevano con goffa timidezza, come bambini che non sanno a chi darli. Fuori dal loculo c'era un vasetto ma era troppo alto per essere raggiunto. Si sono guardati un po' intorno, indecisi sul da farsi, poi hanno aperto le dita e li hanno fatti cadere per terra. La notte aveva piovuto, la melma del suolo ha intriso i petali. Non erano più fiori ma rifiuti. boue

Siamo usciti uno dopo l'altro con lo sguardo basso. Davanti al cancello del cimitero ho dato una mancia ai becchini, e senza dire una parola ho stretto la mano ai suoi amici. A sud il color piombo del cielo si stava aprendo in una fessura più chiara. Tutto era finito, chiuso, chiuso per sempre.

Mio padre era alto un metro e ottantacinque, pesava una novantina di chili. Aveva scarpe enormi. Da piccolo ci mettevo i piedi dentro, per me non erano scarpe ma piroghe della Polinesia, il battipanni era il remo e così andavo in giro per la stanza.

Era nato qualche anno dopo la fine della grande guerra. Con il suo corpo massiccio aveva attraversato gran parte del secolo. Assieme a lui, lo avevano attraversato i suoi succhi gastrici, i neuroni cerebrali con gli alberelli dei dendriti, il cuore con i ventricoli e le orecchiette, il viavai di sangue arterioso e venoso, le ossa, i tendini, le pareti spugnose dei polmoni, quelle lisce e scivolose dell'intestino. Per ottant'anni quell'insieme di funzioni che rispondeva al nome di Renzo si era mosso tra lo spazio e il tempo. Aveva combattuto per qualcosa e contro qualcos'altro; aveva urlato, sbraitato, consumato un numero imprecisato di ettolitri di bevande alcoliche. Aveva fatto vivere nel terrore mia madre e divertire gli amici dell'osteria; aveva messo al mondo un figlio. E proprio quel figlio, quella stessa mattina, l'aveva sepolto e aveva dato la mancia ai becchini. Quel figlio non era triste ma stupito. Forse succede sempre così quando l'ultimo genitore se ne va. A un tratto si è soli e, in quella solitudine, molto cambia. Non si è più figli, non c'è più nessuno contro cui agire. La fine che in ordine naturale si profila all'orizzonte è la nostra.

Mia madre diceva che il mondo l'aveva fatto Dio, mio padre sosteneva che Dio se l'erano inventati i preti per fare stare buona la gente. Io, fino a un certo punto, ho preferito pensare a qualcosa di più semplice, a un prestigiatore ad esempio. Avevo visto un giorno uno spettacolo dove un signore, con un colpo di bacchetta, tirava fuori da un cappello un coniglio. Con la stessa bacchetta, poco dopo, rimetteva insieme i cocci di un bicchiere. Con una bacchetta, dunque, si potevano fare un mucchio di cose. La bacchetta la usava anche il direttore della banda. Agitandola in aria trasformava quella confusione di sgorbi neri sulla carta in una musica che faceva piangere.

Ho creduto al prestigiatore abbastanza a lungo. Poi, da un giorno all'altro, non ho creduto più a niente. È successo quando è morto un mio compagno di scuola. Andava in bicicletta a comprare le sigarette per la madre. Era l'imbrunire e ci si vedeva poco, una macchina l'ha urtato e poi l'ha preso sotto. Non eravamo amici in modo particolare, soltanto, il giorno prima, mi aveva imprestato la sua gomma da cancellare. A un tratto il suo banco era vuoto e la gomma è rimasta in fondo alla mia cartella, non c'era più nessuno a cui restituirla. Tutto qui. Prima c'era Damiano e poi, al suo posto, c'era il vuoto.

Eravamo andati ai funerali con il grembiule e il fiocco, i due più alti reggevano una grande corona. Per arrivare al cimitero si passava davanti alla sua casa. La madre si era scordata di ritirare il bucato, i suoi pantaloni e le sue camicie erano ancora lì, stesi sul filo, battuti dal vento come bandiere di un paese scomparso. Quando il prete ha detto: «Pensiamo al tuo piccolo sorriso lassù, tra i pascoli del cielo», sono scoppiato a piangere. Non piangevo di commozione, ma di rabbia. Perché ci prendono in giro? mi dicevo. Lui non c'è più da nessuna parte. La gomma è fredda nella mia tasca.

Quel giorno ho capito di essere come quei fachiri che, in India, vivono per anni appollaiati sulla sommità dei pali. Ero solo, seduto in cima a un palo, con il vuoto intorno e, nella testa, i miei pensieri. Probabilmente anche gli altri erano così, soltanto che sembravano non accorgersene.

Una volta, la maestra ci aveva spiegato che i saprofiti erano uno dei fondamenti su cui posava la nostra esistenza. Potevano essere sia piante che animali, il loro compito era di decomporre tutto ciò che un giorno aveva avuto vita propria. Scindevano le molecole complesse in semplici. L'ammoniaca, i nitrati, l'anidride carbonica dei nostri corpi aiutavano le piante a crescere. Gli animali mangiavano le piante e noi mangiavamo gli animali e le piante. La quadratura del cerchio. Prima del vuoto totale c'erano queste piccole creature, gli umili trasformatori.

Mentre gli amici di mio padre biascicavano l'*Internazionale*, era proprio a loro che pensavo. Guardavo i tre vecchi e mi domandavo se sentivano quel brulichio ansioso sotto i loro piedi. Anche loro in fondo non erano che mangime per i saprofiti, e laggiù lo sapevano. Non era serio e neanche gentile pensare questo, ma non riuscivo a togliermelo dalla testa. A più di vent'anni di distanza mi erano tornate in mente tutte le fantasie sulla morte della mia infanzia.

Quando se ne era andata la nonna, mia madre mi aveva spiegato che la morte è una specie di finta perché non si muore mai per sempre. «Un giorno», mi aveva detto, «suoneranno le trombe del giudizio. Quelle trombe saranno una specie di grande sveglia e tutti usciranno dalle loro tombe.» Ero rimasto perplesso. Conoscevo già l'esistenza del paradiso, del purgatorio e dell'inferno. Così mi chiedevo, com'è possibile? Quando si muore, si va in alto oppure in basso o ci si ferma per un po' a mezza strada. Dipende se si è stati buoni o meno. Che cosa c'entrano allora i sarcofagi scoperchiati? Là dentro non doveva esserci più niente. Non riuscivo a farmi una ragione del perché, a un certo punto, bisognasse precipitarsi di nuovo tutti nelle tombe, come un'adunata. Pensando a quella cosa, mi venivano in mente le mattine in cui, pur essendo sveglio, facevo finta di dormire. Mi piaceva essere svegliato da mia madre, così appena sentivo i suoi passi chiudevo di nuovo gli occhi, era una specie di gioco. Forse un giorno tutte le persone morte, per far piacere a Dio, avrebbero fatto solo finta di essere già morte. A un segno convenuto, dall'inferno dal paradiso e dal purgatorio, con un gran fuggi fuggi si sarebbero precipitate tutte nel luogo in cui erano state sepolte.

Ma anche se così fosse stato, c'erano comunque dei problemi pressoché insormontabili. Avevo visto come avevano chiuso la nonna e sapevo quanto era piccola. Come avrebbe fatto a liberarsi da quel coperchio? Per lei anche uno stuzzicadenti sarebbe stato troppo pesante. E tutti quei poveretti che erano stati fatti a pezzi sui campi di battaglia? I corpi dei soldati di Pirro e di Annibale mischiati ai corpi enormi degli elefanti? Com'era possibile che, allo squillo della tromba, ognuno trovasse il suo pezzo? Se nella fretta qualcuno, per sbaglio, avesse afferrato la gamba di un nemico o, peggio, la rotula di un elefante? Cosa sarebbe successo? Sarebbe andato al cospetto di Dio conciato in quel modo? E gli abitanti dell'India, che nessuno aveva avvertito, e continuavano a farsi bruciare? Anche la cenere poteva risorgere?

Sono arrivato a casa dopo il funerale con queste idee in mente e ho subito cercato qualcosa da bere. C'era solo una mezza bottiglia di un liquore dolce, ancora quello che mia madre usava per fare le torte. Non aveva più alcun profumo ma l'alcol c'era lo stesso così l'ho bevuto senza neanche prendere un bicchiere. Avrei voluto sdraiarmi ma non era possibile, il divano era soltanto uno striminzito divanetto di skai.

Ero seduto in quello stesso posto, con i piedi che neanche toccavano per terra, quando avevo chiesto a mia madre: «Il diavolo esiste?» Lei stava lavando i piatti, vedevo la schiena con il grembiule allacciato poco sopra il sedere. «Cosa ti salta in mente?» era stata la sua risposta vagamente sorpresa. La mia domanda era stata neutralizzata da un'altra domanda. «Niente», avevo detto allora, alzando le spalle.

Qualche giorno dopo, avevo ripetuto la stessa domanda a mio padre. Era scoppiato a ridere. «Certo che esiste», era stata la sua risposta, «il diavolo sono i fascisti.» Allora mi era stato chiaro che nessuno di loro era in grado di rispondermi.

Pensavo spesso a quello scheletro con una falce in mano, dipinto sulle pareti della chiesa. Tagliava il fieno e il fieno erano le nostre vite. Se Dio era buono come dicevano, chi aveva inventato quello scheletro? Forse Dio non era così buono. O forse era buono ma distratto. O forse aveva avuto un giorno di malumore e, in quel giorno, aveva creato il diavolo. Il diavolo e la morte.

Quando mia madre mi vedeva assorto, diceva sempre: «Perché non vai in cortile a giocare con gli altri?»

Adesso nessuno mi diceva più niente. Ero tornato a casa. La casa era vuota e io ero grande. Le domande che mi ponevo erano le stesse di quando non riuscivo, dal divano, a toccare terra con i piedi.

Una volta, al cinema domenicale, avevo visto *Moby Dick*. Una frazione di secondo prima che la balena bianca erompesse fuori dalle acque, il proiettore aveva preso fuoco. C'era stata una fiammata e subito dopo, nel buio della sala, era ricomparso il lenzuolo bianco.

Mi è tornato in mente pensando al mio passato. Cosa era successo in tutti quegli anni?

Ero scappato, fuggito lontano. In quella fuga, mi ero illuso di costruire una vita diversa. Poi ero tornato. Come un bravo figlio, avevo seppellito mio padre e dato la mancia ai becchini. Nel darla, mi ero reso conto che, dietro di me, c'erano soltanto fotogrammi bruciati. Il leviatano non era morto né scomparso. Stava ancora lì, appena sotto la superficie dell'acqua. Camminando tra le stanze vuote intravedevo la sua sagoma, era minacciosa, grigiastra, silente, pronta ancora a balzare fuori e a distruggere ogni cosa.

## II

La casa in cui sono nato è una palazzina di tre piani edifi-
cata all'inizio degli anni Cinquanta. Cemento grigio fuori
e squallore interno, non c'è niente ad abbellirla. Le finestre della cucina danno sulla strada e quelle delle camere
da letto sul cortile. Un cortile dove non crescono fiori ma
rottami di automobili. Le tapparelle di plastica, un tempo
azzurre, ora sono di un colore indefinito. Per le scale c'è
un forte odore di umidità misto al tanfo di pipì di gatto.
Dapprima ci abitava solo mia madre, poi, quando si è sposata, è venuto a starci anche mio padre.

Malgrado ci sia, sulla credenza, una foto di loro due
con me piccolo in braccio e malgrado loro sorridano, non
ricordo un solo istante del mio passato in cui, fra quelle
quattro mura, ci sia stato qualcosa di simile alla felicità.
Non dico quella dei vecchi film americani, dove tutti si
parlano con musi da cerbiatti. Mi sarei accontentato di
qualcosa di più semplice, di più essenziale. Se penso a
qualcosa di fisico, penso a una colla tiepida. Una colla che
tiene assieme i pezzi. Io sono qui e tu sei qui vicino, la
colla ci unisce, ci aiuta a capire quel che facciamo. Invece
niente, c'erano due persone in quella casa, e quelle due
persone avevano la stessa vicinanza di un muro e una scarpa. Poi ne è venuta una terza, ed era un'altra cosa ancora,
una vanga, ad esempio. Il muro, la scarpa e la vanga vivevano insieme sotto lo stesso tetto. Tutto qui.

Onora il padre e la madre. Questo comandamento, a

un certo momento della mia vita, mi ha fatto più paura di qualsiasi altro. Avevo ormai imparato come nascono i bambini e la legge prepotente che fa andare avanti il mondo. In un determinato momento, tutti i mammiferi entrano in <u>fregola</u>: i maschi cercano le femmine e così avviene l'accoppiamento. La natura ha una fantasia tremenda, ha immaginato un'infinità di stratagemmi affinché questo possa compiersi. A loro modo si accoppiano anche gli alberi. Tutto procede con questa musica forzata.

Lentamente ho compreso che quel comandamento non vuol dire, come tutti pensano, sii gentile con i tuoi genitori, porta a casa il resto giusto della spesa e non rispondere male. Vogliono far credere ai bambini che sia questo, ma non è vero niente, è solo una copertura, una toppa sul maglione per coprire il buco. La verità è ben diversa ed è imbarazzante anche solo intuirla.

Onora il padre e la madre vuol dire: non immaginare mai l'istante in cui ti hanno concepito. Continua a pensare alle cicogne e ai cavoli, a stormi di cicogne e latifondi di cavoli. Fallo fino alla fine dei tuoi giorni perché altrimenti dovresti renderti conto che in quell'istante, nella maggioranza dei casi, non c'era un progetto d'amore ma un richiamo ben più terreno. Nessuno ha immaginato l'essere che sarebbe venuto al mondo, nessuno l'ha desiderato, nessuno ha atteso la sua diversità, i suoi occhi, le sue mani, il suo modo nuovo di vedere le cose. Semplicemente, c'era un prurito da qualche parte, quel prurito andava soddisfatto. C'è stato un attimo di disattenzione e, in quell'attimo, tua madre e tuo padre sono diventati te.

Naturalmente esistono le eccezioni. Ci sono sempre alcuni – pochi – fortunati al mondo, ma io, a quattordici anni, ero cosciente di non esserlo. Guardavo il grande orco mangiare. Rompeva il pane in pezzi, lo gettava nella minestra, ruminava con lo sguardo sempre basso. Lo guardavo mangiare e sapevo che mi aveva concepito allo stesso modo. Mentre da morula diventavo blastula, mentre il mio essere cresceva, lui russava sconciamente con il fiato pesante e la bocca aperta.

Ero ormai alle soglie dell'adolescenza. Mi sentivo come un animale alla fine del letargo. Per tutto il tempo delle medie avevo pensato solamente al vuoto. Al vuoto e a ciò che c'era e non c'era dietro. Erano stati pensieri velati di tristezza, c'era malinconia in ogni mio movimento. Alle volte passavo pomeriggi interi in camera mia a guardare fuori dalla finestra. Fissando il vuoto succedeva persino che mi mettessi a piangere. Andavo così lontano nei miei pensieri che non riuscivo più a trovare la strada per tornare indietro. Ero triste e basta, e quel pianto in qualche senso era una specie di consolazione.

A scuola si erano accorti di questo mutamento. Avevano chiamato mia madre e le avevano detto: «Non è normale, il ragazzo si comporta come un vecchio». Anche a mio padre non era sfuggito il mio stato. Durante una cena, indicandomi con il mento, aveva chiesto a mia madre: «Cosa c'è? È malato?» Ero sempre stupefatto da come non mi rivolgesse mai la parola. Temeva forse che parlassi una lingua diversa? Ogni volta che doveva chiedere qualcosa si rivolgeva a mia madre: «Dove va?» chiedeva, oppure, «Perché torna così tardi?» Io li guardavo parlare, come un sordomuto seguivo il discorso dalle labbra di uno alle labbra dell'altra.

Questo stato di apatia è durato fino a quattordici anni o quasi.

A quell'epoca è avvenuta una sorta di sbrinamento interiore. Era come se il sangue avesse cambiato colore, intensità di corsa, propulsione. C'era un'altra vitalità in me, ogni giorno ero più alto, più forte. Con un po' di fortuna genetica sarei diventato alto come mio padre, altrettanto forte. Allora avrei potuto finalmente pararmi davanti a lui e dirgli: «Ti odio». L'odio era il sentimento che provavo nei suoi confronti da quando avevo memoria di me stesso. Non penso che lui sentisse la stessa cosa, non almeno fino a quel momento. Per gran parte dell'infanzia credo di essergli stato completamente indifferente. Qualche volta un fastidio, questo sì, ma non altro.

Dei bambini dovevano occuparsi le donne, gli uomini subentravano in un secondo momento. Mi immaginavo una specie di fermata di autobus, mia madre sarebbe scesa e mi avrebbe lasciato lì; poco dopo sarebbe arrivato mio padre e mi avrebbe portato con sé per un'altra parte del tragitto. Ero un pacco ordinato per corrispondenza, il contenuto doveva essere conforme a ciò che era scritto sul catalogo, se era diverso, bisognava rispedirlo al mittente.

Io sono nato presto, troppo presto. Se fossi nato adesso, mio padre avrebbe utilizzato le vie più moderne della genetica. Avrebbe riempito un modulo con tante crocette, una accanto a «maschio», una vicino a «buona salute», una terza accanto a «comunista», una quarta accanto a «non finocchio».

Mio padre si riteneva così perfetto da non riuscire a immaginare neanche lontanamente che io avrei potuto essere qualcosa di meno di una sua fotocopia. Lui era il massimo e io dovevo essere uguale a questo massimo. Questa è la grande, spaventosa contraddizione. Gli esseri umani, più di ogni altra cosa, hanno paura della diversità e, malgrado ciò, continuano a mettere al mondo dei figli. Ma un figlio, per forza di cose, è sempre diverso. E allora è veleno che mescoli al tuo stesso cibo.

In realtà, la via giusta per riprodursi sarebbe quella scelta, o meglio subìta, da Frankenstein. Un fantoccio con delle molle in testa, nelle molle passa l'elettricità e il gioco è fatto. C'è un'altra forma di vita, identica al modello che stava sdraiato lì accanto. Il mondo sarebbe più tranquillo, noioso forse, ma con meno sofferenza. Invece un bel giorno tua madre ti lascia alla fermata dell'autobus, stai lì smarrito come Pollicino, poi arriva tuo padre, ti guarda e dice, cos'è questo schifo? E tu non sai più cosa pensare di te stesso.

Una sera, mentre parlava di me con mia madre – io ero lì con loro, nella stanza – invece di dire, come aveva sempre fatto, «il bambino» o «il ragazzo» – che equivaleva a dire «il cane» – ha detto «tuo figlio». Ha detto così, come se mia madre fosse una lumaca o una di quelle creature che hanno il dono di poter fare tutto da sole. Ha detto «tuo figlio» e, nel dirlo, c'era un tono che non era neutro per niente. Così ho capito una delle leggi di natura – che non è scritta da nessuna parte – e cioè che se i figli vanno bene, sono del padre, se invece non funzionano, restano per tutta la vita un'appendice della madre.

Mia madre era una donna silenziosa e tranquilla. Sono rimasto piuttosto sorpreso quando mi ha detto che aveva conosciuto mio padre a un ballo. Era la sagra di ferragosto e avevano ballato insieme tutta la notte. All'epoca, lei aveva diciassette anni, frequentava l'ultimo anno delle magistrali. Le piacevano molto i bambini e comunque, allora, per le ragazze che studiavano non c'era molta scelta. O maestre o dattilografe. C'era una sua foto con il grembiule nero e tutta la classe intorno fatta poco prima del diploma. Io la guardavo spesso. E più la guardavo, più mi convincevo che quella ragazza non era mia madre ma un'altra persona. C'era luce nei suoi occhi, e un sorriso che avrebbe fatto innamorare anche i sassi. Non potevo fare altro che domandarmi: quale delle due è la vera, l'allegra o la triste? Crescendo si cambia, me l'hanno sempre detto. Ma perché il cambiamento deve essere sempre in peggio? C'era stato quel ballo e Ada aveva conosciuto Renzo. Non era stato un semplice incontro, ma un colpo di fulmine. Poi c'era stata la guerra, un fulmine ancora più grande. La guerra li aveva separati. Per tutto quel periodo lei lo aveva atteso, non si era distratta dal pensiero di lui neppure per un istante. Al ritorno si erano sposati. Poi, un bel po' di anni dopo, ero nato io, che ero – sarei dovuto essere – il coronamento di quel sogno. Una storia bella, toccante, se fosse stata una commedia. Alla fine, per l'entusiasmo, tutti avrebbero battuto le mani. Invece di entusiasmante non c'era proprio niente. Quando stavamo tutti e tre a casa, eravamo come tre pesci rossi chiusi in una boccia di vetro senza ricambio di acqua. La mancanza di ossigeno intossicava le branchie, quando aprivamo la bocca uscivano soltanto bolle d'aria.

Mio padre perdeva sempre la pazienza. La perdeva per un nonnulla, perché al mattino non trovava una calza o perché nella minestra c'era troppo sale o perché, studiando, con una matita mi grattavo la testa. In casa era un'esplosione continua, lui bestemmiava le cose peggiori, buttava tutto per terra, dava calci alle mura e agli armadi. Poi, quando non c'era più niente da rompere, usciva di casa sbattendo la porta.

Una volta, in un libro, ho letto che anche i gabbiani fanno così quando si arrabbiano tra di loro. Invece di darsi addosso cominciano a strappare l'erba con furore. La strappano e la buttano per terra, polverizzano tutto quello che capita a tiro del becco. Vanno avanti fino allo stremo delle forze. Soltanto allora si fermano e riprendono l'attività di prima come se niente fosse. Fanno così non per bontà ma perché è più conveniente. Va contro le leggi della sopravvivenza distruggere individui della propria specie.

Il comportamento di mio padre era uguale a quello

dei gabbiani. Rompeva i piatti e le sedie per non rompere la testa a sua moglie e a suo figlio.

Sono cresciuto nel terrore. Crescendo nel terrore ho imparato che, alla fine, anche il terrore viene a noia. Sognavo sempre che un giorno, all'improvviso, succedesse qualcosa di diverso. Non so, che lui sbraitasse: «Non c'è sale» e lei rispondesse: «Vattelo a prendere», oppure che lui si mettesse a tavola e dicesse: «Non ho mai mangiato niente di così straordinariamente buono». Non succedeva mai.

Gli inferni sono lastricati dalla buona volontà dei singoli. Si scelgono le battute di un radiodramma e sono sempre quelle. È un po' come gli asini che tirano la macina, alla fine, per la monotonia di girare intorno, si convincono che non esiste una sorte migliore di quella.

Così, fino a una certa età, mi sono sentito il protettore di mia madre, la sua consolazione. Una volta addirittura, quando già sapevo andare in bicicletta, le ho proposto di scappare insieme. Io porterò il latte la mattina nelle case, le avevo detto, e vivremo felici per sempre, lui non ci troverà e, anche se ci dovesse trovare, non gli apriremo la porta. Avevo quell'età ingenua in cui ci si aspetta una risposta chiara. Ancora non conoscevo la questione del radiodramma, ero convinto che lei fosse una vittima e, come vittima, non avrebbe potuto fare altro che dire: «Sì, va bene, fuggiamo insieme».

Che mia madre fosse complice l'ho capito molto più tardi, in piena adolescenza, quando lei, invece di difendermi, ha cominciato ad attaccarmi. Soltanto allora mi sono reso conto che per quanto incomprensibile, pazzo, irragionevole fosse, la cosa più importante era il loro rapporto. Il radiodramma d'odio. Per tanti anni io avevo fatto il rumore di fondo. Ero le porte che si aprono e si chiudono, il cigolio di un letto, un colpo di tosse, uno starnuto. Ero – e sarei dovuto rimanere – tutto questo.

Il giorno stesso in cui ho alzato la testa e la voce, chiedendo una parte tutta per me, anche mia madre mi si è rivoltata contro.

È stata forse questa, fra tutte le cose, la più dura, la più pesante. Per tanti anni le nostre esistenze si erano garantite a vicenda: esistevamo uno per l'altra e viceversa. Poi, a un tratto, lei ha preso un pennarello nero e ha coperto gli occhi e il sorriso.

Cos'è successo a quel punto? Mi sono pentito di essere bravo. Proprio così. Da un giorno all'altro, avrei voluto cancellare il mio passato. Mi vergognavo di tutto ciò che ero stato. Della mia bontà, della mia arrendevolezza, del fatto che «ringraziando il cielo, non davo nessun pensiero». Non mi era costato nessuno sforzo. Essere silenzioso e gentile faceva parte della mia natura, era un modo per vivere, spendendo meno energie. Nella testa avevo pensieri tremendi, eppure dicevo sempre: «Sì, signora maestra».

Non ero il primo della classe, neanche il secondo o il terzo. Primeggiare era comunque uno spreco idiota di energie. Tuttavia ero indicato a dito. Le mamme e le maestre d`evano: «Guardate Walter come non dà fastidio». Così ho pensato, se rinasco, faccio pipì sui banchi, inchiodo i gattini alle porte. Se rinasco, dò fastidio fin dal primo istante. Non c'è un solo motivo di rendere la vita facile a chi, poi, te la renderà difficile.

Per i primi quindici anni avevo perso la partita. Averlo capito era già un fatto importante. Era come se fossi salito su una sedia. Il paesaggio che vedevo era lo stesso di sempre, solo che lo vedevo da una prospettiva diversa. Ho cominciato così a provocare. Non c'era giorno in cui non dicessi qualche cattiveria a mia madre. Con mio padre ancora non osavo, insultare lei era un modo per saggiare il terreno. Se uno esce dal radiodramma, mi chiedevo, cosa succede?

Così la provocavo. «Ti fai trattare come una ciabatta», le dicevo, «per lui il mondo intero è solo carta per pulirsi il culo, tu sei un foglietto, ma io non voglio esserlo.» Allora lei iniziava a fare qualcosa con le mani. Puliva una mensola con una spugnetta o altre cose del genere. Lo stratagemma era sempre lo stesso dei gabbiani, puliva fissando ciò che stava pulendo e intanto sibilava: «Non parlare così di tuo padre, non te lo permetto». «E perché mai non dovrei?» rispondevo io. «Tu hai paura a dire la verità ma io no. La verità è che è uno stronzo.» «Dove hai imparato a parlare in questo modo?» «Dove? Dove? Lo vuoi proprio sapere? Prova a immaginare, sforzati. Da quello stronzo di mio padre.»

Andavamo avanti così per ore, fino allo sfinimento. Lei continuava a pulire e io continuavo a urlare, andando avanti e indietro per la stanza. Non c'erano vittorie e non c'erano sconfitte. Entrambi volevamo cose impossibili. Lei, che io tornassi a essere il rumore di fondo. Io, che lei ammettesse il suo odio.

«Perché l'hai sposato?!» le ho gridato un giorno.

«Perché lo amavo», ha risposto lei guardandomi negli occhi. «Perché lo amo.»

La guerra era sempre la grande giustificazione, quella che secondo lei doveva mettere a tacere ogni cosa. «Non puoi capire», diceva, quando si trovava con le spalle al muro, «tuo padre ha fatto la guerra. È stato un partigiano.»

La guerra era quella sui monti. Era stato via parecchio tempo e nessuno aveva avuto sue notizie. Che cosa avesse fatto in quegli anni non lo raccontava neanche lui. Io conoscevo Tex Willer, Pecos Bill e un paio d'altri che avevano fatto delle cose importanti. Gli eroi dei film e dei fumetti non avevano niente a che vedere con mio padre. Erano coraggiosi, forti. Prima di sparare, guardavano sempre i nemici nel bianco degli occhi. Chi prende a calci le sedie e i muri – pensavo – è solo e soltanto un uomo che ha paura. Un vile vigliacco con l'insulto perpetuo sulle labbra. Non c'era niente di grande in mio padre, niente di memorabile. Neanche per attraversare la strada gli avresti dato la mano, non parliamo trovarsi sull'orlo di un burrone.

L'unica cosa notevole in lui era il disprezzo. Era qualcosa di così forte che, già da bambino, ero in grado di sentirne l'odore. Era acido, acuto, doveva essere un misto di ormoni e adrenalina. Stava intorno a lui e lo seguiva come una nube.

Nelle giornate di loquacità, anche lui cominciava con la guerra. Succedeva quando mi lamentavo di non poter fare o avere qualcosa. In quel momento attaccava: «Ci vorrebbe la guerra», diceva, «vorrei vederti correre con le bombe che ti sibilano intorno o fuggire a un rastrellamento. Ti ci vorrebbe un tedesco che ti insegue con una Lüger in mano. Dovresti piangere per il freddo e per la fame».

Andava avanti per ore con amenità del genere. Appena mi distraevo, batteva il pugno sul tavolo e gridava: «Ascolta!» Il succo di tutto questo era che dovevo ritenermi fortunato. Una guerra era finita e ancora non ne era scoppiata un'altra.

Qualche anno dopo ho sentito una storia, una storia che sarebbe piaciuta a mio padre. Riguardava un ragazzo americano, nato da una coppia sopravvissuta ai lager nazisti. Era venuto al mondo quando le ceneri erano ormai spente. Ciononostante, dal giorno stesso in cui aveva cominciato a comprendere il significato delle parole, i suoi genitori non avevano fatto altro che ripetergli: «Non hai

28

vissuto quello che abbiamo vissuto noi, non conosci l'orrore, la deportazione, la fame, l'umiliazione. Non sei degno di esistere». Lui non aveva mai replicato, aveva aspettato pazientemente di crescere. Il giorno stesso del compimento della maggiore età, si era arruolato nei marines ed era andato in Vietnam. Era tornato alla fine della guerra, cieco, senza né braccia né gambe. Suo padre e sua madre spingevano a turno la carrozzella. Mentre andavano per le strade piene di colori, lui diceva: «Non sapete cosa vuol dire vivere con il buio intorno. Non sapete cosa vuol dire non poter camminare, non poter cogliere un fiore».

Sarebbe piaciuta molto a mio padre perché è quello che si è sempre augurato per il mio futuro: un figlio menomato dal furore della storia. Non sono mai riuscito a classificare questo suo sentimento. Le gatte difendono i loro piccoli con le unghie e con i denti e così fanno tutti gli altri esseri viventi. Non c'è niente di più prezioso da proteggere del patrimonio genetico. Lo dice la scienza, non io. Forse, in qualche modo, anche mio padre si ispirava a Darwin. Mio padre pensava al trionfo della legge del più forte. Esporre i neonati al gelo e alle intemperie, esporli alle ferite, minare continuamente la fragilità fisiologica del loro corpo: questo era un ottimo sistema per vedere se funzionavano. Se non funzionavano, pazienza, voleva dire che non erano degni di vedere la luce. Morto un papa, se ne fa un altro. Così avrebbe dovuto essere anche per i figli.

L'altro sentimento che lo teneva vivo era l'odio. L'odio e il disprezzo erano come Castore e Polluce, due gemelli che andavano avanti tenendosi per mano. Lo sguardo di uno serviva per osservare le cose, quello dell'altro, per sputarci sopra. «Tuo padre ha combattuto per un mondo migliore», mi ripeteva mia madre. Io mi guardavo intorno e mi chiedevo, dov'è questo mondo? «Ha rischiato la vita per combattere i nazisti, i fascisti, gli ustascia. Tante altre persone non avrebbero avuto il coraggio di farlo», era il ritornello che sentivo in casa. Senza di lui, senza quelli come lui, il mondo non sarebbe mai cambiato.

Questo era vero, i cattivi non c'erano più. Quelle divise, quelle croci con le gambe per aria si vedevano ormai soltanto nei film o in qualche vecchio documentario.

A scuola avevamo studiato la seconda guerra mondiale. Bambini più fortunati di me avevano anche dei modellini aerei della Wehrmacht, la maestra ci aveva detto che guerre così non sarebbero più scoppiate. *éclat*

A noi, di guerra sarebbe toccata la terza. La peggiore di tutte. Con due o tre bombe avrebbero fatto piazza pulita. Da quelle bombe sarebbe venuto un vento caldo, un vento più caldo di qualsiasi altra cosa al mondo: al soffio di quel vento saremmo tutti esplosi come fantocci. Con noi sarebbero morti le piante e gli animali, sarebbe scomparsa quasi ogni forma di vita e per quelle sopravvissute, sarebbe stato ancora peggio.

Una volta la stessa maestra ci aveva portati in visita didattica al Museo di scienze. Appesa al soffitto, c'era una grande balena impagliata. Aveva tanti denti e sembrava sorridesse. Tutto intorno c'erano bacheche di vetro. Erano piene di vasi con un liquido giallognolo. Nel liquido galleggiavano delle cose dall'aspetto traslucido. «Sono feti», ci aveva spiegato, indicandoli con un gesto ampio. «Anche voi eravate così prima di nascere.»

C'era il feto di un cane e quello di un istrice, con già tutti gli aculei. Stavo osservando proprio l'istrice quando lei ha battuto le mani. «Bambini, attenti!» ha esclamato. Ci siamo girati e lei ha indicato un vaso più grande. Dentro c'era un bambino pallido come un fantasma. Invece di avere una testa, ne aveva due. Due teste complete di ogni cosa: quattro occhi, due nasi, due bocche, quattro orecchie... «Hiroshima», ha detto la maestra, «Hiroshima e Nagasaki, ricordate? Laggiù, dopo la bomba sono nati bambini così. Ecco cosa succede: di colpo, la natura non si ricorda più il modo giusto di fare le cose. Due teste, sei braccia, tre gambe, ecco...»

Naturalmente, queste parole avevano suscitato degli immediati sghignazzi nei miei compagni. Le moltiplicazioni a cui tutti ammiccavano erano quelle delle parti sessuali. A me, invece, interessava di più il raddoppio della testa. Pensavo: forse la natura avrebbe dovuto fare così fin dall'inizio, una testa sola è davvero insufficiente. C'è poco spazio là dentro e troppa confusione. A molta gente serve soltanto da supporto per il viso, oppure per far crescere i capelli, come avere un giardino con buona terra per i fiori. Persino le Lambrette hanno le ruote di scorta, perché non potrebbe essere così anche per la testa? Una di rappresentanza e una che funzioni davvero.

Quel fatto che la natura potesse perdere la forma mi aveva impressionato parecchio. Vedevo una signora anziana, scarmigliata, che si aggirava in una casa in disordine. Tutto era per aria, i cassetti, gli armadi, come dopo il passaggio dei ladri. Vagava per le stanze con lo sguardo smarrito, senza saper più cosa cercare.

In fondo, mi dicevo, creare l'uomo non era stata una buona idea. Averlo lì a razzolare per la terra equivaleva al covarsi una serpe in seno. Da quando il mondo era mondo, gli animali facevano le stesse cose: nascevano, si accoppiavano, accudivano i cuccioli, si divoravano tra specie diverse per tirare avanti; poi, un giorno, morivano e, invece di nutrire i cuccioli, nutrivano le iene, i corvi, i saprofiti, la terra e i fiori che vi crescevano sopra. Non c'era mai stato un orso o un leone che avesse

31

pianificato la distruzione. L'uomo, invece, lo ha fatto fin da subito o quasi. Ha cominciato nel momento stesso in cui, anziché essere in due sulla superficie della terra, sono stati in quattro.

Se Adamo avesse ucciso Eva, o viceversa, la storia sarebbe finita all'inizio. Invece sono arrivati anche Caino e Abele. E dopo un po', Caino ha ucciso Abele solo perché ad Abele le cose andavano meglio che a lui. Abele aveva degli agnellini candidi a cui spazzolava il pelo e Caino non lo poteva sopportare. Così ha preso un bastone e l'ha fatto fuori. «Dov'è tuo fratello?» gli ha chiesto Dio, poco dopo. Lui non ha saputo cosa rispondere. Acqua in bocca e sguardo basso. Mentre errava fra le lande desertiche, si sentiva soltanto un disgraziato. Non sapeva di essere importante come un re o un imperatore. Dopo di lui, gli uomini si sono comportati quasi tutti nello stesso modo. È stato lui il vero principe. Invidia e pregiudizio, da allora, sono stati il motore del mondo.

La notte della visita al museo ricordo di aver fatto un sogno. Camminavo per un prato e, a un tratto, un vento caldo mi veniva incontro. Sembrava si fosse messo in moto un asciugacapelli gigante. Ho alzato lo sguardo e ho visto che il cielo era buio. Sopra a tutto, c'era uno straordinario fuoco d'artificio. Non avevo mai visto una luce così: sembrava che entrasse dritta dentro il corpo. In quello stesso istante ho provato una sensazione singolare: le cellule e gli atomi, le ossa e i tendini si stavano fondendo. Invece di dolore, sentivo caldo. Non era una sensazione spiacevole. Poi il calore si è trasformato in qualcosa di diverso. Al posto delle braccia, avevo delle ali. Erano lunghe e potenti come quelle di un pellicano. Ho cominciato a muoverle e lentamente sono salito in alto, sempre più in alto. Sotto di me gli alberi erano dei puntini e così le case. Vedevo la mia non più grande di una briciola. Intorno c'era il paese, poi la città e la regione intera, i bordi frastagliati della costa e quelli appuntiti dei monti. Le ali rispondevano benissimo ai miei comandi, era bello stare lassù, con un corpo che non era più il mio.

# III

La regione in cui sono nato è una regione infelice. Sta sul confine di tre paesi. Per questo spesso l'ha attraversata la guerra.

Il padre di mio padre, cioè mio nonno, era nato nel centro Italia. Quando era poco più di un ragazzo era venuto quassù per combattere. Apparteneva al corpo degli Arditi. Dal nome si capisce già, erano i soldati più coraggiosi. Avevano solo una baionetta in mano e strisciavano al suolo verso le linee nemiche. Strisciavano nel buio e, strisciando, tagliavano le gole di tutti quelli che capitavano a tiro. Non ho grandi ricordi di lui. È morto che ero ancora bambino. Quel poco che c'è nella mia memoria, è soltanto incredulità. Lo sentivo gloriarsi di tutte quelle imprese di gioventù ma di fronte a me vedevo un vecchio dallo sguardo mite. Una delle due immagini non poteva essere vera. Forse parlava in quel modo per avere un po' di attenzione, perché qualcuno lo ascoltasse nel silenzio della stanza.

Lui non sopportava che non gli si credesse. Per questo, all'inizio della bella stagione, insisteva per andare tutti insieme a fare una gita, sempre la stessa. Caricavamo sulla Seicento i plaid, la radio e i contenitori di moplen con dentro il cibo per il picnic.

Il prato dov'eravamo diretti non era un prato qualsiasi, ma uno di quelli in cui mio nonno aveva combattuto. Lì era stato ferito. Per quella ferita aveva ricevuto la croce di bronzo al valor militare. Nella gita se la portava appuntata sul risvolto della giacca. Raccontava sempre gli stessi episodi, come fossero successi l'altro ieri e nessuno lo ascoltava più. Mia madre ripeteva ogni tanto «Sì, papà», mentre mio padre teneva la radio incollata all'orecchio per via delle partite. Eppure, nonostante quel disinteresse, il nonno era contento lo stesso. Tornava a casa e diceva: «Che bella giornata abbiamo passato...»

L'ultima di queste scampagnate – quand'ero già abbastanza grande per avere un barlume di pensiero – ho realizzato che era ben buffo andare a fare il picnic su un prato che si era nutrito di tante vite precocemente spente. Il nonno diceva che era stata una vera e propria carneficina. C'erano talmente tanti corpi là, uno sopra l'altro, che era impossibile fare un solo passo. Ci volevano delle gambe da gigante per scavalcare tutti e andare avanti. Diceva questo e io intanto guardavo il prato e i fiori. Tra l'erba c'erano le genzianelle e le pulsatille, i loro petali erano straordinariamente delicati, il vento li muoveva appena e sopra c'era il cielo. Lo stesso identico cielo del giorno della strage.

Guardavo tutto questo e mi domandavo, dov'è il senso?

Caino, in qualche modo, si era vergognato della sua azione. Non risulta da nessuna parte che sia andato in giro a vantarsi, aveva fatto una cosa brutta e lo sapeva. Invece mio nonno era contento, non l'ho mai sentito dire: penso alle famiglie di quelli che ho ucciso o qualcosa del genere. Era solo felice di essere stato più svelto e di aver avuto fortuna. Del resto non gli importava niente. Eppure non era cattivo. Quando è morto, al suo funerale c'erano tante persone e piangevano tutte.

Una volta ho chiesto a mia madre: «Ma il nonno è

un assassino?» Lei si è girata e ha detto: «Dove le peschi queste sciocchezze?» ~uniforme

Allora, almeno una cosa l'avevo capita, se si uccide senza divisa, si è degli assassini; se si uccide con la divisa, si ricevono delle croci al merito. Già da bambino avevo una natura piuttosto speculativa. Non potevo fare a meno di chiedermi se la vita di chi muore avesse un valore diverso. Prima di diventare grandi e poi cadaveri, quegli uomini erano stati ragazzi, neonati e anche feti. Delle madri li avevano messi al mondo, li avevano nutriti e cresciuti. Forse speravano già di avere dei nipotini e invece le loro speranze erano finite disperse tra il greto di un torrente e il fango di un prato.

Un giorno, a scuola, l'avevo chiesto persino all'insegnante. Ce n'era una che mi ispirava una particolare fiducia. Lei aveva ascoltato in silenzio e poi aveva detto: «Queste sono domande molto grandi». Poi aveva aggiunto qualcosa che non ho capito bene, sulla storia che va avanti e porta con sé disgrazie. La storia, ho pensato allora, deve essere una sorta di carro a cui si sono rotti i freni. Un carro senza nessuno a bordo che precipita da una discesa e travolge ogni cosa.

Nella storia più piccola – quella di casa mia – c'era però un punto che mi appariva alquanto oscuro. Anche mio padre aveva fatto la guerra – in ordine cronologico, la seconda – eppure non eravamo mai andati a fare un picnic nei suoi posti e, in cucina, sulla credenza, non c'era la foto di lui in divisa. Tra me e lui, già a quell'epoca, l'unica forma di comunicazione era il silenzio. Così non avevo il coraggio di interrogarlo sulle sue eventuali azioni gloriose. Lui non parlava e io non domandavo.

Le ipotesi però non potevano essere che due. O aveva fatto la guerra e non aveva ucciso, e quindi si vergognava di aver mancato al suo dovere. Oppure aveva ucciso ma non aveva la divisa, e allora la vergogna che provava era quella dell'assassino.

Quale delle due fosse l'ipotesi vera in fondo non mi importava più di tanto. Ormai avevo compreso che, nella nostra casa, c'era una bomba che non era ancora esplosa. Era sepolta sotto tonnellate di detriti. Quei detriti erano le parole non dette. La polvere esplosiva era asciutta e fresca, il suo meccanismo a orologeria pulsava con regolare precisione. Era la bomba il vero cuore della casa, quello che adesso ci teneva uniti e un giorno forse ci avrebbe fatto esplodere.

Nell'atrio della scuola c'era un manifesto, era a colori e copriva tutta una bacheca. Sopra c'erano tante vignette come quelle dei fumetti. C'erano dei bambini con i calzoni corti e giocavano nei campi. Giocando, trovavano un oggetto dalla forma strana. Erano curiosi e così, per vedere cosa c'era dentro, vi battevano sopra con una pietra. Subito dopo c'era un grande fuoco d'artificio: i bambini volavano indietro come spinti da una mano invisibile. Nel disegno, poi, c'erano ancora loro ma non erano più quelli di prima: a uno mancava una gamba, a un altro il braccio, il terzo era diventato cieco. *Bambini, attenzione!* – c'era scritto, alla fine – *se trovate qualcosa di strano non toccatelo, avvertite subito i genitori o la polizia.* Sotto erano disegnati vari oggetti. Uno sembrava una pigna oppure un ananas, altri supposte giganti.

C'erano bombe dentro le persone, dunque. E quelle nascoste nel terreno come i bulbi dei gigli. Anche quei bulbi, forse, erano disgrazie che seminava la storia. Uccideva i nonni, i padri, poi lasciava dei regalini per i figli e per i nipoti. Il suo carro era passato già da tempo, non c'erano più nemici da una parte e dall'altra. Eppure la gente moriva lo stesso.

## IV

Mia madre, da giovane, non era stata credente, lo era diventata negli anni in cui mio padre combatteva sui monti. La guerra li aveva separati all'inizio del loro amore. Lei credeva di essere approdata in un'isola salda e rigogliosa nella quale avrebbe trascorso il resto della vita. E invece, da un giorno all'altro, si era trovata sospesa in bilico su un precipizio. Lui era scomparso, non per settimane, ma per anni. I primi tempi, aveva avuto ancora qualche lettera, qualche messaggio passato di bocca in bocca. Poi sul suo destino era sceso un lungo silenzio. Era stato proprio allora che aveva deciso di rivolgersi al più potente di tutti, cioè a Dio. Il loro patto era stato molto semplice. Ti seguirò per sempre, gli aveva detto, se lo farai tornare sano e salvo.

Si potevano dire tante cose di mia madre, tranne che non fosse una persona di parola. Quando prendeva un impegno, era fedele e puntuale nell'assolverlo. Mio padre era tornato e lei aveva creduto. All'inizio, su questo, dovevano avere litigato molto. Lui non riusciva a sopportare che la sua compagna si fosse trasformata in una specie di beghina. «Ti sei fatta imbrogliare come tutti gli altri», le gridava ancora quando io ero grande.

Mia madre è morta per prima, gli ha dato un distacco di quasi dieci anni. A quel tempo io vivevo già a Roma, dei loro destini non me ne importava niente. Mio padre doveva essere pieno di rabbia. Tutto era cominciato con un mal di stomaco, le persone vicine dicevano: «Sono i dispiaceri. Se sono troppi e non sanno più dove andare, si sistemano là». Lei ci aveva creduto. Quando era andata dal dottore, ormai era troppo tardi: i dispiaceri si erano sparsi per tutto il corpo. In silenzio, diligentemente, avevano cominciato a divorare le parti interne.

Da anni non avevo più rapporti con loro.

Un giorno, senza aspettarla, me la sono trovata davanti alla porta. Saranno state le dieci o le undici di mattina. La sera prima avevo bevuto. La testa era pesante e l'umore cattivo. Aprire la porta e vederla davanti, era stata una brutta sorpresa. La scatola con la bomba a orologeria era alle mie spalle, così almeno credevo. Non avevo chiesto di vederla e neppure ne avevo il desiderio, la nostalgia dei miei genitori era un sentimento che non conoscevo. Non capivo la ragione di quella visita a sorpresa. La scrutavo senza nascondere il fastidio, mentre stava davanti a me, con la sua borsetta lucida stretta in mano.

«È successo qualcosa?» le ho chiesto, prima ancora di farla entrare. Lei aveva un'aria smarrita. Ha detto piano: «Non è successo niente. Avevo solo voglia di vederti». La donna che avevo di fronte era diversa da quella che ricordavo. Era cambiata, certo. Ma pensavo che quel cambiamento fosse dovuto soltanto agli anni. Ero troppo giovane, troppo inesperto, troppo furioso, per leggere i segni di una grave malattia.

Se lei mi avesse detto «sto morendo» forse tutto sarebbe andato in modo diverso. Avrei dilatato quella giornata fino a farla diventare un tempo quasi eterno. Invece l'ho subito avvolta in una nube di malumore.

«Volevo vedere Roma», aveva invece sussurrato, come scusandosi. Allora l'ho portata a fare un giro con la circolare. Per tutto il percorso siamo rimasti in silenzio. Lei osservava le antichità con la faccia di una scolaretta in gita. Seduto dietro, guardavo in continuazione l'orologio, ogni ingorgo o rallentamento mi faceva perdere la pazienza. Al Colosseo siamo scesi e abbiamo mangiato un tramezzino. Era il crepuscolo quando siamo risaliti sulla circolare. Un crepuscolo invernale, battuto da un vento freddo di tramontana.

«La luce sembra oro», aveva detto lei e subito dopo aveva chiesto: «Sei felice?» «Credi ancora a queste sciocchezze?» le avevo risposto. «La felicità non esiste.»

Il suo treno ripartiva la sera stessa. Avevo da fare e non mi andava di perdere tempo accompagnandola alla stazione. Così l'avevo portata fino alla grande strada dove fermavano gli autobus. Su un foglietto, le avevo scritto dove doveva scendere e con che numero doveva fare il cambio, per giungere a destinazione. Era ora di cena e sulla pensilina c'eravamo noi due soli. Quando l'autobus è comparso sul rettilineo, lei mi ha improvvisamente abbracciato. Sono rimasto sorpreso, non era mai stata espansiva. Di riflesso l'ho abbracciata anch'io. Solo in quell'istante mi sono accorto che, sotto il suo cappotto nero con il colletto di rat musqué, di lei non era rimasto quasi niente.

Intanto l'autobus era arrivato e aveva aperto le porte. A bordo c'erano poche persone. Mentre si allontanava, l'ho vista salutarmi con la mano aperta dal finestrino posteriore, aveva lo stesso sorriso debole di un bambino che non sa dove andare. Cadeva una pioggia sottile e appiccicosa. Nell'oscurità, il suo palmo spiccava straordinariamente bianco.

Due mesi dopo ho trovato un messaggio di mio padre sulla segreteria telefonica. Più che addolorata, la sua voce sembrava spenta: dietro il tono di circostanza, si percepiva la rabbia tenuta a freno. «Tua madre è morta», diceva, «e l'ho anche seppellita.» Diceva proprio così, sembrava che l'avesse sepolta con le sue stesse mani, come un dobermann con il suo osso. Dopo il messaggio, c'era solo il «clic». Né un saluto, né un invito a richiamare. E così io non l'ho fatto. Non mi interessava sapere cosa l'avesse uccisa, non c'era più. Questo era l'unico fatto degno di nota.

Mia madre, quando è morta, non aveva ancora sessant'anni. A me, però, sembrava vecchia. Con il cinismo della giovinezza facevo rientrare la sua scomparsa nel corso della fisiologia naturale. Per quel che mi riguardava, mi sentivo orfano dalla nascita. Non riuscivo a provare nessun rimpianto.

È morta, mi sono detto quella sera, al momento di chiudere gli occhi. Volevo vedere se mi faceva effetto, poteva spuntare una lacrima o qualcosa del genere. Non è successo nulla. Mi sono girato dall'altra parte e mi sono addormentato. A metà della notte all'improvviso ho aperto gli occhi. Sentivo uno strano rumore nella stanza. Veniva dalla mia bocca. C'era furore nei miei denti, e forza. Li stringevo gli uni contro gli altri come se volessi romperli.

Allora ignoravo che le cose che ci accadono non sono mai neutre. Noi possiamo crederci, possiamo essere convinti. Un seme di trifoglio mantiene intatta la sua vitalità per ottant'anni interi. Così succede per i fatti, anche se li ricopriamo sotto una coltre di indifferenza, se vi soffiamo sopra per mandarli lontano, loro stanno lì quieti. Sono il germe di qualcosa che, prima o poi, uscirà fuori.

Alle persone troppo sensibili accade spesso una cosa strana. Crescendo, diventano le più crudeli. Il corpo ha le sue leggi e, tra le sue leggi, è compresa questa. Se qualcosa mina la sua saldezza, immediatamente si mettono in moto gli anticorpi. La violenza e il cinismo non sono altro che questo, ribaltano la visione del mondo per regalare forza. Non mi sono mai stupito nel leggere le vite dei grandi criminali, c'era gente che sterminava popolazioni intere e la sera innaffiava i fiori, commuovendosi per un uccellino caduto dal nido. Da qualche parte, dentro di noi, c'è un interruttore. A seconda del bisogno, attacca e stacca la corrente del cuore.

Mio padre e mia madre non erano persone ignoranti. Lei era maestra e aveva insegnato con passione. Lui lavorava ai cantieri navali, era un disegnatore tecnico. Un paio d'anni prima della mia nascita era scivolato durante la perlustrazione di uno scafo ed era diventato invalido, una gamba era rimasta più corta. Malgrado ciò rifiutava il bastone. Entrambi sapevano che ero intelligente e riponevano grandi speranze nel mio futuro. Naturalmente le speranze erano sempre le loro, mia madre mi vedeva professore di lettere o di filosofia, mio padre, ingegnere. Credo che neppure per un istante si fossero chiesti quale fosse davvero la mia passione. E, in effetti, neanch'io lo sapevo. Da piccolo, immaginavo di fare il pilota di aerei o il poliziotto. Il pilota, per volare sopra le cose, il poliziotto, per portare più giustizia nel mondo. Già in quinta elementare però – al tempo della morte del mio compagno – questi sogni erano scomparsi. L'unica cosa di cui ero cosciente era l'agguato del vuoto intorno. Era difficile muoversi, immaginare qualcosa, con quella spada perennemente puntata alla gola.

Mi sentivo solo, e mi pesava.

All'inizio avevo provato a comunicare a qualcuno i miei pensieri. Le reazioni però non erano state delle migliori; dopo avermi ascoltato, restavano tutti in un imbarazzato silenzio oppure cambiavano discorso, come si fa con le persone fuori di testa.

Nella solitudine della mia stanza io allora mi chiedevo perché vedessi cose che nessun altro vedeva. Sarebbe stato più semplice, pensavo, avere un talento per la meccanica o la fisica, tutti sarebbero rimasti ammirati dalle mie domande. Con pochi calcoli precisi, avrei potuto dimostrare perché una cosa funzionava o no. Le domande che mi facevo, invece, non riguardavano mai nulla di concreto.

C'erano delle incongruenze nella realtà, da queste ero ossessionato, le persone parlavano in un modo e si comportavano in un altro. Mio padre aveva lottato per un mondo migliore e in lui non c'era niente di eroico, di esemplare. Odio e disprezzo erano l'alone che si portava appresso. Tra il dire e il fare, diceva sempre la mia maestra, c'è di mezzo il mare. Ecco, era questo mare che volevo indagare.

In realtà, osservando i miei genitori, avevo già capito che il mondo era diviso in almeno due grandi settori. Quello di chi credeva che, dietro all'universo, ci fosse qualcos'altro; e quello di chi credeva che, nella partita della vita, ci fosse solo un tempo. Io però non riuscivo a schierarmi né da una parte né dall'altra. Entrambe avevano una serie pressoché infinita di risposte preconfezionate mentre quelle che mi davo io erano come quelle di un sarto. Calzavano bene a me e a nessun altro.

Per tutta la fanciullezza sono rimasto in bilico su quel vuoto tremendo. Poi è venuta l'adolescenza e mi sono tuffato. Un giorno volevo studiare medicina per andare in Africa a salvare i bambini che morivano di fame, il giorno dopo volevo essere soltanto un assassino. Il pomeriggio, invece di studiare, andavo in giro per i campi o per la città. Camminavo per ore con i pugni in tasca, lo sguardo basso. Camminare non alleviava per niente la mia pena, al contrario la faceva più grande, ogni passo era un ragionamento, una domanda che non trovava risposta. Parlavo a voce alta, ridevo da solo. Sapevo di sembrare pazzo e non me ne importava niente. Se la norma era quella che da quindici anni mi vedevo davanti, se la norma erano gli insulti e gli sguardi spenti, quella tristezza trascinata nei giorni come un manto, io neanche per un secondo della mia esistenza volevo appartenervi.

Su una bancarella, nella città vecchia, avevo trovato un libro di poesie. Era di Hölderlin. A parte quelle studiate a scuola, per forza noiose, non avevo mai letto un verso. Aprire quelle pagine e provare un'emozione assoluta era stato tutt'uno.

Lì dentro c'erano cose che provavo anch'io, malinconia, dolore, autunno, senso di caducità delle cose. A un tratto non sono più stato solo. Tra il credere e il non credere, c'era uno spazio intermedio, una specie di intercapedine in cui vivevano gli sguardi inquieti.

C'era la verità, l'avevo in mano. Se avessero aperto gli occhi, l'avrebbero potuta avere anche tutti gli altri. Quelle frasi mi aspettavano da quando ero nato. Adesso erano lì, erano mie, facevano parte della mia vita. Poesia e pazzia, mi dicevo camminando, sono come i due lati di una foglia. Uno ha gli stomi e guarda in alto, l'altro scarica anidride carbonica verso il basso. Da un lato all'altro, c'è un continuo passaggio di umori, lo scorrere delle molecole e dei fluidi.

Mi avvinceva il destino di tanti poeti divenuti folli. Lo sentivo vicino, anch'io un giorno avrei cambiato nome e mi sarei rinchiuso in una torre. Hölderlin era diventato il signor Scardanelli. Aveva trascorso il resto dei suoi giorni chiuso lassù, a suonare il pianoforte. Ogni tanto guardava giù il placido corso del Neckar ed era contento. Certo, lui aveva trovato un'anima pia che si era preso cura di lui, era stato un onore, per il falegname, poter essere il custode di uno spirito così grande. Avevo il sospetto che, ai nostri giorni, i falegnami fossero diversi. Gli appartamenti erano piccoli, senza torri né stalle. Non c'era spazio neanche per i nonni, figuriamoci per i poeti. E poi, un punto a mio sfavore era che non ero un poeta. Almeno non ancora.

In tempi molto rapidi la mia vita piombò nel disordine. Non c'era alcun movimento dietro di me, nessuna protesta. Scuotevo le cose perché vi apparisse uno spiraglio di verità. Lo avevo sempre fatto. Soltanto che adesso, per quella verità, cercavo le parole.

Mia madre fu chiamata a scuola. Il ragazzo, le dissero, ha qualche problema, è disattento, disordinato, e si lava poco. Per caso, insinuarono, anche lei ha notato qualcosa di strano?

A quell'epoca, alla televisione c'erano i primi dibattiti sulla droga. Mia madre li aveva visti e, da quel momento, viveva nell'incubo. Una volta, cercando dei soldi, avevo persino trovato un ritaglio di giornale in cui, da uno a dieci, come un decalogo, c'erano scritti i motivi per cui un genitore doveva cominciare a insospettirsi. Ne ricordo alcuni: scarsa puntualità, scarsa pulizia, discorsi strani, tendenza a mentire, anomala dilatazione delle pupille.

Ricordo anche la sua faccia quando è tornata da quel colloquio. Aveva gli occhi di una <u>lince</u>, il naso di un <u>segugio</u>. Si è seduta sul mio letto e mi ha detto: «È meglio che mi dici tutto». Poi, davanti al mio silenzio, con l'aria di una che ha già perso il figlio ha aggiunto: «Se non confessi a me, dovrò dirlo a tuo padre». Ero scoppiato a ridere: «Al padre alcolizzato, di' che ha il figlio drogato», cantavo, saltellandole intorno.

Mio padre e l'alcol. Un argomento che non si poteva toccare. Da bambino lo vedevo bere un bicchiere di vino dietro l'altro e volevo imitarlo. Il vino è per i grandi, diceva mia madre, sporcando appena l'acqua con un po' di colore. Soltanto qualche anno dopo ho capito che il vino non era per tutti i grandi, ma per pochi. Quei pochi erano come le auto, invece di andare avanti a benzina, andavano ad alcol.

La mattina, mentre mangiavo il pane con il caffellatte, lui versava nella sua tazza le stesse proporzioni di caffè nero e grappa. Alle otto di sera, non era quasi mai a casa. Mia madre mi mandava a chiamarlo. Trovarlo era facile, i bar e le osterie che frequentava non erano più di tre o quattro. Dentro di me speravo sempre che non ci fosse, che avesse avuto un incidente. Invece, ogni volta, lo trovavo. Vedevo la sua schiena massiccia, era seduto a un tavolino con gli amici. Parlava a voce alta, gesticolava. I suoi amici erano come lui, lo trovavano divertente. In effetti mio padre a loro raccontava un mucchio di cose, era molto diverso: a casa non diceva una sola parola.

Lo fissavo e i piedi mi diventavano pesanti. Non avevo nessuna voglia di raggiungerlo e dire come nei film: «La cena è servita». Stavo per un po' fermo alle sue spalle. Poi, uno dei suoi amici si accorgeva di me; gli toccava la spalla, dicendo: «Renzo, c'è tuo figlio». Allora lui si girava. Era lento e pesante come un orso, aveva gli occhi gonfi. «Cosa vuoi?» gridava rabbioso e io, invece di parlare, mantenendo la giusta distanza – quella di sicurezza – gli mostravo l'orologio sul muro.

L'effetto dell'alcol svaniva, o meglio mutava direzione, non appena metteva piede a casa. La loquacità diventava mutismo. Mia madre, ogni tanto, cercava di tenere viva la conversazione. Raccontava quello che le era successo durante il giorno. Quando ancora insegnava, parlava di qualcosa che era accaduto a scuola. Ma era come un tennista che gioca senza uno sfidante, senza neppure un muro. Le sue parole volavano nell'aria, quando finiva la spinta della voce, si dissolvevano nel nulla. Lui mangiava con gli occhi nel piatto e così avevo imparato a fare anch'io. Se sentiva il mio sguardo su di lui, si girava subito ruggendo: «Cos'hai da guardarmi?»

Si comportava come se avesse la coda di paglia. Una coda lunga, grande e vaporosa come quella di una volpe. Bastava un errore minimo nel movimento perché sfiorasse le braci e andasse a fuoco. Per questo si guardava spesso alle spalle con lo sguardo feroce di chi è pronto ad attaccare.

Dopo cena si metteva in poltrona. Il più delle volte si addormentava davanti alla televisione. Quando il sonno non arrivava, si metteva a commentare i programmi, lo faceva a voce alta, una specie di continuo borbottio. Per lui erano tutti dei fetenti, sporchi capitalisti sfruttatori e finocchi marci. Mia madre seduta vicino ornava dei cuscini a piccolo punto. Lo sproloquio per lei era come il rumore del mare, rimbombava nelle sue orecchie da talmente tanto tempo da non farci più caso.

Io avevo un sacro terrore dell'alcol. Lo vedevo come qualcosa che entrava dentro e guastava le persone.

Quando il disordine è entrato nella mia vita, è entrato come elemento puro. Era aria di montagna, diamante, quarzo, non qualcosa di ottuso e sporco che seguiva il vizio. La lucidità era il suo punto di forza, al posto dello sguardo, avevo un binocolo a infrarossi. Scandagliavo, smuovevo. Ero certo che la banalità apparente non fosse altro che uno scudo da infrangere. Dai suoi cocci sarebbe nata la poesia. Non quella degli altri, che leggevo sui libri, ma quella che sarebbe stata soltanto mia. Dentro di me c'erano tanti movimenti. Dalla stasi dell'infanzia ero passato al moto perpetuo. Pensieri, idee, sentimenti, si muovevano come all'orizzonte si muovono le nuvole sospinte dal vento. Invece di andare a scuola, camminavo per il Carso. Camminando, ripetevo a voce alta i versi di Kosovel:

*Io sono l'arco spezzato di un cerchio,*
*io sono la forza che l'asprezza ha schiantato.*

Quelle parole erano il mio vangelo. Sentivo di avere una forza tremenda. Sapevo di essere grande. Non ero più Atlante, ma un titano dalle spalle sgombre. Da sempre sentivo la confusione e il disordine del mondo. Adesso per la prima volta non ne ero più dentro, il disordine era solo mio. Lo creavo e lo disfavo ogni giorno. Ero certo che, da quel disordine, sarebbe nato l'ordine, un ordine chiaro, cristallino nel quale, per primo, avrei chiamato le cose per nome.

Nella mia vita di camminatore non avevo amici. Quello che interessava i miei coetanei, a me non interessava affatto. Non c'era nessuno con cui confidarmi tranne il cielo aperto dei campi, il vento e, di notte, il buio e il silenzio della mia stanza.

Adesso so che sarebbe bastata una persona, una sola, per rendere il mio destino diverso. Sarebbe bastato uno sguardo, un pomeriggio trascorso insieme, il barlume di una comprensione. Qualcuno con uno scalpello in mano: lo scalpello e l'attitudine a scavare per far esplodere lo stampo di creta in cui ero compresso.

Da sedici anni la solitudine e la disperazione erano all'opera dentro di me, come due mantici. Soffiavano e soffiavano senza mai fermarsi. Ormai ogni sentimento, ogni percezione erano gonfi fino all'inverosimile. Li chiamavo grandezza, poesia. Invece, forse, erano soltanto il desiderio di farla finita. Mi svegliavo nel cuore della notte e su un piccolo album scarabocchiavo parole che avrebbero dovuto essere versi. In quegli istanti, ero come ubriaco, mi tremava il braccio, il polso, tremava la penna sulla carta. Sentivo che, nella mia testa, finalmente si era aperta

una saracinesca. Il velo dell'illusione era scomparso. La
verità risplendeva lucida. Era un paesaggio di primavera
ravvivato nei colori dalla pioggia. Vedevo le gemme e l'erba tenera e, fra l'erba, i boccioli aprirsi e divenire fiori.
Quando tornavo a letto una gran pace mi scendeva dentro. Mi addormentavo felice come un bambino amato fin
dal giorno del concepimento. Mi sembrava di aver raggiunto un punto fermo. Un punto dal quale era possibile
partire e rifondare tutto in modo diverso.

Quella felicità però era di breve durata, il tempo di
fare colazione e lavarsi la faccia. Appena mi sedevo alla
scrivania e rileggevo i fogli, sentivo l'universo crollarmi
addosso. Non c'era alcuna luce, in quelle frasi, non si apriva uno spazio più grande, c'erano solo i miei pensieri di
sempre, più confusi che durante il giorno. Le parole che
li esprimevano erano banali come le lettere delle ragazzine
alla posta del cuore.

Tuttavia non mi arrendevo. Dopo lo sconforto, nasce-
va il furore. Mi dicevo, ho scavato, ma non abbastanza, il
disordine non è sufficiente, ci sono ancora tante pentole
che bollono con il coperchio sopra.

Poi ho scoperto Baudelaire. Mi è venuta la febbre
leggendolo. A essere sinceri mi sono sentito anche un po'
defraudato, erano parole mie quelle, le parole più profonde del mio essere. *Il faut être toujours ivre.* Come potevo
negare la verità di questa affermazione? Il disordine non
bastava più. Per raggiungere quello che cercavo, ci voleva
ancora qualcosa, era come essere bambino e dover raggiungere un oggetto su un armadio, si sale su una sedia e,
se non basta, si aggiunge uno sgabello. La droga, l'alcol
non erano il centro, ma soltanto una scala per raggiungere
ciò che era nascosto.

A scuola ho trovato dell'hashish. Per fumarlo ho atteso di essere solo in mezzo a un bosco. Non avevo arrotola-

49

to mai neanche una sigaretta, le mani mi tremavano per l'emozione. Quando ho dato la prima boccata mi sentivo come Alì Babà davanti alla caverna magica. Quel fumo era l'Apriti Sesamo, la chiave magica che avrebbe aperto la porta di un'altra dimensione. Mi aspettavo esplosioni di luce e di colore, draghi, figure meravigliose. Non successe niente, gli alberi erano spogli, l'erba gialla. C'era una ghiandaia, sopra di me, gracchiando sgraziatamente saltava da un ramo all'altro. A parte la nausea e il giramento di testa, ogni cosa era come l'avevo sempre vista.

Su quel prato ho trascorso un paio d'ore. Poco prima dell'imbrunire sono andato a casa e lì l'Apriti Sesamo ha fatto effetto.

È successo durante la cena. Mio padre è entrato in cucina e all'improvviso non era più lui, ma un orso da circo. Un orso con un cappellino in testa e una minuscola bicicletta sotto le zampe. La trasfigurazione era così reale che sono scoppiato a ridere. In quell'istante, anche mia madre è diventata una bertuccia. Vedevo i loro musi agitarsi davanti a me, erano talmente comici che la mia risata è diventata un latrato.

«Si può sapere perché ridi?» ha gridato mia madre.

Mio padre ha battuto un pugno sul tavolo: «Questa casa è diventata un manicomio».

Allora ho smesso di ridere. «Lo è sempre stata», ho risposto.

Poi ho fatto quello che di solito faceva lui, ho dato una pedata all'armadio e sono uscito sbattendo la porta.

Fuori faceva freddo ma non me ne importava niente. Le strade erano deserte, le cucine illuminate. Sbirciando oltre i vetri intravedevo decine e decine di piccoli inferni domestici, gli officianti erano intorno al desco e al televisore. Non sentivo le parole, ma le sapevo tutte lo stesso. Percepivo l'infelicità filtrare attraverso i vetri.

Ho imboccato la strada principale del paese, alla stazione del tram mi sono fermato per comprare delle sigarette, poi ho proseguito per la strada nazionale. Avevo bisogno di un respiro più grande, volevo vedere il mare.

Il tram mi è passato accanto. A parte il conducente, a bordo c'era soltanto un vecchio con la barba lunga. L'ho salutato con la mano, come fanno i bambini, poi il tram è scomparso con tutte le sue luci. Sono rimasto solo nella notte e ho cominciato a cantare.

Nella piazzola dell'obelisco c'era una macchina con una coppietta dentro. Mi sono seduto sul parapetto del belvedere e ho acceso una sigaretta. A dire il vero, era abbastanza schifosa ma bruciava, mi piaceva vedere quel piccolo cerchio di fuoco contro il nero del cielo.

Sotto di me c'era la grande città e in fondo lo spazio scuro del mare. Poco fuori dalla rada si intravedeva la sagoma enorme di una portaerei. Tutto intorno brillavano le luci più piccole dei pescherecci. Era strano, in quel momento sentivo ogni cosa dentro di me. Comprendevo tutto, ero tutto. Sentivo le parole dei pescatori e vedevo le loro mogli a casa che li aspettavano guardando la televisione. Vedevo i pesci nuotare tra le alghe e la rete bianca che gli piombava davanti. Vedevo i taxi fermi alla stazione e le persone in arrivo sul treno che guardavano fuori dal finestrino. Percepivo i loro pensieri, i loro pensieri erano i miei così come lo erano quelli del bambino che, in quell'istante, il padre stava picchiando o quelli della vecchia che, tutta sola, stava morendo all'ospizio e quelli del piccione che sulla sua finestra la guardava morire. Non c'erano mai stati così tanti pensieri nella mia testa, non c'era mai stato un sentimento così preciso di quello che mi stava intorno.

Non so a che ora mi sono mosso da lì, a un certo punto ho avuto un brivido di freddo. Le troppe emozioni mi avevano stancato, gli innamorati non c'erano più. Ho acceso un'altra sigaretta e mi sono avviato verso casa.

Quasi tutte le finestre erano spente, vegliavano soltanto gli insonni e i malati. Anche casa mia era al buio. Non sapevo che ora fosse e non me ne importava niente. Ho premuto il campanello e ho atteso. Non è successo niente. Ho aspettato ancora qualche minuto, poi ho sferrato un calcio al portone e me ne sono andato.

Ormai avevo davvero freddo, ho pensato che la stazione poteva essere l'unico luogo caldo. Lungo la strada c'era un grande piazzale. Lì spesso i camion provenienti da est si fermavano per la notte. Infatti ce n'erano tre. Venivano dalla Bulgaria ed erano diretti al macello, andavano tutti là i camion che passavano il confine con il bestiame.

Uno portava cavalli, un altro mucche, il terzo non si vedeva bene. Mi sono avvicinato e ho guardato dentro, c'erano degli agnellini. Erano così piccoli e bassi che sembravano un tappeto, un morbido tappeto bianco e ondulato. Qualcuno di loro mi deve aver visto. Uno, in particolare, si è levato sulle zampe e mi è venuto incontro. Faceva *beee* caracollando tra gli altri. Forse, per qualche ragione misteriosa, mi aveva scambiato per la madre. Ha messo il muso tra le feritoie, i suoi occhi erano neri e lucidi, c'era un interrogativo dentro quegli occhi. Ho allungato la mano e gli ho toccato la fronte, era tiepida come quella di un neonato. «Cosa c'è?» gli ho chiesto piano e in quello stesso istante l'incantesimo dell'Apriti Sesamo è finito. Sono scoppiato a piangere. Lui belava e io piangevo, piangendo sbattevo la testa contro la fiancata del camion.

Il mondo è dolore, non altro.

Il giorno dopo mia madre non mi ha rivolto la parola. Mio padre non l'ho neanche visto. Invece di andare a scuola, sono rimasto a casa a dormire. Della scuola non me ne importava più niente. Facevo il liceo classico e dovevo rompermi la testa sugli aoristi. Studiavamo cose morte e sepolte, e di questo studio non riuscivo a farmi una ragione. Persino la filosofia, che in qualche modo avrebbe potuto interessarmi, era insegnata in modo tremendo. C'erano tanti signori che parlavano come statue in un deserto: il noumeno e le monadi, il trascendente e l'immanente. Sembravano dei pazzi che descrivevano un mondo noto soltanto a loro. C'era la morte, la solitudine, il vuoto, l'enigma della nascita e del destino; c'era la sofferenza che, nella sua morsa, stritolava ogni ora del giorno. Che relazione aveva tutto questo con quelle formule incomprensibili che dovevamo mandare a memoria?

Con l'aria da vati, i professori proclamavano: «Adesso non ne vedete il senso ma quando sarete adulti capirete l'importanza del greco e del latino». Il loro atteggiamento mi sembrava quello di mio padre quando diceva: «Ti ci vorrebbe un'altra guerra». Sentivo sotto una sottile crudeltà, il desiderio di far scontare ad altri il tempo insensato della loro giovinezza.

In quel periodo stavano anche cominciando i primi fermenti studenteschi. Per curiosità sono andato a due o tre riunioni del collettivo della scuola. Si parlava di lotta al capitalismo e dittatura del proletariato, le stesse identiche cose per cui aveva lottato anche mio padre, non c'era niente di nuovo sotto il sole. Le persone, mi dicevo, amano riproporsi sempre le stesse illusioni, tutti hanno paura, così inventano un sogno, qualcosa che dia loro complicità e senso, è bello far parte del coro, ripetere tutti le stesse cose. Ai pulcini piace stare al caldo sotto la luce dell'incubatrice, agli uomini piace il tepore delle utopie, delle promesse impossibili. Non tutti possono andare fuori, non tutti hanno la forza di contemplare l'essenza reale, il lungo tunnel buio che – dalla nascita alla morte – siamo costretti a percorrere, carponi.

Quando ero ancora in quarta ginnasio, un pomeriggio d'autunno sono andato alla festa di compleanno di una delle mie compagne. Saremo stati una quindicina in tutto. Non eravamo più piccoli e non eravamo abbastanza grandi, non sapevamo come comportarci. C'era un buffet con le tartine e le bibite e un mangiadischi. Tutti avevamo i brufoli e difficoltà a parlare. A un certo punto, uno ha detto: «Facciamo il gioco delle sedie!» e abbiamo cominciato a giocare.

Il gioco era molto semplice: il numero delle sedie era di un'unità inferiore a quello dei partecipanti, si metteva un disco nel mangiadischi e tutti cominciavano a camminare in tondo per la stanza, poi, a sorpresa, la musica finiva e bisognava subito sedersi. C'era un gran correre e sgomitare e, alla fine, uno restava in piedi. Quell'uno ero sempre io, ogni volta c'era un pegno da pagare. Alla terza volta – il pegno era quello di togliermi una scarpa e saltare per tre minuti su una gamba sola, leccare la Coca-Cola dalla ciotola del cane, e andare a quattro zampe, con la compagna più grassa sulla schiena – ho detto «mi ritiro» e ho lasciato il gioco. Qualcuno ha protestato debolmente qualcun altro ha fischiato, ma io ho fatto finta di niente.

Erano i primi di dicembre. Davanti al salotto c'era un balcone. Incurante del freddo, ho aperto la porta e sono uscito fuori. Malgrado fosse pomeriggio, il cielo era già buio e pieno di stelle, la bora soffiava e puliva ogni cosa, le antenne vibravano e così i fili che le collegavano agli apparecchi, una sinfonia di cavi e ferraglia. Oltre la tenda leggera, vedevo i miei compagni, il pavimento della sala era di marmo, brillava lucido e disinfettato come una lastra dell'obitorio. Loro continuavano a correre in circolo, intorno alle sedie. Vedevo le smorfie, gli ammiccamenti, gli imbarazzi. Per me erano già tutti teschi, mandibole, tibie. La confusione li avvolgeva, li avrebbe avvolti per sempre. Le loro vite mi apparivano come il piano di una casa in costruzione. C'erano le fondamenta e le pareti, le tubature dell'acqua e il tetto. Sapevo ogni cosa del loro futuro, avrebbero fatto tutto quello che bisognava fare. Loro stavano là dentro, alla luce, al caldo, si riempivano la bocca di parole vuote. Io ero oltre il vetro.

Solo, al buio, con il gelo della notte intorno

## V

Un giorno mia madre mi ha fatto una sorpresa. Sono tornato a casa e ho trovato il prete.

«Cos'è? È morto qualcuno?» ho chiesto vedendolo.

«Non essere irriverente», ha detto lei piano.

«Passavo per caso», ha risposto don Tonino. «Se dò fastidio tolgo subito il disturbo.»

«La prego...» ha fatto mia madre, e lui è rimasto seduto.

Mio padre non c'era quel giorno così si è fermato a pranzo con noi.

Abbiamo mangiato in silenzio. O meglio, io sono stato zitto e loro hanno parlato di un imminente pellegrinaggio a Lourdes.

«Mi piacerebbe tanto venire», diceva mia madre, «ma capisce... con mio marito.»

«Quel che conta è il desiderio», rispondeva il prete, «e poi vedrà che prima o poi ci sarà l'occasione.»

Esaurito quest'argomento, avevano parlato ancora un po' delle campane, c'era una colletta per comprarne delle nuove ma si era ben lontani dal raggiungere la cifra. Di amenità in amenità siamo arrivati al caffè. A quel punto mia madre si è alzata e, con il rossore della bugia dipinto in faccia, ha detto:

«Spero che mi scuserete se mi ritiro a riposare, mi è venuto un tremendo mal di testa».

«Dovresti imparare a recitare un po' meglio», ho risposto senza girarmi. Su quelle parole, lei ha chiuso la porta della stanza.

Così siamo rimasti noi due soli, con molliche e bucce di arancia in mezzo al tavolo. C'è stato un silenzio piuttosto lungo, poi lui ha cominciato a sfregarsi le mani come se avesse freddo e ha detto:

«E allora come va?»

«Perché è così ipocrita?» ho chiesto io.

«Non sono ipocrita», ha risposto lui. «Voglio davvero sapere come stai. Tua madre è preoccupata per te.»

Ho cambiato la posizione delle gambe e la sedia ha scricchiolato.

«Poteva preoccuparsi prima di mettermi al mondo.»

Don Tonino giocava con la mollica, faceva delle palline e poi le schiacciava con l'indice. Era con lui che avevo studiato dottrina. Da bambino mi sembrava vecchio, soltanto in quel momento osservandolo mi sono accorto che doveva aver da poco superato i cinquant'anni. Non avevo mai provato antipatia per lui ma, in quel momento, era il nemico.

Abbiamo trascorso quasi un'ora insieme, lui parlava, parlava, e io non ascoltavo. Ogni tanto mi giungeva qualche parola «...i talenti... il figliol prodigo...» Fuori aveva cominciato a piovere, trovavo molto più interessante osservare la traiettoria delle gocce, il modo in cui correvano sui fili della luce, sui rami lucidi e spogli dell'albero di fronte.

Quando se ne è andato, non mi sono alzato per accompagnarlo alla porta.

Le cose intanto stavano degenerando. Non c'era più un solo istante in cui fossi calmo. Invece di parlare, urlavo. Riuscivo a star fermo soltanto quando ero in uno stato di sfinimento.

Una sera, sdraiato nel letto, mi sono accorto che nelle vene non pulsava più il sangue, al suo posto correva la lava incandescente dei vulcani, sospinta dal cuore vorticava dai piedi alla testa, inondava il cervello, giungeva agli occhi e li mutava in braci.

Di notte non dormivo quasi nulla. Mi era tornata l'insonnia dell'infanzia. Tutt'al più, se avevo bevuto o fumato, sprofondavo per un paio d'ore in un pozzo nero senza immagini né suoni. Il risveglio era sempre improvviso, di colpo avevo gli occhi sbarrati. Non ricordo sogni particolari, se non uno. Alzo gli occhi e sopra di me, su una roccia, vedo un enorme leone immobile, già la sua ombra è spaventosa. Intuisco che sta per saltarmi addosso, nel suo sguardo la ferocia è pura, paralizza ogni mio desiderio di fuga. Vorrei gridare ma non ci riesco. Nell'attimo in cui balza capisco che non è più un leone, è una capra, un toro, un pitone, un figlio remoto del demonio. Gli occhi hanno un'intensità di un altro mondo, le narici e la lingua sono tizzoni, sopra di me gli artigli insanguinati volano come scintille fuggite dal fuoco. Solo allora ho gridato e, con il grido, mi sono svegliato. Dalla strada giungeva il rumore dei camion, imboccando la salita cambiavano marcia. In cucina, un rubinetto gocciolava. Mio padre russava nella stanza accanto. Mi sforzavo di riprendere sonno ma non ci riuscivo. Il resto della notte lo passavo immerso in un dormiveglia senza quiete, digrignavo i denti, sbattevo la testa contro il muro, strappavo le lenzuola come fossero una camicia di forza.

La mattina dopo, ero stanco morto. Alzarsi era duro, andare a scuola impossibile. Uscivo con i libri in mano, andavo in città e mi infilavo nel primo bar aperto.

Il furore aveva portato con sé la sete, la gola mi bruciava sempre e così lo stomaco. C'era un incendio e dovevo spegnerlo, al mattino la birra era la cosa migliore, mi sentivo subito meglio. Già dopo il primo boccale diventavo più calmo. Sete e nervosismo ormai erano una sola cosa.

Così senza neanche accorgermi ho cominciato a bere. Sapevo e non sapevo di farlo, in ogni modo mi ripetevo: «È un caso diverso da mio padre. Lui beve perché è un fallito, io ho solo bisogno di un aiuto per conoscermi meglio. Al mondo non bisogna demonizzare niente. Le cose non valgono per sé ma per quello a cui servono».

A casa ci evitavamo l'un l'altro, eravamo due specchi che non potevano riflettersi. All'ora di pranzo, lui non c'era mai e anch'io cercavo di non esserci. Mia madre si era persino abituata, non mi chiedeva più neanche: «Dove sei stato?» Mangiava sola davanti alla televisione poi metteva via il piatto e prendeva il cucito.

Nell'ultimo anno le erano venuti molti capelli bianchi. Con il bianco doveva essere giunta anche la stanchezza, in qualche modo, forse, era contenta di quella quiete apparente. Ma la quiete era appunto apparente, stavamo tutti camminando su un filo teso con un'asta in mano. A un tratto l'asta è sfuggita e siamo caduti.

È successo una domenica. Mia madre aveva fatto l'arrosto e lo stava tagliando, ha messo la fetta nel piatto di mio padre nello stesso istante in cui io sono entrato in cucina. Si sono voltati a guardarmi come se fossi un marziano. Erano pallidi, immobili, sembravano statue di sale. Ho spostato la sedia rumorosamente e mi sono lasciato cadere sopra. Mio padre aveva i riflessi lenti, è passato qualche secondo prima che sbattesse il pugno sul tavolo. Le posate sono sobbalzate e così i bicchieri.

«Questa casa non è un albergo!» ha gridato.

Ho preso una patata novella dal piatto, era tenera, saporita. «Strano, non me ne ero mai accorto», ho risposto, mordendola.

Allora lui si è alzato in piedi.

«Sei un disgraziato!» ha urlato, sollevando il braccio per darmi uno schiaffo.

Io sono stato più svelto, con il destro ho parato e con il sinistro ho colpito: il pugno gli è arrivato in pieno viso, ho sentito precisamente l'osso del naso curvarsi. Si è accasciato sulla sedia, coprendosi il volto con le mani.

Con calma ho raggiunto la porta.

«E tu cosa sei?» gli ho detto mentre mia madre con un fazzoletto gli tamponava la ferita.

Nei pomeriggi di domenica le strade sono spaventosamente vuote e tristi. Avevo voglia di svagarmi. Dei manifesti sui muri annunciavano l'arrivo in città di un grande luna park. Ho preso un autobus e l'ho raggiunto. Per tutto il pomeriggio sono andato sull'autoscontro, appena vedevo una persona dallo sguardo felice, giravo l'auto e gli andavo addosso.

Sono partito con quelli delle giostre. All'ora di chiusura ho domandato loro se avevano bisogno di un aiuto. «Una mano serve sempre», mi hanno risposto. Nessuno ha chiesto quanti anni avevo e perché volessi andare via, non c'era paga, soltanto qualche mancia, un tetto, qualcosa da mangiare e la possibilità di divertirsi tutti i giorni.

La mattina dopo abbiamo smontato le strutture e siamo partiti. Avrei potuto telefonare a casa, chiedere come stava mio padre ma il pensiero non mi ha sfiorato neanche per un istante. Nella mia mente si era creato una specie di vortice nero, roteando su se stesso aveva ingurgitato il mio passato.

Dalla mattina alla sera vivevo in compagnia. Faceva freddo e pioveva. Tutti, per andare avanti, si aiutavano con l'alcol, era la prima volta che mi capitava di bere assieme ad altre persone, l'effetto non mi dispiaceva affatto.

Ero brillante, simpatico. Quando parlavo, chi stava intorno si divertiva sempre. Cambiavamo piazza ogni giorno o quasi. Non siamo mai andati molto lontani, frequentavamo le fiere, i mercati, le feste rionali.

Di quel periodo – non saranno state più di due o tre settimane – non ho un ricordo preciso. Era come se avessi in mano un caleidoscopio. Ciò che dominava erano soprattutto delle tinte: il grigio di un capannone abbandonato, la carta da parati di un'osteria sulle colline, l'azzurro di una corriera sbucata dalla nebbia, l'arancio intenso dei cachi in un giardino spoglio.

Avevo cancellato il passato. Cancellandolo, avevo cancellato anche il futuro. Al posto dei pensieri e della coscienza di me stesso, c'era soltanto una specie di febbre. In quei giorni la chiamavo divertimento, dal gran parlare e dal gran ridere mi bruciava la gola. Bevevo e bevevo, e ormai nessuna bevanda spegneva quel fuoco.

Poi, un pomeriggio, nel gabinetto di un bar ho visto il mio volto riflesso nello specchio. Chi era quella persona che mi stava guardando? Quegli occhi non erano i miei, non avevo mai avuto degli occhi così piatti. Sembravano gli occhi di un pollo o di un tacchino, lustri, levigati, vuoti. E, sotto agli occhi, c'erano due borse gonfie e un colorito che andava dal grigio al giallo. Che diavolo! mi sono detto, sarà colpa della luce che in questo cesso fa schifo. Stavo per uscire quando, all'improvviso, ho avuto la sensazione di non essere solo là dentro. C'era qualcun altro con me, e questo qualcun altro era triste. Non lo vedevo, ma sentivo che c'era.

D'un tratto, senza nessuna ragione, mi è venuto in mente l'angelo custode. Quel gabinetto era freddo, umido, puzzolente, aveva una porta a soffietto di plastica, il pavimento era bagnato di urina, la luce fioca. Cosa mai poteva fare lì l'angelo? Più che vivere nelle latrine, ho pensato, gli angeli seguono i bambini sull'orlo dei dirupi o sui ponticelli di corda sospesi sul vuoto.

Era pomeriggio e, di lì a un'ora, avremmo dovuto aprire l'autoscontro, l'osteria era abbastanza lontana dal paese dove c'era la giostra. Eravamo in quattro quel giorno, ci avevano detto che lassù il vino era buono, per questo eravamo andati in collina. Il tempo era passato bevendo e giocando a carte. Quando ci siamo rimessi in moto, eravamo in forte ritardo. Dalla pianura saliva la nebbia, la strada era piena di buchi e di curve, la vecchia 850 aveva le sospensioni rotte. Stavo dietro e ho pensato, stiamo correndo troppo. In quell'attimo, di fronte a noi, si è materializzata la sagoma scura di un camion.

# VI

Nell'ultimo anno – prima della mia maggiore età – sono successe soltanto due cose importanti. Dopo un mese di ospedale sono andato dritto in un centro per giovani sbandati con problemi di alcolismo. E questa è una. La seconda è che lì, finalmente, ho trovato un amico. Si chiamava Andrea e dormiva nella mia stessa stanza. Quando l'ho visto per la prima volta stava sdraiato sul letto con le mani raccolte dietro la nuca. Aveva gli occhi aperti e fissava il soffitto. Ho detto «salve» e non si è girato. Mi sono presentato porgendogli la mano ed è rimasto immobile.

Per due giorni interi mi ha ignorato. L'unico contatto fra di noi erano gli occhi. Ovunque mi seguiva con il suo sguardo. Lui mi guardava e io non riuscivo a fare altrettanto. Le sue iridi erano di uno strano colore sospeso tra l'azzurro e il verde chiaro, la sensazione era quella di una superficie acquea imprigionata dal ghiaccio. Erano acqua ma anche fuoco, bruciavano al minimo contatto. Il viso era un bel viso, lineamenti regolari e tinte chiare, accanto a lui mi sentivo goffo, malfatto. Stava sempre solo, in disparte.

La sera, dopo cena, tutti gli ospiti del centro si raccoglievano in una stanza a guardare la televisione e a giocare a carte. Non era permesso rimanere nelle camere. C'era un rumore molto forte, così lui girava la sedia contro il muro dando la schiena al resto della stanza. Per due sere mi sono unito alla compagnia, partecipavo alla briscola e commentavo i programmi a voce alta. In realtà mi sentivo più solo di prima. Così la terza sera l'ho imitato, assieme a lui mi sono messo a guardare il muro.

«Mi copi?» aveva chiesto allora lui senza voltarsi.

«No», avevo risposto, «soltanto non sopporto tutto il resto.»

Quella notte nella stanza avevamo parlato a lungo, il buio celava il suo sguardo. Ci interessavano le stesse cose, per descriverle usavamo le stesse parole.

Da quel momento non ci siamo più lasciati.

Il centro era una specie di villetta costruita all'interno del parco dell'ospedale psichiatrico.

I padiglioni più importanti avevano l'aria piuttosto vecchia, dovevano risalire all'inizio del secolo, quasi tutte le finestre erano protette da grosse grate e i vetri, dietro le grate, erano opachi. Da lì ogni tanto filtravano delle grida che non avevano niente di umano. Ne avevo sentite di simili soltanto nei film ambientati nella giungla amazzonica, sembravano urla di scimmie arboricole.

Una volta, passando davanti al reparto dei cronici, Andrea mi ha raccontato di aver sentito dire che là dentro era rinchiusa una ragazza della nostra età che non poteva stare senza la camicia di forza neppure per un attimo. Appena aveva le mani libere infatti cominciava a distruggersi, si strappava i capelli, si lacerava il viso con le unghie, si azzannava gli avambracci come fosse un cane con il suo osso. Non c'era niente, assolutamente niente da fare, si comportava così fin da piccola, una lesione al momento del parto o qualcosa del genere. Si sarebbe comportata così fino alla fine dei suoi giorni.

«Tenere in vita persone di questo tipo», aveva detto Andrea, una mattina che camminavamo accanto al padiglione, «è una delle tante ipocrisie. Basterebbe un'iniezione per farle felici.» Poi aveva fatto una pausa. «In qualche modo», aveva aggiunto, «noi e loro siamo legati dallo stesso destino.»

L'ho guardato senza capire. Allora lui mi ha spiegato che la struttura del genere umano è quella di una piramide. Nella piramide, quegli infelici stavano nel gradino più basso, dove il mondo animato si congiungeva con quello inerte. Noi, al contrario, stavamo al livello più alto, sulla sommità. Era il livello della nostra coscienza a portarci lassù. Come loro erano a contatto con la nuda terra, così noi eravamo a contatto con l'aria infinita del cielo. Stavamo rinchiusi in quell'ospedale per la legge degli opposti. Per motivi diversi, il livello più basso e quello più alto davano entrambi fastidio a chi vegetava nel mezzo. O meglio, uno dava fastidio e l'altro rappresentava una minaccia.

«Viviamo nella dittatura della norma, non te ne sei mai accorto?» mi aveva detto, sfiorandomi una spalla. «Nessuno sopporta il superuomo.»

«Chi è il superuomo?» avevo chiesto io allora.

«Sono io», aveva risposto lui senza alcun dubbio. «Sei tu. Siamo noi, che vediamo ciò che gli altri non vedono.»

Poi aveva parlato della natura. Anche lì, le cose procedevano allo stesso modo. C'erano gli erbivori, i carnivori e, sopra di loro, i superpredatori, che non erano altro che dei carnivori più cattivi di tutti gli altri. A parte le intemperie o i cacciatori, non c'era nessuno in grado di far loro del male.

«Per gli animali», aveva detto Andrea, «si tratta solo della maniera di sopravvivere. Chi mangia e chi viene mangiato. Per gli uomini, la questione è molto più sottile. Ci sono esseri primitivi, il cui solo scopo è riempirsi la pancia e accoppiarsi. Questi esseri sono la base larga della piramide, la loro mente è primitiva, vivono soprattutto in base alle pulsioni. Dài loro uno stimolo e puoi essere certo della risposta, i loro riflessi non sono molto diversi da quelli di un'ameba. Sopra a loro ci sono le persone appena di poco superiori, persone che hanno un po' di coscienza, ma è una coscienza diluita come il sale nell'acqua della pasta. Per sopravvivere, alle volte, si inventano un ideale o qualcosa del genere, si tratta di invenzioni deboli, infantili. Sono degli zoppi, hanno bisogno del bastone per andare avanti, se glielo togli, cascano a terra e strisciano sul pavimento come vermi. Sopra questa melma», aveva continuato Andrea, «stanno gli eletti. Gli eletti hanno avuto ogni talento in dose superiore alla norma. Non sono vermi ma aquile, la loro condizione naturale è il volo, conoscono la bellezza e la verità, non si mischiano con la sporcizia che sta sotto. Solo ogni tanto chiudono le ali e vanno giù in picchiata, con la loro maestosa potenza, e distruggono il nemico.»

Io ascoltavo questi suoi discorsi affascinato, non avevo mai sentito qualcuno parlare così. Nel momento stesso in cui le sue parole giungevano alle mie orecchie, provavo un istante di sbalordimento. Passato quell'istante, le riconoscevo subito come giuste, la verità era quella. Non c'era alcuna eguaglianza sulla terra. Anche se tutti avevamo due gambe, due braccia e una testa, in realtà appartenevamo a specie diverse. Pensavo ai volti paonazzi degli amici di osteria di mio padre o ad alcuni compagni di scuola che avevano in testa soltanto le ragazze o i motori, con loro mi ero sempre sentito a disagio. Quella volta ignoravo ancora che, tra me e loro, c'era un abisso. Io appartenevo al mondo delle aquile, loro a quello dei protozoi. Dalla mattina alla sera reagivano unicamente alla legge stimolo-risposta.

Le parole di Andrea mi provocavano la stessa esaltazione delle prime poesie che avevo letto. A questa, però, si aggiungeva un senso profondo di rilassamento. Il mondo andava avanti così, come non averlo capito prima?

Dopo mangiato, ce ne andavamo a fumare una sigaretta vicino alla recinzione del parco. La primavera stava arrivando, le mimose e gli arbusti precoci erano già in fiore, il sole ormai tiepido. Stavamo lì a chiacchierare fino all'ora della terapia.

«Perché non lo dicono subito?» ho chiesto un giorno. «Sarebbe tutto più semplice.»

Andrea ha risposto con un'altra domanda: «Secondo te, da chi è governato il mondo?»

Mi sono vergognato per la mia superficialità. Era evidente che la realtà più diffusa era proprio quella dei protozoi, gli esseri stimolo-risposta, erano loro ad avere in mano le redini, ne avevo incontrati a decine, a centinaia, fin dal tempo dell'asilo. Il loro potere era quello della quantità, non della qualità, erano lo zoccolo duro della piramide, mai nessuna luce, mai nessun brivido. Era davvero impossibile che svelassero come stavano veramente le cose. Non per cattiveria o calcolo, ma per pura ignoranza dell'essenza del mondo.

Andrea diceva sempre che la soluzione migliore l'avevano trovata gli indiani, con l'invenzione delle caste. Lì, tutto era chiaro fin dal principio. Non c'erano annaspamenti, inutili perdite di energie.

«Solo qui da noi, le persone perdono tempo a inseguire delle cose che non potranno mai raggiungere. E poi, naturalmente, c'è la questione della razza. A seconda del continente in cui si viene al mondo, si hanno più o meno possibilità di salire al vertice. Pensa ad esempio ai negri», aggiungeva Andrea passeggiando, «hai mai visto un negro dirigere un orchestra? Eppure nelle gare di atletica sono i primi, nessuno salta e corre come loro. Questo cosa fa pensare? Che sono più vicini ai leoni che ai filosofi. È una riflessione naturale, logica, ti sale spontanea alla bocca, però non si può mai dire. Viviamo nel tempo dell'incontrastata ipocrisia. Siamo tutti uguali, è questo che vogliono farci ripetere come automi.»

Se non fosse stato per l'amicizia di Andrea, quel periodo sarebbe stato davvero triste. La vita là dentro era regolata da orari rigidi, non si poteva uscire né ricevere visite, si mangiava male e si era costretti a fare delle terapie. Gli ospiti saranno stati una quindicina, tutti piuttosto giovani. Con loro però non avevo quasi rapporti. Andrea e io ci eravamo costruiti intorno un bozzolo, lui parlava e io ascoltavo. Ero un cervo assetato che beveva acqua chiara.

Le terapie si facevano tutti insieme o da soli. C'erano delle signorine gentili che fingevano che tu fossi molto importante per loro. Io sapevo benissimo che l'unica cosa davvero importante era lo stipendio a fine mese, il fatto che loro, e non altri, stessero lì a scaldare quella sedia. Per quello potevano permettersi quella bonomia, perché, almeno per un istante, nella giungla della competizione, ce l'avevano fatta.

Il più delle volte stavo in silenzio davanti a loro. Nella stanza c'era soltanto il ticchettio dell'orologio. Sapevo che il silenzio dava loro molto fastidio, anche se facevano finta di niente. Mi guardavano sorridendo, poi cominciavano a giocherellare con la penna o con gli orecchini, li tiravano avanti e indietro, come se avessero voluto staccarsi l'intero lobo.

Il silenzio era una strategia che mi aveva insegnato Andrea. «Se ti diverte dire cazzate», mi aveva detto, «parla pure, loro sono felici. Le trangugiano come una bibita.

Se invece non ti va, stai zitto e vedrai che diventeranno matte.»

In quell'ora muta mi venivano in mente tante cose. Cose che non riguardavano me, ma la signorina di fronte. Vedevo la sua vita come una fila di diapositive: il diploma di maturità, il primo bacio, la decisione di studiare psicologia, la soddisfazione dopo gli esami e la festa di laurea in una triste pizzeria, con i parenti vestiti bene e gli amici. E poi, l'affannosa ricerca di un posto, gli stratagemmi leciti e meno leciti per ottenerlo, l'abbandono del fidanzato: «Non sopporto che ti occupi tanto degli altri». I pianti, i tranquillanti, la decisione di puntare tutto sul lavoro. Congressi, raduni di società, corsi di specializzazione, sgambetti e minuscole ascese di potere. E l'abbigliamento che si modificava, come i lineamenti. La rotta ormai era quella della zitella, una zitella stimata e intelligente che percorreva una strada dritta. Al capolinea, come a tutti, la aspettava una cassa di zinco foderata del legno più caro.

Alcuni minuti prima dello scadere dell'ora, la signorina si sporgeva un po' in avanti e chiedeva:

«Ti è venuto in mente qualcosa in particolare?»

Io la guardavo negli occhi e rispondevo:

«Niente».

Andrea diceva che uno dei poteri delle aquile era quello di vedere le vite altrui senza alcun paravento. «Davanti a noi sono tutti nudi, tutti inermi. Ci offrono le viscere come la frutta sui banchi del mercato.» Quando uscivo dalla stanza con la psicologa, sapevo che era vero.

Andrea era figlio di profughi istriani. Non c'era cosa che detestasse più dei rossi. «Loro», diceva, «sono il cancro che corrode questa società. Con le loro sciocchezze ubriacano i mediocri. Perché non nuocciano, bisogna schiacciarli sotto il tacco della scarpa, come vermi, lasciare solo una poltiglia al suolo.» Secondo lui non c'erano mai state tante tragedie al mondo come da quando era nato il delirio comunista. «La società umana», diceva, «esiste da parecchie migliaia di anni, ed è sempre andata avanti così. Chi è più bravo, comanda, gli altri devono solo ubbidire. Invece loro hanno costruito un potere paranoico, ribaltano le cose, così i meno capaci hanno il potere di decisione. Per questo che tutto poi va a rotoli. Se sei un operaio, puoi fare di tutto, se sei un professore sei soltanto una merda, ti fanno pulire i cessi o rompere le pietre per fare asfalto per le strade. Ogni mattina devi baciare gli stivali dei tuoi capi per il semplice fatto che, ancora, non hanno deciso di sopprimerti.

«Per loro», continuava Andrea, «le persone non esistono. Esistono soltanto i mestieri e i ruoli di partito e, fra tutti, il preferito è quello della spia. Il fratello denuncia il fratello, i figli denunciano il padre. La delazione e il tradimento sono l'ossatura del sistema. Un sistema betoniera che, invece del pietrisco, tritura esseri umani.»

Io lo ascoltavo in silenzio. Lui aveva molta più esperienza di me, conosceva più cose, e poi c'era un tono nella sua voce che pareva non ammettere alcun tipo di obiezione. Da mezze frasi, accenni, avevo capito che suo padre doveva essere sopravvissuto a qualcosa di terribile, il furore che spesso coglieva Andrea nel mezzo dei suoi discorsi forse non era altro che questo, l'eco di un colpo ch'era stato inferto a suo padre. L'eco del mio era stato molto diverso, con la sua lotta eroica per cambiare il mondo mi aveva vaccinato contro tutte le possibili rivoluzioni. Per questo mi ero sempre e soltanto occupato di quello che avevo dentro. Ciò che stava intorno, mi era piuttosto indifferente. E mio padre, in quei discorsi, era la mia coda di paglia. Per nulla al mondo volevo perdere la stima di Andrea. Se fosse venuto a sapere che era comunista, avrebbe potuto pensare che lo ero anch'io. Così tacevo.

Un pomeriggio, però, ho preso il coraggio a due mani. Stavamo fumando una sigaretta sulla panchina del parco.

«Sai», ho detto tutto d'un fiato, «hai proprio ragione. Mio padre è comunista ed è uno stronzo.»

Aveva voluto subito sapere tutto. Se era un attivista o meno, se aveva combattuto e dove. L'ho un po' deluso con la mia risposta.

«Lui non ne parlava mai. So che è stato partigiano e basta.»

Andrea ha spento la cicca sotto il tacco della scarpa.

«Probabilmente ha la coscienza sporca.»

Più volte, ai tempi della scuola, lui si era scontrato con i rossi. «Non ci crederai», diceva spesso, «ma mi facevano persino pena. Qualcuno lo conoscevo fin dalle scuole medie. Erano ragazzi simpatici, di buon senso. È sul buon senso e sulla sensibilità che agiscono quei vermi. Nell'età in cui la gente è più sensibile, nell'età in cui si sogna un mondo migliore, loro buttano la rete. È una rete a strascico e dentro ci finiscono un mucchio di pesci. Libertà, giustizia, uguaglianza. È bello riempirsi la bocca con queste parole. Sono solo specchietti per allodole, le allodole ci cascano sopra. Per questo fanno pena, non vedono la mano che sta dietro. È una mano adunca, sporca, appena si muove gronda sangue. Poi, magari, succede anche che, ogni tanto, qualcuno si accorge del trucco. Sarebbe bastata quell'invasione dell'Ungheria per capire che tutto era sbagliato. Ma è triste scendere dal treno, hai viaggiato per tanto tempo su quel convoglio con persone che cantavano le tue stesse canzoni. Non vedevi niente del paesaggio a lato, assieme agli altri guardavi avanti, in qualche luogo imprecisato c'era il futuro. Un futuro radioso come l'alba. Era lì che stavate andando, fiduciosi. Come fai a scendere? Se scendi, resti solo nel deserto, ti rendi conto della fame, del freddo. Il treno, con le sue luci, si allontana, c'è la notte che cala e i lupi che corrono dietro. Perché dovrei rischiare tanto, è molto meglio restare a bordo. Si resta anche quando si sa che il futuro non è radioso, ma non importa. A bordo si mangia e si canta. Le parole che canti ti fanno sentire diverso, le frasi nobili sono il tuo impegno. Hai un senso nel mondo per questo. Se smetti, sei un disfattista. Canta, continua a cantare, raglia con gli altri, come un ciuco. Come un ciuco, mettiti i paraocchi per non vedere fuori. Questa colossale menzogna è la bestia, hai capito? Il 666 nella sua forma finale, prima che il millennio si compia avrà distrutto il mondo.»

Non sapevo che cosa fosse il 666. In linea di massima, potevo pensare al numero di una camera di albergo. Così ho chiesto:

«Ma questo numero cos'è? Non l'ho mai sentito prima».

«L'apocalisse di San Giovanni, 666, la bestia. Satana capisci, il signore del mondo.»

«Il comunismo è Satana?»

«Già.»

Tutt'a un tratto, ho cominciato a pensare a un gatto che si morde la coda. Quando, a suo tempo, avevo chiesto a mio padre se c'era il diavolo, lui aveva risposto che erano i fascisti. Per Andrea, invece, erano i comunisti. E allora? Se uno dava la colpa all'altro, e viceversa, di chi era davvero la colpa? Ripresi a tormentarmi con quell'antico problema. Là dentro non c'era neanche un prete, se ci fosse stato gli avrei fatto due o tre domande su ciò che sta o non sta in alto. Di interlocutori, oltre ad Andrea, c'era soltanto la psicologa.

Così, un giorno, all'inizio della seduta, le ho chiesto a bruciapelo:

«Chi è il diavolo?»

Lei ha sorriso, era visibilmente soddisfatta. «Qual è l'associazione che te l'ha fatto venire in mente?»

Non me la sentivo di esporle la questione delle forze opposte, i rossi e i neri che si dividono la scacchiera, perciò ho detto:

«Stando qua dentro ho avuto tanto tempo per riflettere. Pensavo a tutto quello che mi è successo. Mi sarebbe tanto piaciuto essere buono, ma non ne sono capace. Allora mi chiedo se è colpa mia, oppure di qualcun altro che ci mette lo zampino».

«Non c'è niente oltre te stesso», ha risposto rassicurante. «Quello che tu chiami il diavolo, sono le tue insicurezze, le paure che ti porti dietro fin da quando eri bambino.» Ha fatto una pausa, poi, con voce più bassa, ha aggiunto: «Pensi di volerne parlare?»

Ormai ero in ballo e dovevo ballare. Così, come se tirassi fuori le parole da una cavità profonda, ho cominciato a raccontare di quando ero bambino, del fatto che ero venuto al mondo e non mi ero sentito desiderato da nessuno. Ogni volta che mio padre entrava in camera mia, avevo l'impressione che fosse il killer mandato da un regno vicino. Io ero l'erede al trono e lui, per un problema di supremazia territoriale, aveva il compito di uccidermi. Ascoltando, lei annuiva con gli occhi. Vedevo già la relazione che avrebbe fatto al prossimo congresso. Era bello avere un uditorio attento – i cantastorie dovevano provare più o meno la stessa emozione – dovevo semplicemente proseguire con dettagli sempre più strabilianti. Non facevo nessuna fatica a farlo, non sapevo dove stavo andando. Ogni frase che usciva dalla mia bocca, prima di ogni cosa sorprendeva me stesso.

Allo scadere dell'ora, la psicologa ha aperto la mia cartella e con la penna biro ha fatto dei segni come se stesse compilando una schedina. Poi si è alzata e mi ha accompagnato all'uscita, dicendo:

«Ho l'impressione che stiamo arrivando al nocciolo»

Le ho risposto con un sorriso mite.

Non avevo voglia di tornare in stanza. I discorsi di Andrea mi avevano portato a una specie di saturazione. Non ero stufo, né irritato, avevo soltanto bisogno di una pausa di silenzio. Troppe idee e in troppo poco tempo. Mi sarebbe piaciuto avere lì una spiaggia, un luogo aperto dove poter camminare con l'orizzonte davanti. Siccome non c'era, sono andato a fare un giretto intorno ai padiglioni.

Una volta, in una mostra sugli strumenti di tortura, avevo visto una palla di metallo. Al suo interno, un tempo, venivano messi dei carboni ardenti. Grazie al cielo, non me ne ricordavo l'uso, ma sentivo di avere all'interno qualcosa di simile. C'era ancora fuoco nel mio corpo, percepivo benissimo il calore, soltanto che, ormai, era un fuoco domestico, le sue fiamme non lambivano più ogni cosa come quando erano alimentate dall'alcol. L'unica differenza era la fragilità. Essere sobrio era come avere un interruttore spento. Passeggiavo per il parco e mi domandavo, avrò mai bisogno di riaccenderlo? Si può vivere così, con i motori al minimo?

# VII

Il legame stretto che univa me ad Andrea non è rimasto a lungo inosservato. Mentre gli altri si annoiavano a morte, noi stavamo sempre insieme a parlare. Questo doveva fare una certa invidia, così una mattina, fuori dalla stanza, abbiamo trovato scritto: «Checche».

Pensavo che Andrea si sarebbe infuriato, invece ha soltanto alzato le spalle. «Melma», ha detto, «la melma non pensa che a quello. Il loro orizzonte è troppo basso per poter contemplare la grandezza della nostra amicizia.»

La notte dopo ci hanno separati, niente doveva ostacolare il nostro processo di guarigione. Dividevo la stanza con tre sconosciuti, uno di loro puzzava al punto tale da rendere l'aria irrespirabile. Avevamo l'obbligo, durante il giorno, di non stare troppo vicini. Ciononostante un pomeriggio, dopo mangiato, Andrea mi ha raggiunto sulla panchina e mi ha sussurrato:

«Domani scappiamo».

Senza cambiare l'espressione del volto ho sussurrato: «Cosa? Sei matto?»

«Hai paura?» aveva chiesto lui allora.

«No, ma mi sembra una follia, tra neanche un mese potrai tornare a casa.»

Si era alzato di scatto.

«Allora resta nella melma», aveva detto prima di andarsene.

Per tutto il pomeriggio sono stato molto agitato. Avevo fatto una figura da verme, dopo tante belle parole non ero stato capace di accettare un gesto minimo di ribellione. Tra l'amicizia di Andrea e la norma, avevo scelto la norma. Avevo paura di immaginare quello che mi sarebbe successo se fossi andato fuori. Ero stato un pulcino, non un'aquila, un pulcino che da grande sarebbe diventato un pollo. Durante la cena l'ho visto mangiare solo, seduto in un tavolo vicino alla finestra. Più che mangiare sbocconcellava, aveva un'aria malinconica che non gli avevo mai visto.

Al momento di raggiungere la sala della ricreazione gli sono passato accanto con indifferenza e ho detto piano:

«Va bene».

«All'una davanti alle cucine», ha risposto.


Era maggio e l'aria tiepida della notte era già satura dell'odore dolciastro dei fiori. In silenzio abbiamo raggiunto il retro dei padiglioni dell'ospedale psichiatrico. Dietro il deposito dei rifiuti, Andrea aveva scoperto un buco nella rete. Il mio cuore batteva veloce, ero diviso tra il sentimento di euforia e la paura per quello che stavamo facendo.

Appena fuori ci siamo messi a correre, c'erano dei campi sterrati e alla fine una piccola strada asfaltata dove non passava nessuno. Non sapevo dove eravamo diretti, infantilmente avevo creduto che Andrea avesse organizzato già tutto. Ci saremmo imbarcati come mozzi su una nave in partenza, o qualcosa del genere.

«Dove andiamo?» ho chiesto, dopo un po'.

«Non ne ho la minima idea», ha risposto, incurante.

«E allora perché mi hai fatto uscire?» ho quasi gridato.

«Nessuno ti ha costretto, sei uscito da solo, con le

tue gambe. Per quanto mi riguarda avevo voglia di andarmene per un po' in giro, a notte fonda.»

«E se ci scoprono?»

«Ci impiccheranno.»

Mi è scivolato addosso un malumore soffocante, l'idea della grande avventura era sfumata, stavo soltanto correndo un rischio inutile. Per un istante ho pensato anche di tornare indietro, in meno di mezz'ora sarei stato di nuovo nel mio letto. Andrea intanto camminava avanti, aveva le mani in tasca e sembrava assorto, indifferente come una pietra alla mia presenza. Ero io a non poter fare a meno di seguirlo, avevo quasi la sensazione che avrei dovuto proteggerlo.

Alla fine siamo arrivati a un parcheggio, c'erano parecchie auto ferme, Andrea ha tirato fuori dalla tasca una chiavetta per la carne in scatola e ne ha aperta una.

«È tua?» gli ho chiesto.

Mi ha risposto: «Vieni?»

Siamo usciti dalla città prendendo la tangenziale, Andrea mi sembrava cupo e avevo paura. Non osavo più fare domande, ma una parte di me era convinta che quella corsa fosse una corsa incontro alla morte. A un certo punto, lui avrebbe girato il volante e saremmo andati a sbattere contro la parete di roccia, oppure contro il guardrail e poi giù dritti nel mare. Non si trattava di una distrazione o di un incidente ma di qualcosa che lui aveva voluto fin dal primo istante. Perché mi ero fatto incastrare? Tenevo le gambe rigide davanti a me come se, sotto i miei piedi, ci fossero i pedali.

Invece, dopo qualche chilometro, lui ha messo la freccia e ha imboccato una strada bianca. La strada saliva in alto con curve strette, dopo due o tre tornanti si è fermato in un piazzale, ha spento il motore, poi è uscito dall'auto e ha fatto un respiro profondo. Sotto di noi c'era il mare, tutto intorno piccoli campi, vigneti scoscesi, frutteti.

«E adesso?» ho chiesto.

«Adesso siamo qui.»

La luna era alta e illuminava il suo volto, sembrava meno teso di prima, anzi quasi allegro. Ci siamo seduti sull'erba vicino a un muretto di pietra, le viti avevano lasciato il posto a due grandi ciliegi.

«Ecco», ha esclamato Andrea, «era questo che volevo. Almeno per una notte, vedere l'orizzonte e lo spazio aperto. Avevo sete di questo.»

Provavo la stessa sensazione. Ho detto: «La psicologia e le stanze chiuse restringono la testa». Poi gli ho raccontato della prima volta che mi ero fatto una canna, dell'effetto scoppiato in ritardo, di quel bisogno identico di vedere l'orizzonte, la linea del mare, la linea del cielo e di come quell'orizzonte, e tutto quello che in mezzo vi era compreso, a un tratto si fosse riversato al mio interno. Tutto viveva dentro di me e quel tutto, prima di ogni altra cosa, era dolore.

Abbiamo parlato a lungo quella sera, anche se non avevamo bevuto niente le nostre parole avevano la confidenziale rilassatezza di chi è un po' ubriaco. I satelliti sopra le nostre teste si mischiavano alle stelle, dall'erba saliva il fruscio dei primi grilli, il canto prepotente di un usignolo riempiva gli spazi di silenzio.

«Chissà», ha detto a un certo punto Andrea, «se lassù c'è un grande cappello con tutti i nostri nomi dentro, come alle lotterie, alle tombole. A un certo punto viene fuori Walter o Andrea e tu devi andare in quel posto, vedi la tua casa, i tuoi genitori e sai già che sarai infelice con loro, lo sai ma non puoi ribellarti.»

«Se c'è il cappellaio», ho aggiunto io, «è un cappellaio matto. O matto o cieco, comunque manda tutti nel posto sbagliato. Mio padre, chi mai l'avrebbe voluto? E invece è toccato proprio a me, è chiaro che sono stato costretto. Non è gentile, no?»

«Non è gentile per niente», ha risposto Andrea, «anch'io, se avessi potuto scegliere, avrei scelto qualcosa di diverso.»

Dopo un po' non c'è stata più alcuna regola, alcun filo nei nostri discorsi. Abbiamo parlato a lungo di quello che ci sarebbe piaciuto essere, se non fossimo stati noi. Andrea avrebbe voluto essere un cavaliere e vivere nel medioevo, con una splendida armatura e un cavallo lucido, e la possibilità di fare giustizia da solo, con la spada e la mazza. Io esitavo, ero indeciso, confuso. In realtà la vita a cui anelavo era di estrema quiete, così alla fine ho detto: «Io vorrei essere un ragioniere».

«Un ragioniere?!» ha gridato Andrea e poi è scoppiato a ridere. Era la prima volta da quando lo conoscevo. Mi ha mollato una forte pacca sulla spalla: «Un ragioniere! Ma dài, non scherzare!»

«Non scherzo. Prova a immaginare, uno che fin da piccolo pensa solo ai conti, fa le somme e quando tira la riga sotto tutto è esatto, tutto torna.» Ho fatto una pausa. «Sarebbe bellissimo», ho aggiunto.

Poi il sonno ci ha colti. Ci siamo addormentati uno vicino all'altro, io sentivo il suo calore e lui il mio. Eravamo un unico respiro, lui era il cavaliere e io facevo quadrare ogni cosa. La volta celeste non era più minacciosa ma rassicurante. Dormivamo là sotto come due cuccioli stanchi che non hanno più alcun bisogno di fare domande.

Durante il nostro breve sonno è salita una brezza leggera, ha scosso gli alberi di ciliegio e ha fatto cadere i petali. Ho aperto gli occhi e mi sono trovato coperto da una strana neve, una neve profumata e tiepida. Andrea dormiva ancora, teneva le mani intrecciate sulla pancia.

La sua espressione era davvero quella di un cavaliere, aveva petali sugli occhi, sulle guance, tra i capelli. Sono rimasto a osservarlo per un po'. Senza il furore degli occhi, senza il sarcasmo delle parole, il suo volto diventava qualcos'altro, sui lineamenti regolari e forti c'era un velo di tristezza. Era un cavaliere colpito da un sortilegio nel bel mezzo di un combattimento, giaceva a terra e dal suo corpo emanava il vento freddo della tragedia.

Era ancora buio quando siamo saliti in macchina, dovevamo tornare presto per non essere scoperti. L'umore di Andrea non era più quello di prima. Contro il cielo scuro, spiccavano le chiome bianche dei ciliegi. Prima di andarsene si è girato a guardarli.

«È di questo che ci si dimentica troppo spesso», ha detto.

«Di questo cosa?»

«Della bellezza.»

Poi ha aggiunto: «Così mi piacerebbe morire, in un prato, coperto da qualcosa di bianco. Neve o petali di rosa».


Si avvicinava il giorno del rilascio. E, con il rilascio, la grande domanda su cosa avrei fatto del mio futuro. Mancavano pochi mesi alla mia maggiore età. Quei mesi li avrei trascorsi con i miei genitori.

Un'assistente sociale nel frattempo aveva lavorato per ricostruire i nostri rapporti. Aveva persino convinto mia madre a fare qualche seduta dalla stessa psicologa, perché – doveva aver detto – se io ero così, in qualche modo la colpa doveva essere anche loro.

Sentivo già le parole di mia madre: «Questo figlio è la mia disperazione. Da piccolo, era un tesoro. Anche se non siamo benestanti, non gli abbiamo mai fatto mancare niente». Provavo noia e fastidio anche soltanto a immaginarle.

Comunque, in quel posto, avevo capito che non ero portato a una vita come tutti gli altri. Ora che non dipendevo più dall'alcol, dando retta al buonsenso, avrei potuto recuperare l'anno di scuola perduto, poi magari iscrivermi all'università e diventare dottore. Il servizio militare l'avrei quasi di certo evitato perché mio padre era invalido. Così, dopo la laurea, avrei iniziato il balletto delle supplenze. Un bel giorno avrei conosciuto una ragazza simpatica e misurata, l'avrei sposata e lei avrebbe arredato un appartamentino, con mobili di serie, ma di buon gusto. Sarebbe nato il primo figlio, io avrei cercato di essere diverso da mio padre, sarei stato gentile e avrei parlato piano. Se gli fosse piaciuto il calcio, l'avrei portato allo stadio. E, un giorno, qualche anno dopo, mangiando, avrei colto il disprezzo nei suoi occhi. Lo stesso disprezzo che avevo avuto io per mio padre.

Camminavo tra i vialetti del parco e pensavo a questo, cercavo di immaginare una vita differente. Tra la disperazione e la normalità, ci sarà pure una strada traversa. È come essere in un bosco, c'è il sentiero che stai percorrendo, è battuto bene e segnato con una linea rossa sulle carte. Poi ti stufi, l'hai fatto già troppe volte. Vai un po' a destra e un po' a sinistra. Alla fine ne trovi un altro, il suo ingresso è nascosto dai cespugli, non sai dove conduce, ma non importa. Per la felicità già cammini in modo diverso.

In fondo, perché non dirlo?, invidiavo quelli che avevano un'idea precisa della vita, quelli che nascono già con un ombrello in mano. Piove, nevica, grandina e sono sempre protetti, non lo mollano neppure quando c'è il sole. L'invidia però non era una molla abbastanza potente per farmi fare il salto. Avrei potuto chiudere gli occhi e tuffarmi in un'esistenza qualunque. Purtroppo, sapevo fin troppo bene che sarebbe stato un salto di breve durata. Alla soddisfazione iniziale, sarebbe seguito un lieve senso di disagio. Da lieve, il disagio sarebbe diventato sempre più grande. In poco tempo, avrebbe divorato ogni altra emozione, sarei stato infelice. Con l'infelicità, sarebbe arrivata anche la cattiveria. Detestarsi e fare male agli altri sono i due lati dello stesso sentimento. Non avevo la stoffa dell'assassino, la mia cattiveria sarebbe stata spicciola, meschina: dispetti, umiliazioni, maldicenze, minuscole carognate. Così, da sempre, si era comportato mio padre. Poi, anche quella valvola di sfogo non sarebbe stata più sufficiente, serviva appena per tenermi in vita. Ci voleva qualcos'altro. Anziché esplodere, sarei imploso. Un mattino, mi sarei alzato e avrei ripreso a distruggermi.

Gran parte dell'infelicità – ormai mi era chiaro – dipende dalla strada sbagliata. Marciando con scarpe troppo strette o troppo larghe, dopo qualche chilometro si comincia a maledire il mondo. Quello che non riuscivo a comprendere era la ragione per cui, fin dall'inizio, non si potessero scegliere scarpe della dimensione giusta.

Camminavo frastornato da questi pensieri, così, senza volerlo, sono arrivato al padiglione dei matti. Sapevo che non bisognava chiamarli in quel modo, lì dentro, nessuna altra parola era ritenuta più sconcia. In tutti i cartelli venivano citati come «utenti» oppure «portatori di handicap psichico».

Era stato Andrea a farmelo notare. «Vedi», aveva detto, «ormai si ha paura anche solo delle parole. Per non sporcarsi la bocca, si usano parole pulite. Le parole, da sole, non offendono. Offende l'ipocrisia che c'è dietro. La pazzia ha una sua grandezza. Trasformarla nella normalità di un modulo postale, vuol dire negare la potenza del suo mistero. C'è un punto, infatti, in cui la piramide umana perde la dimensione della profondità e si muta in un triangolo. Il triangolo è una figura piana e dunque la si può arrotolare. Quando l'arrotoli, può succedere che il vertice tocchi la base. La pazzia annulla le distanze, colpisce molto in basso o molto in alto. Non è detto che un giorno il nostro destino non si trasformi nel loro.»

«Non capisco.»

Allora lui aveva cominciato a parlare di Icaro, del fatto che volando troppo in alto ci si brucia le ali.

«Se non hai più le ali, cadi. La gravità ti tira giù come un sasso. Ad andare troppo in alto, si rischia. Una luce potente, oltre alle ali, brucia lo sguardo. Diventi cieco. Passi il resto della vita a camminare in tondo biascicando cose senza senso, diventi un utente come tutti gli altri.» Aveva poi elencato una sfilza di poeti e filosofi che erano diventati pazzi. Io mi ero illuminato: «È vero, anche Hölderlin è diventato il signor Scardanelli». «E Nietzsche?» aveva detto lui. «Nietzsche si è messo a piangere e ha abbracciato un cavallo.»

Ora i matti erano di fronte a me. Non saranno stati più di una ventina. Era difficile capirne l'età, il male modifica i lineamenti, li rende senza tempo. Alcuni di loro erano molto grassi, altri esageratamente magri. A guardarli così, tutti insieme, la prima cosa che veniva in mente era l'assoluta solitudine. Alcuni stavano immobili come pietre, altri si dondolavano avanti e indietro. Il loro ritmo e il loro sguardo erano gli stessi dei grandi carnivori rinchiusi dietro le sbarre. Altri ancora percorrevano il cortile con passi concitati come generali che arringano la truppa prima dello scontro finale. La solitudine era questa. Nessuno di loro aveva la percezione dell'altro, la loro situazione somigliava a quella di quegli astronauti che lasciano la navicella per andare a passeggiare nello spazio. Intorno al corpo, hanno una tuta superequipaggiata, c'è ossigeno là dentro, temperatura e pressione giuste, fra il tessuto e il corpo vive una specie di microcosmo. Fuori, il buio e il silenzio che sfiorano l'eterno. Ecco, le persone che avevo davanti sembravano aver fatto la stessa cosa, tra loro e ciò che stava intorno, c'era un'intercapedine: da lì, probabilmente traevano respiro e nutrimento. Ed era sempre grazie a questa intercapedine che si difendevano dal mondo circostante.

In fondo, mi dicevo guardandoli, loro sono i più sinceri, non fingono di non essere soli. Per questo, forse, danno tanto fastidio. A nessuno piace vedersi sbattuta in faccia l'assoluta e tremenda solitudine della vita umana. Per nasconderla, ci si agita dal giorno della nascita a quello della morte. Si balla con le nacchere e i tamburelli per non vedere il cadavere che viene a galla, perché il cadavere non urli che siamo soli, che siamo tutti disperatamente soli. Polvere in movimento, non altro.

Anch'io avevo sempre avuto paura dei matti. Quando, da bambino, incontravo quello del paese, per prima cosa cambiavo marciapiede. Subito dopo, però, assistendo alle crudeli provocazioni dei passanti, restavo sospeso fra il sentimento del terrore e la voglia di piangere. Temevo l'imprevedibilità di ciò che avrebbe detto e fatto, mi commuoveva il suo essere inerme davanti alla cattiveria e alla stupidità degli altri. Il desiderio di proteggere i deboli l'ho provato prepotentemente durante l'infanzia, si è dissolto però quando mi sono accorto di rientrare io stesso in quella categoria.

La sensibilità eccessiva non è un lasciapassare, ma una trappola. Non te ne accorgi subito, nei primi anni tutti ti lodano per questo. È più tardi che diventa un problema. Lentamente, chi ti sta intorno si accorge che la sensibilità, invece di essere un dono, è una zavorra. Il mondo è fatto di volpi, iene e colpi di gomito. Tu sei un coniglio dal pelo morbido, non hai nessuna possibilità di andare avanti. Per questo, da un giorno all'altro, tutto cambia. Intorno a te c'è solo irritazione e fastidio per il tuo non essere come tutti gli altri. Da questa grande ecatombe di conigli, si salvano solo quelli che sanno fare qualcosa di eccezionale.

Nella mia classe, ad esempio, c'era un bambino che, senza aver mai studiato musica, sapeva suonare il piano. Gli bastava sentire una volta una canzone per ripeterla subito alla perfezione. Per questo gli adulti lo trattavano con rispetto. Ne avevano persino soggezione, lo chiamavano il piccolo Mozart e si muovevano intorno a lui con il massimo della delicatezza, come fosse una palla di vetro.

Per tutti gli altri passa la grande falce della normalità. O ti pieghi a lei o lei ti taglia. Perché poi la normalità deve essere quella delle volpi e delle iene, anziché quella dei conigli, è un mistero che non ho mai compreso. Osservando gli infelici dietro alla rete, mi sono sentito molto vicino a loro. Aveva ragione Andrea, forse in qualche punto gli estremi si toccano. Riuscivo a percepire, con chiarezza, che cosa potesse essere successo nelle loro vite. Si erano stancati, ecco tutto. Piuttosto che continuare a fare finta, si erano infilati lo scafandro spaziale. Per gli altri, però, per quelli che erano nati così, non avevo alcun tipo di risposta.

«Chi ce l'ha?» mi sono detto e naturalmente nessuno mi ha risposto. «Errori di natura», aveva detto Andrea, «duplicazione inesatta del codice genetico.»

Nel momento in cui le sue parole mi sono tornate in mente, un uomo si è girato a guardarmi. Più che un uomo, era un ragazzo. Aveva il viso gonfio e la lingua che usciva spesso fuori dalla bocca. Non so perché, ma ho avuto l'impressione che fosse felice di vedermi. Ha cominciato a battere con le mani aperte contro la rete. L'infermiere ha alzato lo sguardo dal suo quotidiano sportivo e lo ha subito riabbassato. Il ragazzo continuava a battere e a saltare. Vuole me, ho pensato. Invece di avvicinarmi, sono tornato sui miei passi.

A quindici giorni di distanza uno dall'altro, Andrea e io siamo stati congedati dal centro. In quella settimana Andrea compiva la maggiore età, io avrei dovuto aspettare ancora qualche mese.

Ero a casa da pochi giorni quando ho ricevuto la sua prima e unica telefonata. Voleva andare a fare una passeggiata.

Alle due ha suonato alla mia porta, invece di farlo salire sono sceso io. Abbiamo subito imboccato la strada dei campi. Erano i primi di giugno.

Mentre camminavamo in silenzio con le mani in tasca, ho pensato che una delle cose che mi erano mancate di più era stata la presenza di un fratello, me ne ero accorto nelle due settimane in cui ero rimasto solo. Andrea, per me, era come un fratello. Volevo dirglielo ma poi mi sono trattenuto, avevo troppo timore del suo sarcasmo.

Quando ci siamo lasciati alle spalle il paese, ha cominciato a parlare.

«Siamo liberi», ha detto facendo un grande respiro, poi ha riso e ha aggiunto: «siamo redenti. Vedi, adesso sono tutti soddisfatti perché sono convinti di avermi salvato. Non si sono mai accorti che ho soltanto recitato bene la mia parte. Anche tu, alla mia scuola sei diventato un discreto attore. Il bere è stata una mia lucida scelta, non sono mai stato vittima di niente, è qui che cambia il gioco, capisci? Tra il subire le cose o lo scegliere di farle. Avevo il desiderio di esplorare uno stato di coscienza diverso, di far credere agli altri che mi ero perso. Mi interessava il limite, ecco tutto. E poi, in qualche modo ho fatto un'opera di bene. Ho dato l'illusione alle persone che mi hanno seguito in questi mesi di aver recuperato un essere umano.»

Allora gli ho raccontato di come anche a me fosse successa una cosa analoga. A un certo punto avevo scoperto la poesia, la sentivo dentro il sangue, dentro le ossa ma non riuscivo a raggiungerla. Così avevo pensato che il vino potesse darmi una mano, che fosse un modo come un altro per rompere la monotonia delle mie sensazioni.

La strada stava cominciando a salire. Lui mi ha ascoltato in silenzio. «Chi vuole varcare un limite», ha risposto poi, «custodisce dentro di sé qualcosa di grande. Alle persone normali questo non succede mai. Il limite che si pongono è sempre materiale, qualcosa di concreto che devono ottenere. Una casa più bella, un posto di lavoro più remunerato, un amore diverso da tutti gli altri. Dalla nascita alla morte sguazzano in queste cose minuscole, senza mai alzare la testa.»

«Dici che io potrei essere un grande?» ho domandato allora timidamente.

«È chiaro», aveva risposto Andrea, «altrimenti ti saresti accontentato, come tutti gli altri.»

«Però non so cosa fare. So soltanto cosa non voglio fare. Non vedo nessuna strada aprirsi davanti a me.»

«Adesso il sentiero sale e stiamo facendo più fatica di prima. La grandezza è così, non contempla mai la facilità. Altrimenti che grandezza sarebbe? Invece di un sentiero sarebbe un'autostrada a ferragosto. Per il momento tu sai soltanto di essere diverso, e questo è già un punto molto importante. Continua a non cedere, a vivere fuori dalle rotaie e vedrai che prima o poi la tua vocazione ti verrà incontro.»

«Ma non hai neanche la minima idea di quello che potrei diventare?»

Andrea si era fermato, mi aveva guardato a lungo negli occhi. Per me era sempre uno sforzo sostenere il suo sguardo.

«Non lo so», ha detto. «Forse potresti essere un filosofo, oppure un artista.»

«Perché un filosofo o un artista?»

«Perché ormai ti conosco. Sono sicuro che, da bambino, scoppiavi in singhiozzi per ogni foglia che si staccava dall'albero. La morte fa parte del tuo respiro, ti avviluppa, ti domina. Tutte le tue emozioni nascono dalla sua contemplazione.»

Alle volte, nei confronti di Andrea provavo un forte senso di fastidio. Davanti a lui mi sentivo come sotto ai raggi X, non sempre avevo voglia di sottopormici.

«E tu?» ho detto con un tono un po' più alto, «tu non hai mai pianto?»

Andrea aveva riso. «Al momento della nascita certo ho pianto anch'io, ma ho smesso subito dopo. Ci voleva poco a capire che bisogna vedere le cose sempre dall'alto. L'altitudine è un ottimo antidoto contro la commozione.»

«Dunque non sei un artista?»

«Avrei potuto esserlo. Vi ho rinunciato il giorno in cui ho deciso di non piangere.»

«E allora?»

«Allora ci sono due modi per uscire dalla mediocrità. Una è l'arte e l'altra è l'azione. Sono legate tra loro ma l'azione è superiore all'arte perché non implica alcun tipo di coinvolgimento. C'è stato solo un artista che l'ha capito, Rimbaud. Prima ha scritto poesie e poi è andato in Africa a vendere armi.»

Eravamo arrivati sulla cima della collina, non c'erano alberi sulla sommità, soltanto prato. Una brezza leggera muoveva l'erba e i petali dei fiori che vi crescevano in mezzo. Ci siamo sdraiati uno accanto all'altro con le mani raccolte dietro la nuca. Per un po' siamo rimasti in silenzio a guardare il cielo, ogni tanto sopra di noi un rondone sfrecciava velocissimo. È stato Andrea il primo a parlare, senza guardarmi ha detto:

«Domani parto».

«Dove vai?»

Non mi ha risposto. Sopra di noi veleggiavano due sparvieri a una certa distanza uno dall'altro. Sembrava stessero giocando, pieni di grazia e di potenza, con fischi brevi e acuti si inseguivano nell'aria.

Al mio ritorno a casa, mia madre mi aveva chiesto che intenzioni avessi, se volevo riprendere gli studi o dedicarmi a qualcos'altro. «Non lo so», le avevo risposto, «ho bisogno di riflettere.» Nel frattempo mi sarebbe piaciuto lavorare durante l'estate.

Si era data subito da fare per trovarmi il posto. Non era stato difficile, il marito di una sua ex collega aveva una trattoria in un paese lì vicino.

Così, la settimana dopo ero già al lavoro.

Uscivo la mattina in bicicletta e tornavo la sera verso le nove e mezzo, alla chiusura delle cucine. Non essendo presente all'ora dei pasti, non vedevo mai mio padre, nelle altre ore ci evitavamo con la stessa cautela con cui gli animali selvatici evitano l'uomo. Un odore o un rumore sospetto e subito fuggono nelle parti più inaccessibili del bosco. Con mia madre parlavamo del tempo. Se il tempo era bello, restavamo in silenzio.

Nei suoi occhi, ogni tanto, leggevo qualcosa che somigliava a una vaga speranza. Anche se non osava ancora mostrarlo apertamente, in qualche modo si doveva essere convinta che tutto fosse risolto. Il buio era alle spalle, grazie a quei bravi dottori era stata messa una pezza sopra. Davanti a lei stava materializzandosi, di nuovo, il figlio dottore. E dopo la laurea, una lunga fila di nipoti a cui lei avrebbe ricamato i corredini e sferruzzato maglioni fino alla fine dei suoi giorni.

Cercavo di mandarlo lontano quello sguardo, di non vederlo. O vederlo dall'alto, come mi aveva insegnato Andrea. Non ci riuscivo sempre. Le volte in cui non riuscivo a farlo, in mezzo al diaframma, sentivo una fitta acuta come una puntura d'insetto.

I miei programmi, com'è ovvio, erano molto diversi. Già da tempo avevo deciso di partire. Volevo andare lontano da quella città asfittica. Avevo ormai capito che la grandezza è come una pianta: per crescere, ha bisogno di luce piena e terra fertile. Rimanendo lì avrei sicuramente ripreso a bere oppure sarei diventato uno di quegli esseri pateticamente eccentrici che popolano la provincia. Volevo dispiegare le ali come l'albatros di Baudelaire. Pur non avendo volato ancora, sentivo la loro potenza e il loro peso. Se fino a quel momento non le avevo aperte, era perché, sulla mia rotta, non c'era stato un cielo grande abbastanza per accoglierle. Cosa strana, in quel periodo, di notte dormivo profondamente e i pochi sogni erano tutti innocui. Ero sospeso, in attesa, in me c'era la calma di chi sapeva di andare incontro alla vera vita.

È venuto settembre e con settembre un autunno precoce. All'alba la nebbia già avvolgeva il paesaggio. La mattina del mio compleanno, era così fitta che si intravedeva appena il tiglio in mezzo al cortile.

La settimana prima avevo lasciato il lavoro alla trattoria.

Mi sono alzato molto presto, mi sono vestito in silenzio come un gatto. Il treno partiva poco prima delle sette. Mio padre russava ancora rumorosamente, la tavola per la colazione era già preparata. Accanto al mio posto, c'era un pacchetto oblungo con la carta rossa e un fiocco dorato. Sotto la tazza, un biglietto.

L'ho preso e l'ho aperto. Dentro c'era scritto: «Sei diventato grande!» e sotto, con la sua grafia chiara da maestra elementare, «la tua mamma».

Ho soppesato il pacchetto, dentro non poteva esserci altro che un orologio. Non l'ho preso. Sul retro della busta, con un mozzicone di matita, ho scritto in stampatello: «Non voglio più il vostro tempo, voglio il mio. Non preoccuparti».

Sono uscito con una borsa leggera, per non fare rumore ho lasciato la porta socchiusa. Appena in strada ho sentito una fitta allo sterno.

**Terra**

# I

La temperatura è il punto critico di un corpo. Se è troppo alta, le cellule non sono più in grado di comunicare tra di loro. Così davanti a un eccesso di calore bisogna ricorrere a un modo per abbassarlo. Bisogna che evapori altrimenti tutto esplode. Esplode o implode. Comunque la materia passa da uno stato all'altro.

Nei primi giorni della mia permanenza a Roma avevo l'impressione che succedesse proprio questo. Camminavo e camminavo e, camminando, emanavo un vapore. Più passavano i giorni, più mi sentivo leggero. Non era il sudore ad andarsene, ma i miasmi venefici assimilati durante la crescita. Alle volte avevo persino l'impressione di essere divenuto trasparente, la bellezza della strada e dei monumenti si rifletteva dentro di me. Poteva riflettersi perché, al mio interno, non c'era più niente. Il mio sguardo non era più un raggio laser ma una spugna, si imbeveva di cose e le lasciava passare. Mi capitava di ridere senza motivo, allo stesso modo mi capitava di piangere. Dietro a quei due stati c'era il medesimo sentimento, ridevo per il senso di liberazione, piangevo per la stessa ragione. Invece di giudicare lasciavo che le cose mi giungessero al cuore. Singhiozzavo davanti ai Fori Imperiali illuminati dalla luce rosata del tramonto, ridevo davanti ai passeri che, cinguettando, si bagnavano nelle fontane.

Le parole di Andrea erano sempre nelle mie orecchie. In quelle giornate trascorse a fare niente ho capito che la mia via non era l'amore per il sapere ma l'arte. Invece di speculare mi emozionavo. Questo era il segno.

Naturalmente c'erano anche dei problemi pratici. Dopo un paio di settimane trascorse in una pensione vicino a piazza Vittorio, mi sono cercato un lavoro e una sistemazione. Li ho trovati entrambi nello stesso giorno. Il lavoro era quello di sguattero in un ristorante di Campo dei Fiori, la stanza un posto letto presso una vedova dietro via dei Giubbonari.

Nella camera, purtroppo, c'era già un altro ragazzo, si chiamava Federico e veniva da un paesino delle Marche. Doveva avere quattro o cinque anni più di me, era iscritto fuori corso a lettere. Aveva il mento sfuggente e gli occhi neri e troppo mobili.

Per fortuna i nostri orari non coincidevano. Avevamo i letti uno di fianco all'altro. Di notte, per evitare l'intimità del sonno, stavamo distesi su un fianco e ci davamo la schiena.

Federico mi infastidiva come mi infastidiva il lavoro rumoroso e puzzolente del ristorante. Erano però disagi piuttosto epidermici. Io ero un grande cane e le seccature erano pulci, con le zampe forti e incurante di loro procedevo tranquillo verso la meta. L'evaporazione del calore eccessivo mi aveva depurato. La depurazione si chiamava lontananza. Lontananza da casa, dai miei genitori, dai brutti ricordi, dalle passeggiate furiose. Lontananza da Andrea.

Il cielo adesso era sgombro. Scrutando quell'orizzonte limpido, attendevo che succedesse qualcosa. Già in fondo intravedevo un bagliore, non era più quello del fuoco, ma quello della creazione. Energia che lambisce e scalda. Energia che non fonde, ma crea. Quel vuoto era il vuoto che ottengono dentro di sé i cercatori d'acqua o i medium. Era un vuoto con un'eco, una cavità pronta a vibrare. Ciò che cercavo non aveva un nome preciso, non aveva una forma, mi avvicinavo, mi allontanavo, mi avvicinavo ancora. Era un continuo inseguimento, non conoscevo esche o richiami, tutto ciò che sentivo a tratti era una timida accelerazione del cuore. Una parola comparsa dal nulla come un animale selvatico in mezzo alla vegetazione.

Ben presto ho cominciato a passare tutto il mio tempo libero in biblioteca. Stare in mezzo ai libri era come stare in mezzo a un campo magnetico. Ne avevo trovata una vicino a casa, all'interno di un chiostro. In mezzo c'era una fontana coperta dal muschio e, intorno, alberi d'arancio. Quando apriva, ero già lì, vi restavo fino all'ora di andare al ristorante. Non avevo un piano, un programma. Anche là dentro, l'unica legge che valeva era quella della risonanza.

Sceglievo i volumi a caso, al banco ne portavo quattro o cinque. Entravo nella prima pagina come se entrassi in un altro mondo. Non ero più io ma un animale selvatico, un cercatore di pietre preziose. Avevo fame, volevo il diamante o l'oro. Spesso avanzavo tra le pagine come in un deserto. C'era sabbia intorno e un sole accecante. Camminavo e camminavo e non trovavo niente. Le parole erano zavorre, corpi morti, sassi, frenavano il passo e non portavano da nessuna parte. Spesso, per la fatica e la noia, maledivo il fatto di essermi messo in viaggio. Ma poi, a un tratto, quando avevo già quasi perso ogni speranza, succedeva il miracolo: la pagina e io eravamo l'unica corda che vibrava sullo stesso strumento. Allora spariva lo spazio, spariva il tempo. Sarebbe potuta andare a fuoco la biblioteca e non me ne sarei accorto.

Mi capitava di arrivare al lavoro in ritardo. Arrivavo ed ero stordito, dovevano sempre ripetermi gli ordini due volte. Lavavo le pentole incrostate, scorticandomi le unghie, e non ero più solo. Con me c'erano il principe Myskin e don Chisciotte, il capitano Achab e il principe Andrej, c'erano Marlowe e Raskolnikov e David Copperfield. Erano tutti lì. Quando la pentola era lucida e brillante, si specchiavano assieme a me sul fondo.

Così è trascorso qualche mese.

In quel periodo l'umore oscillava dall'euforia alla disperazione più nera. Era un po' come andare in altalena, passavo da uno stato all'altro. Cercavo qualcosa. Un istante mi sentivo prossimo al compimento, l'istante dopo ero certo che non sarei arrivato da nessuna parte. Volevo scrivere, ma non sapevo come, ignoravo la parola magica che dà il via al lavoro. C'era di nuovo il fuoco dentro di me, ma un fuoco diverso da quello che avevo conosciuto fino ad allora. Chiudendo gli occhi ogni tanto intravedevo delle fiammelle, erano le fiammelle basse che seguono l'incendio delle stoppie. La purificazione era avvenuta, adesso doveva accadere il resto.

In un giorno particolarmente duro ho pensato ad Andrea, al suo modo risoluto di affrontare le cose. Ho pensato, forse anche un artista deve essere un po' guerriero, decidere di agire, di combattere.

Il pomeriggio, andando a lavorare, ho comprato un grande quaderno bianco e una biro. Al mio ritorno a casa la stanza era vuota, non avevo sonno, ero eccitato. Ho aperto il quaderno sul piccolo tavolo vicino alla finestra. Appena la penna si è posata sul foglio ha cominciato a correre in avanti. Correva come una piccola barca a vela spinta dal vento, non facevo alcuno sforzo, non provavo alcuna sofferenza. Più che uno scrittore mi sentivo un medium, qualcuno dettava e io andavo avanti. Era come se il libro in qualche luogo misterioso fosse già tutto scritto, io ero solamente l'umile servitore, l'amanuense incaricato della trascrizione.

Verso le tre di notte è tornato Federico. «Cosa fai?»

ha chiesto vedendomi lì seduto. Senza voltarmi ho risposto: «Scrivo alla mia ragazza».

Alle sei sono andato a letto. Dalla piazza vicina giungevano già i rumori del mercato, ero a un tempo stanco ed estremamente sveglio. Volevo dormire e non ci riuscivo, le parole fluivano e fluivano ancora, non erano un rigagnolo ma l'acqua torrentizia e gonfia dei monsoni.

Ho riempito fogli su fogli per un mese intero. Durante il giorno pensavo solo a quello, grattavo le pentole e ripetevo frasi come se stessi cantando una canzone. Camminando per le strade o nella cucina del ristorante, ogni tanto ero colto da un senso di grande estraneità. La dimensione in cui mi muovevo era mia e di nessun altro. C'era la realtà e c'erano i pensieri. Tra questi due stati, l'intercapedine della poesia. Era lì che vivevo, distante e vicinissimo, né sopra né sotto, ma accanto alle cose. Di quello spazio ero il demiurgo, sull'onda della memoria creavo i destini e li distruggevo. Davo voce con forza a un universo in cui l'unica regola era la sofferenza.

Ho tracciato la parola «fine» all'alba della mattina di Natale. Ero solo nella stanza e le campane suonavano a festa. Volevo dare la notizia a qualcuno. Alle otto sono andato in cucina, la signora Elda aveva già messo il caffè sul fuoco, il neon le faceva brillare la pelle lucida del cranio sotto i pochi capelli.

«Ho scritto un libro!» ho esclamato sulla porta.

Lei si è girata con una presina in mano, mi ha guardato per un po' perplessa, poi ha detto: «Complimenti».

Ho cercato di riposarmi ma non ci sono riuscito. Ancora non sapevo che quel tipo di lavoro ti svuota come nient'altro al mondo. Scrivi «fine» e ti senti un leone, poche ore dopo sei uno straccio, la mummia imbalsamata di un faraone. Dentro ti hanno tolto tutto, ciò che resta di te è solo la pelle, appena ti muovi crepita come quella di un pollo allo spiedo.

Mi è venuto una specie di nervoso alle gambe così sono uscito. Le strade erano deserte come non le avevo mai viste. Tutti erano ancora intorno ai tavoli a onorare il pantagruelico pasto di Natale.

Camminando e camminando, sono arrivato in cima al Gianicolo. La giornata era limpida, c'era la città intera ai miei piedi e poi, più in là, i vulcani spenti dei colli Albani. Non arrivava alcun rumore, né clacson né ambulanze, sembrava che alla città fosse stato fatto un sortilegio. Mi sono distratto un po' pensando che gran parte del mio immaginario era costituito da ciò che vedevo là sotto. Era un po' come se a scuola avessimo studiato unicamente storia romana, perché soltanto quella mi era rimasta in mente. Dire «storia» forse era troppo, visto che non ricordavo neanche una data. Più che la storia erano i personaggi: Anco Marzio e Tullio Ostilio, Romolo e Remo e il ratto delle Sabine, Cornelia, la madre dei Gracchi, e Cincinnato, gli Orazi e i Curiazi e Nerone che, pizzicando la cetra, cantava la sua follia davanti a Roma in fiamme. Quei personaggi avevano detto una frase o fatto un gesto e, per quell'unica frase e quell'unico gesto, erano rimasti impressi nella mia memoria. Così seduto sul muretto del Gianicolo guardavo sotto e mi chiedevo, in che punto esatto sarà stato ucciso Cesare? Qual è il ponte degli Orazi e Curiazi?

Ho passato una mezz'oretta a fantasticare poi mi sono alzato perché sentivo freddo. Era un modo come un altro per riempire il vuoto pneumatico che mi era nato dentro.

Poi, mentre dal Gianicolo riscendevo a Trastevere, ho cominciato a sentire qualcosa di strano tra il diaframma e lo stomaco. Era come se qualcuno vi avesse puntato un dito sopra e lo tenesse premuto con forza. Più che un dito, forse, era una vite a espansione perché il fastidio si allargava a raggio.

La gente ora usciva a sciami dalle case, c'erano capannelli ovunque, persone che si abbracciavano e baciavano,
avevano tutti ancora l'aria accaldata e stordita di chi esce
da una lunga riunione di famiglia. In quelle ore, le tensioni, gli odii, le piccole invidie erano stati annegati nella
frenetica assunzione di cibo e di alcol. L'abbrutimento
nelle libagioni e non la nascita del Salvatore portavano a
quel simulacro d'amore.

A casa nostra il presepio era severamente vietato, se
volevo vederlo dovevo andare di nascosto in chiesa. Una
volta, tornando dalla latteria, mi ero infilato dentro, avrò
avuto sette od otto anni. Era pomeriggio, il presepe era
sotto l'altare e nella chiesa non c'era nessuno. Il bambino
era già nella mangiatoia, sebbene mancassero ancora parecchi giorni a Natale. Giuseppe e Maria lo guardavano
con un'espressione affettuosa, la stessa espressione che
avevano il bue e l'asinello. Tutto era pace, tranquillità.
Osservandolo mi sono chiesto, chissà se sa a che cosa
va incontro. Tutta quell'intima dolcezza, un giorno, verrà dissolta e su quello stesso bambino piomberà la cattiveria e la stupidità degli uomini. Sono stato assalito da
una grande tristezza. «Sei uno che piange per ogni foglia
che cade», aveva detto Andrea. Mi faceva rabbia ma aveva
ragione.

Pensavo queste cose fendendo la folla pasciuta e la
tristezza, anziché andarsene, cresceva a dismisura. Il dolore, tra il diaframma e lo sterno, era così forte che quasi
non riuscivo a respirare.

Chissà se anche mio padre e mia madre avevano fatto
il pranzo di Natale? Li vedevo intorno al tavolo di formica
coperto dalla tovaglia a punto croce fatta da mia madre,
mangiavano in silenzio guardando nel vuoto in due dire

zioni opposte. Dopo il panettone, mio padre si sarebbe lasciato cadere a peso morto nella sua poltrona davanti alla tv accesa, avrebbe fatto appena in tempo a dire «tutte stronzate» prima di cadere addormentato. Mia madre, alle sue spalle, avrebbe lavato i piatti, poi si sarebbe ritirata in camera a fare le parole crociate.

Aveva nostalgia di me? Non ero in grado di dirlo. Probabilmente ero soltanto un peso che si era tolta dai piedi. O forse no, forse proprio in questo preciso momento si era chiusa in bagno a guardare le mie foto. Stava seduta sulla tazza chiusa e accarezzava le pagine dell'album come accarezzasse la mia pelle di neonato.

In quel momento mi sono accorto che il vuoto che avevo dentro non era pneumatico. Né impermeabile, né pneumatico. Era invece un vuoto calamita, un vuoto fragile e infelice. Un vuoto che attirava dentro di sé tutti i pensieri che non avrei voluto mai avere. Davanti a quei pensieri mi sentivo tremendamente solo, tremendamente scoperto.

Ormai i lampioni erano accesi e aveva cominciato a soffiare un vento di tramontana. Le greggi umane erano rientrate nelle rispettive case e le strade erano di nuovo deserte, barattoli e cartacce roteavano all'altezza dei pneumatici delle macchine. Da sentimento, la tristezza è diventata quasi uno stato fisico, la sentivo emanare dalla mia persona come un tempo da mio padre sentivo emanare il disprezzo.

Sono arrivato a ponte Sisto camminando lento, una volta lì mi sono messo a guardare sotto.

Grazie alle piogge dei giorni precedenti, il fiume scorreva impetuoso. Era così giallo che, a tratti, più che un corso d'acqua, sembrava un fiume di fango. Avevo abbandonato mia madre e mi sentivo in colpa, nel furore della fuga non avevo preso neanche una sua foto. Lei non aveva fatto niente per rendermi la vita più facile ma io mi sentivo in colpa lo stesso.

Sul ponte, mi è tornato in mente un anziano affittuario della signora Elda che, ogni mattina, andava al Tevere a pescare. Non potevo credere che in tutto quel putridume vivessero dei pesci, tanto che un giorno gli ho domandato: «Cosa pesca?» e lui mi ha mostrato le sue prede. Si chiamavano ciriole, quei pesci, li teneva nella vasca da bagno piena d'acqua corrente. Non era un acquario improvvisato ma il luogo in cui stavano a spurgarsi prima di essere mangiate, erano quattro o cinque, galleggiavano sulla superficie dell'acqua con i ventri grigiastri tutti gonfi.

Anche chi è cresciuto nel fango, mi sono detto allora, a un determinato momento della sua vita può fare marcia indietro, può spurgare, purificarsi e tornare all'innocenza originaria. Ma cos'era la purezza originaria? Forse è solo questo, lo stato in cui ancora non si è toccati dal dolore.

Guardando i gorghi torbidi che si formavano e disfacevano sotto i miei occhi, sono andato indietro con la memoria. Passavano i mesi e gli anni a ritroso e io ero già corrotto. Fino a quando ho vissuto nell'innocenza? mi chiedevo e non riuscivo a rispondermi. Tutti i miei giorni erano percorsi dalla nuda oscenità del male. La morte del mio compagno era stato soltanto l'istante in cui quello stato era diventato visibile, ma già da molto tempo la corruzione viveva al mio interno, era una venatura più scura nel candore del marmo.

Tornando verso casa mi è venuto in mente il volto di mia madre. Era giovane e stava singhiozzando, seduta sul letto. Io avevo poco più di un anno, stavo di fronte a lei e le sfioravo una gamba. Dicevo mamma, e lei, invece di sorridere o rispondermi, continuava a piangere. Qualcosa dunque faceva piangere anche i grandi. In quel preciso istante la mia certezza del mondo si era sgretolata. Ero una piantina cresciuta su uno sperone di roccia che, sotto la spinta di una forza sconosciuta, stava franando.

Nell'appartamento, la signora Elda era già andata a dormire. Mi sono messo subito a letto, mi sentivo spossato, provavo freddo e caldo come se mi stesse per venire la febbre. Il sonno è venuto quasi subito. E, col sonno, un sogno. Camminavo in una pianura piena di nebbia. Non sapevo com'ero arrivato lì, né dove ero diretto. Ho pensato: deve essere la Pianura Padana oppure il Polesine e in quell'istante davanti a me è comparsa una palla di fuoco. Per un istante ho creduto che fosse un copertone, ma non c'era fumo, né puzza. Mi sono avvicinato e ho visto che si trattava di una palla di rovi. Bruciava e non faceva caldo. In mano avevo un bastone, l'ho allungato nella sua direzione. Appena l'ho sfiorata, è successa una cosa strana, i rovi hanno cominciato a srotolarsi. Si srotolavano da soli. Mentre si srotolavano, mi sono accorto che non erano rovi ma filo spinato, in corrispondenza delle punte, c'erano delle fiammelle più alte. Si srotolava e correva avanti come se volesse indicarmi una strada. Allora l'ho seguito e dopo pochi passi è successa una cosa ancora più strana. Le fiamme si sono spente e, al loro posto, sono comparse delle perle. Perle lucide, luminosissime. Un filo che sembrava non finire mai. Invece, all'improvviso, è finito. Non ero più in pianura ma sull'orlo di un precipizio. Una dopo l'altra le perle venivano inghiottite. Mi sono affacciato. In quell'istante qualcuno mi ha chiamato. La voce veniva da sotto e c'era l'eco, appena in superficie si spegneva. L'ho riconosciuta subito, quella voce. Mi sono inginocchiato sul bordo del precipizio e ho gridato: «Andrea ea ea ea...»

Mi sono svegliato nel cuore della notte con la febbre

alta. Ho preso un'aspirina e sono tornato a letto. Nel dormiveglia ho pensato: lo splendore delle perle nasce da una
ferita. Ecco cos'ero, un pescatore di perle. Da quando ero
nato non avevo fatto altro che tuffarmi negli abissi più
profondi per portare il tesoro in superficie.

## II

La febbre mi è durata fino all'inizio dell'anno nuovo. Federico è tornato proprio quei giorni. Era un po' più grasso di quando era partito.

«Non sei andato a casa?» mi ha chiesto vedendomi vagare per la stanza in pigiama.

Ho risposto: «Non ho casa».

La sua comparsa non mi ha irritato più di tanto. In fondo osservarlo era un modo come un altro per distrarmi.

Durante la convalescenza, ho scoperto che lo studio universitario per lui era solo un'attività di facciata. Il suo lavoro vero era il telefono. Possedeva un'agenda grande e gonfia come la Bibbia di un predicatore, da ogni pagina spuntavano foglietti con ulteriori appunti. Si svegliava piuttosto tardi al mattino e, subito dopo il caffè, si attaccava alla cornetta. Avevamo un duplex e questo lo faceva andare in bestia. Spesso, senza neanche vestirsi, andava sul pianerottolo a battere ai vicini per fare liberare la linea. Con il telefono, Federico rimediava inviti a pranzo, a cena e per il dopocena. Con il telefono, si procurava altri numeri di telefono. Ciò che gli stava più a cuore era lavorare nel mondo del cinema e della televisione. Me l'ha confermato lui stesso un giorno che era particolarmente loquace.

«L'università è per mio padre, altrimenti taglia i fondi. Ma io in realtà sono un artista.»

«Un artista?» gli ho chiesto io. «Di che tipo?»

Lui ha allargato le braccia:

«Un artista rinascimentale, di tutti i tipi».

Dopo l'Epifania sono tornato al lavoro, la febbre mi era passata.

Una sera, rincasando, stranamente ho trovato Federico. Non capitava quasi mai che fosse in camera a quell'ora.

«Perché non me l'hai detto?» ha chiesto senza neanche salutarmi.

Sono arrossito di colpo. «Detto cosa?» ho domandato a bassa voce.

«Che scrivevi, e che scrivevi da Dio.»

«L'hai letto?»

«Non volevo essere indiscreto, ma mi è caduto l'occhio sulla prima pagina e non sono più riuscito a fermarmi.»

«Mi stai prendendo in giro?»

«Ma no, dico sul serio. È un capolavoro.»

All'improvviso ho sentito un gran caldo. Sembrava che qualcosa si fosse sciolto dentro di me, il sangue correva velocissimo, con il suo tepore invadeva dolcemente ogni parte del mio corpo. Avrei dovuto arrabbiarmi per quella intrusione, ma ero abbastanza onesto da sapere che, in qualche modo, ne ero complice. Ero stato io a lasciare il manoscritto lì, in bella mostra, sul ripiano della scrivania.

Federico sembrava davvero entusiasta, parlandone si infervorava, citava alcuni passi addirittura a memoria. Alla fine, quando già eravamo in pigiama ha detto:

«Sarebbe un crimine lasciare un'opera simile nel cassetto. Bisogna trovare un editore, pubblicarla subito».

Già, ma come? Io non conoscevo proprio nessuno.

«Di questo non ti preoccupare, la settimana prossima andiamo da Neno. Ti aiuterà lui.»

Nei giorni seguenti ho scoperto che Neno era un famoso sceneggiatore e che era stato addirittura candidato all'Oscar. Aveva pubblicato anche quattro o cinque romanzi e un paio di raccolte di poesie, tutti riconosciuti come capolavori dalla critica. «Neno», aveva detto Federico, «è un uomo straordinario. Ha tutto quello che vuole: soldi, successo, talento. Potrebbe fregarsene e invece, appena può, ti dà una mano. Ogni lunedì apre le porte di casa a quelli che vogliono andarlo a trovare, non importa se amici oppure sconosciuti.»

Stavo ricominciando a provare la sensazione che mi aveva avvolto al mio arrivo a Roma, la mia vita procedeva nel verso giusto e senza alcuno sforzo. Neno riceveva il lunedì e proprio il lunedì avevo il turno di riposo. Queste coincidenze non potevano essere altro che un segno del destino.

L'unico cruccio era costituito dal mio guardaroba.

Nell'armadio avevo due paia di pantaloni a campana, tre camicie e due maglioni, più un giubbetto con dentro il pelo sintetico che, se faceva caldo, si poteva anche staccare. Come potevo presentarmi davanti al mio mecenate vestito in quel modo?

Così domenica mi sono alzato presto e sono andato a Porta Portese. Lì, su un banco, ho trovato una bella camicia bianca che somigliava a quella del Foscolo. L'ho comprata e sono andato a casa trionfante.

La sera dopo, vestendomi, mi sono accorto però della tragedia. Quella camicia non era da uomo ma da donna: sul davanti si ergevano due piramidi inamidate nelle quali avrebbero dovuto prendere posto le tette. Ho provato ad appiattirle stirandole con le mani, ma il tessuto era sintetico e troppo resistente, dopo un secondo le protuberanze erano di nuovo tese in avanti. Ormai era troppo tardi per qualsiasi alternativa, così mi sono infilato il maglione a losanghe marroni e viola, l'unico pulito, deciso a non toglierlo per nessuna ragione.

Alle nove ci siamo mossi da casa. Neno abitava poco distante da noi, in un grande palazzo tra piazza Navona e il Pantheon.

«Come mi devo comportare?» ho chiesto lungo la strada.

«Come ti pare», mi ha risposto Federico, «vedrai, da Neno è tutto informale.»

Mi ha elencato poi una lunga serie di nomi, persone che un giorno erano passate da Neno e che, grazie a lui, avevano avuto successo.

Sul citofono invece di nomi c'erano soltanto numeri, Federico ha premuto l'otto e il pesante portone si è aperto.

Il piano era il quarto e per arrivarci c'era un'enorme scala di pietra, le pareti erano affrescate e a ogni nicchia c'era il busto di un antico romano.

Siamo entrati nell'indifferenza generale, qua e là c'erano già gruppetti di persone, su una grande poltrona avevano accatastati i cappotti. Federico ha buttato il suo sopra e io il mio giubbetto di pelo sintetico. Poi qualcuno da un gruppo lo ha chiamato e lui è corso da loro mentre io sono rimasto in mezzo alla stanza senza sapere cosa fare.

Su una sola cosa aveva avuto davvero ragione, lì tutto era informale, nessuno ti guardava né ti chiedeva chi eri o cosa volevi. Le persone presenti davano l'impressione di essere già piuttosto intime. C'erano tanti piccoli gruppi e discutevano animatamente. L'assembramento più fitto era intorno a Neno, l'ho identificato subito perché era l'unico ad avere i capelli lunghi e grigi, stava seduto in una enorme poltrona con la molle rilassatezza del Re Sole.

Dopo dieci minuti che me ne stavo in piedi a metà strada tra l'ingresso e la sala ho pensato «forse la cosa migliore è che mi avvicini alla libreria e cominci a osservare i libri con interesse». In quella posizione ho trascorso una buona mezz'ora, senza nessun risultato se non quello di farmi venire un grande appetito. Si erano fatte già le dieci. Così ho deciso di dirigermi al tavolo-ristorante che stava proprio al lato opposto. Se il cibo è in relazione agli arredi, mi dicevo, ci saranno solo salmoni, caviale, champagne pregiati.

Arrivato al buffet la delusione è stata tremenda. Ciò che era esposto sui piatti di plastica era di molto inferiore al picnic che facevamo col nonno. C'erano cubetti di mortadella e qualche fettina di bruschetta secca, una ciotola di moplen piena di patatine fritte industriali ammosciate dal troppo lungo contatto con l'aria e un avanzo di pasta fredda. Le bevande, offerte anch'esse in bicchierini di plastica, erano costituite da due boccioni di Frascati con il tappo a corona.

Mi sono guardato cautamente intorno, quasi nessuno stava mangiando, erano tutti intorno a Neno. Più che discutere, starnazzavano come oche sull'aia. Neno aveva le gambe accavallate, le suole delle sue scarpe avevano dei buchi talmente profondi che si vedevano le calze. Dopo un po' ha aperto le mani per calmare le acque, la sua voce sovrastava le altre.

«Secondo me», ha detto, «bisogna rivedere la dialettica dell'insieme. Dobbiamo chiederci se in una società in così rapido mutamento come quella attuale, abbia ancor senso quello che stiamo facendo. Insomma», ha proseguito dopo una pausa sapiente, «l'artista esiste ancora, può esistere, oppure l'artista è il collettivo?»

Il cubetto di mortadella che mi ero messo in bocca mi è andato quasi di traverso. Ma cosa stava dicendo?

«L'arte è l'espressione della borghesia. La fine della borghesia è la fine dell'arte», ha proclamato un tizio particolarmente accaldato.

«O la nascita di una forma diversa di arte», ha aggiunto un altro, ai suoi piedi.

«Appunto», ha ripreso Neno, «è finita l'era dell'arte come espressione dell'individuale. L'artista singolo, sofferente e privilegiato, non ha più senso di esistere. È la collettività adesso che deve esprimere un sentire...»

«E il regista?» ha domandato uno dal fondo.

«Bravo», ha risposto Neno, «anche il regista non ha più senso, per il semplice fatto che il film è l'opera d'arte più collettiva che esista. Se pensate bene è un po' come le cattedrali di una volta, immaginate quanti artigiani, quanti operai hanno contribuito alla loro costruzione...»

«Schiavi della Chiesa capitalista!»

«Certo, schiavi della Chiesa, ma schiavi senza i quali non sarebbe stata possibile l'edificazione di quei capolavori... e il cinema, il cinema è la stessa cosa. L'epopea della borghesia è finita, ci è stata esibita la sua decadenza fino nei minimi particolari, fino alla nausea e ne sta nascendo un'altra: il regista despota, depositario di una visione del mondo non c'è più. Da ogni parte sorgono i collettivi, collettivi nelle scuole, collettivi nelle fabbriche... lo sceneggiatore come figura sociale deve evolversi in questa chiave. Quello che dovete diventare secondo me è... ecco sì, dovete diventare dei sismografi, dovete andare in giro, registrare come aghi sensibilissimi le vibrazioni della rivoluzione...»

Non avevo bevuto il Frascati tappo corona ma la testa

mi girava lo stesso. Com'era possibile? Neno scriveva libri e diceva che non è più possibile scriverli. In più parlava della rivoluzione. Probabilmente se ne era innamorato sui libri, già due volte infatti aveva citato il presidente Mao e anche il suo gatto si chiamava allo stesso modo. Soltanto che forse si era scordato, o forse non lo sapeva, che la rivoluzione non la facevano le parole ma la furia delle persone che avevano mangiato male e poco tutta la vita e che, per avere quel male e quel poco, avevano pure faticato.

Comunque, che la rivoluzione venisse o meno a dire il vero non me ne importava un granché, quello che mi bruciava era il fatto che non esistesse più l'artista. Avevo fatto tanta fatica per diventarlo, sapevo di esserlo e non potevo più esserlo, non si sarebbero più fatti i film o scritti i libri, e allora io che cosa ero venuto a fare al mondo?

Non è vero che gli artisti erano soltanto borghesi. Gli artisti, dicevo tra me e me, sono come i funghi, nascono qua e là nel bosco seminati dalle spore. Ci sono alcuni che nascono ricchi e altri che nascono poveri e devono lavorare, ma questa è solo una disgrazia e non c'entra niente con l'arte. Jack London era figlio di un astrologo ambulante, prima non aveva una lira e poi è diventato ricchissimo, non ha mai fatto del male a nessuno, anzi, con le sue storie ha reso felici molte persone, ma adesso se rinascesse chi glielo direbbe che non può più scrivere libri, che dovrebbe cedere carta e penna al collettivo degli operai di una fabbrica di scarpe?

Ero immerso in quei pensieri quando ho visto dell'agitazione in fondo, con un gesto del braccio Neno mi stava chiamando:

«Ehi tu», ha gridato, «perché fai l'individualista? Vieni qua assieme a noi!»

Appena mi sono avvicinato ha allungato la mano verso il mio dattiloscritto. «Dài qua», ha detto, «Federico mi ha già raccontato tutto», poi, prima ancora che mi sedessi, mi ha chiesto:

«Che ne pensi di Godard?»

# III

Al ritorno da quella serata ho passato la notte insonne.

«È andata benissimo», non faceva altro che ripetermi Federico ma io sentivo di aver fatto la figura dello stupido. Su Godard, infatti, ero stato troppo vago. Sapevo che era un regista ma non avevo mai visto un suo film, così mentre tutti mi tenevano lo sguardo puntato addosso, avevo detto semplicemente:

«Be', può piacere o non piacere», che è quello che si può affermare di qualsiasi cosa.

Dopo questo mio esordio, il discorso era tornato in bocca loro, avevano cominciato ad accapigliarsi su Godard e si erano completamente dimenticati della mia presenza.

«L'unico consiglio che ti posso dare», diceva Federico, «è di essere un po' più attivo. Da Neno si può dire quello che si vuole, si va lì per discutere, confrontarsi. Che senso ha andare lì a fare scena muta?»

«Ma secondo te lo leggerà?»

«Certo, soltanto che non devi essere impaziente. Né impaziente, né invadente. Lui è sempre preso da un'infinità di cose. Tu continua a venire tutti i lunedì e vedrai che un giorno, magari quando meno te lo aspetti, ti dirà qualcosa.»

Non capivo perché Federico si desse tanto da fare per me, in fondo era soltanto il caso che ci aveva portato a dividere la stessa stanza, così un giorno gliel'ho chiesto:

«Sono molto contento che mi aiuti, ma non capisco perché lo fai».

«Come non capisci?» mi ha risposto interdetto, «è più che evidente: tu sai scrivere bene e io ho le conoscenze, per sfondare potremmo essere una coppia perfetta. Se ci fai caso molti dei più famosi lavorano sempre in coppia, c'è persino gente che scrive in due i libri, io potrei diventare un famoso regista e tu il mio sceneggiatore, capisci? È un'occasione unica perché quello che sfugge a uno non sfugge all'altro. Con quattro gambe si arriva sempre più lontani che con due...»

I discorsi di Federico mi avevano rassicurato. In fondo lui conosceva quel mondo molto meglio di me e probabilmente aveva ragione, la cosa migliore da fare era affidarsi alla sua esperienza.

Per combinazione, proprio la settimana seguente alla serata da Neno, durante una vernice di una mostra, Federico aveva conosciuto un importante funzionario televisivo, uno di quelli che sulla sua agenda veniva segnato con quattro stelle come i grandi alberghi. Aveva visto il suo sguardo smarrito verso la ressa del buffet, allora si era immolato, sgomitando a destra e a manca era riuscito a portargli un bicchiere di frizzantino. Il funzionario gliene era stato talmente grato che avevano chiacchierato come due vecchi amici per quasi due minuti.

Tornando dal ristorante l'avevo trovato completamente su di giri. Non faceva altro che alzarsi e sedersi dal letto dicendo:

«È fatta! capisci? È fatta...»

Abbiamo cominciato a lavorare quella notte stessa. Io stavo seduto alla scrivania e lui camminava in giro per la stanza. La storia che stavamo scrivendo doveva servire per un film televisivo. A mio avviso, era abbastanza confusa, ma a sentire Federico, gli ingredienti erano mischiati con tale sapienza che il successo sarebbe stato assicurato.

Naturalmente era ambientata nelle Marche. «A Fermo no», aveva detto Federico, «troppo autobiografico, diciamo a Osimo.» Era la storia di un padre autoritario che aveva un figlio, un unico figlio, che doveva ereditare l'azienda. L'azienda era costituita da una catena di panifici sparsi un po' in tutta la regione, il padre aveva cominciato come semplice impastatore, in pochi anni, grazie alla sua abilità, era diventato il ras dei panini. Era un personaggio piuttosto gretto, legato più alle cose materiali che agli ideali. «Insomma», aveva detto Federico, «il tipico rappresentante della vecchia generazione.» Fin dalle prime scene si capiva che al figlio, dei prodotti da forno, non gliene importava proprio niente, a differenza del padre lui aveva degli ideali, da bambino aveva pensato persino di poter entrare in seminario per poi andare nelle missioni. Crescendo, per fortuna, aveva capito che la religione era l'oppio dei popoli e così aveva deciso di abbandonare i panifici e diventare sociologo, mestiere che il padre non gradiva affatto. Com'è ovvio, c'era di mezzo anche una ragazza, Patrizia, figlia di un pescatore di San Benedetto del Tronto, «un po' di *La terra trema*», aveva detto Federico facendo tremare con i suoi passi il pavimento della stanza, «ci sta sempre bene». Lui, Corrado, ama la ragazza e da lei è riamato, la famiglia di lei lo adora, ogni volta che va a pranzo gli fanno trovare i gamberoni a scottadito. È il genere ideale. Fino al brutto giorno in cui si presenta da loro per chiedere la mano di Patrizia, annunciando con fierezza di aver rotto con il padre, per la storia di sociologia. Bufera, tempesta e fuochi d'artificio! Il padre di lei bestemmia in stretto dialetto locale e prende a calci tutto, la madre piange, i due ragazzi scappano, mano nella mano, perché l'amore è assai più forte dei calcoli meschini.

Fuggono a Roma e mentre lui studia, lei fa la cameriera. Intanto a Osimo, nella casa del padre, appare un fantasma (c'era stato un telefilm sul paranormale, qualche anno prima, che aveva avuto grande successo). È il fantasma di una quadrisavola un po' strega. Cominciano ad accadere cose strane, i panini non lievitano più nel modo giusto, alcune pagnotte esplodono e altre restano basse come pizze. Nessuno capisce cosa diavolo stia succedendo finché la quadrisavola scrive sul pavimento di marmo del salotto buono, con la farina: «QUESTA È LA VENDETTA».

Per buttare giù il trattamento, fra dubbi e ripensamenti, abbiamo impiegato un paio di settimane. Lavoravamo tutte le sere, dopo il mio lavoro e le sue feste. Federico dettava la vicenda e io l'arricchivo di particolari poetici. Trovare il titolo non era stato facile. Alla fine, dopo due giorni di tentativi, abbiamo deciso di comune accordo per *Il lievito della rivoluzione*.

La mattina dopo, Federico è andato in una copisteria e ne ha fatte tre copie, una per il funzionario, una per Neno e una per noi.

«È inutile che telefoni al funzionario», ha detto poi, «è probabile che non riconosca la mia voce e forse non si ricorda del mio nome.»

Il da farsi secondo lui era uno solo. Andare lì, alla televisione, e portarglielo di persona.

Così il lunedì seguente, di buon'ora, siamo andati al lungotevere a prendere l'autobus. Federico indossava un completo di velluto, con pullover a collo alto e un impermeabile cachi; io il solito giubbetto col pelo sintetico.

Non eravamo ancora usciti di casa che già aveva detto: «È chiaro che tu vieni a fare soltanto una gita. Lui non ti ha mai visto, se ti portassi dentro subito, al primo giorno, non farebbe certo una buona impressione. Sembrerebbe che ti voglio imporre o essere arrogante, insomma qualcosa del genere...»

La sua proposta non mi aveva affatto offeso. Anzi, mi sentivo sollevato, avevo già sofferto abbastanza a casa di Neno.

Era una giornata opaca e attaccaticcia, sul lungotevere c'erano parecchie file di macchine ferme, il semaforo del ponte era rotto e c'era un vigile a dirigere il traffico. Abbiamo aspettato l'autobus una quarantina di minuti, a tratti cadeva una pioggerellina leggera e unta come l'acqua dei piatti. Quando finalmente il 280 è arrivato, le porte si sono aperte su un inferno. Scene così le avevo viste soltanto in certi quadri moderni dove da una parte c'è la testa e dall'altra, molto distante, la gamba.

«Non si può entrare...» ho detto a Federico.

Lui non mi ha ascoltato e con l'abilità di un'anguilla si è infilato dentro. Non c'era spazio anche per me, così sono rimasto sul gradino, le porte a soffietto si sono chiuse come una pinza su metà del mio corpo.

Per arrivare al palazzo della televisione abbiamo impiegato più di un'ora, l'autobus andava avanti a singhiozzo, ogni avanzata si pagava con una lunghissima sosta, ad andarci a piedi di sicuro avremmo impiegato di meno oltre ad assorbire una quantità inferiore di cattivi odori.

Quando finalmente siamo scesi, Federico mi ha spiegato la tecnica che avrebbe usato. Entrare dentro il palazzo della televisione non era facile, c'era uno sbarramento da superare, per farlo bisognava mostrare le credenziali, cioè i documenti in ordine e l'appuntamento confermato a voce da qualcuno dei piani superiori.

Era evidente che il funzionario, sentendo i nostri nomi, non ci avrebbe mai fatto salire, non per cattiveria ma per il semplice fatto che non ci conosceva. Era un intoppo in cui inciampavano tutti quelli che volevano entrare là dentro, per questo Federico, che non era nato ieri, ci aveva pensato per tempo.

Era successo durante l'estate in una balera di periferia dove si ballava il liscio, Federico era un amante di quel tipo di ballo. Proprio in quella balera aveva conosciuto una ragazza piuttosto brutta, anzi, a sentir lui, più che averla conosciuta gli era letteralmente saltata addosso. La cosa sarebbe finita lì se, dopo il ballo, bevendo una bibita, lei non gli avesse detto di fare la segretaria alla televisione. Lui non si era lasciato scappare l'occasione e subito si era annotato il numero di telefono. Lei ne era rimasta lusingata. «Capisci», diceva Federico, «a una cozza del genere non capita tutti i giorni che uno come me le chieda il numero.» Così quella ragazza si era trasformata nel suo jolly personale. Ogni volta che lui aveva bisogno di entrare nel palazzo, lei gli apriva la porta. «Purtroppo», aveva aggiunto poi, «è segretaria di uno dell'amministrazione e non ci può essere utile, ma bisogna sapersi accontentare di quello che offre la fortuna, a chiederle troppo, c'è il rischio che si stufi. Sai com'è, no? Il troppo stroppia.»

Intanto eravamo arrivati di fronte al palazzo, era tutto di vetro, senza neanche un'antenna, dietro ai cancelli di ferro c'era un povero cavallo agonizzante. Dovevano averlo colpito con un'arma da fuoco perché la parte dietro del corpo era posata a terra e, con il muso levato al cielo, nitriva dal dolore.

Vedendolo ho pensato "ma che diavolo di gente ci sarà là dentro se, come simbolo del loro lavoro, mettono l'agonia di un cavallo?"

In quel momento Federico mi ha detto:

«Tu aspetta qui che fra poco torno».

Di fronte al palazzo c'erano dei giardinetti brulli e pieni di cartacce, aveva smesso di piovigginare, mi sono seduto lì e ho acceso una sigaretta. Poi ne ho fumate altre tre. Alla quarta ho deciso di tornare a casa.

Non è che mi importasse molto delle sorti del nostro sceneggiato, come dicevano a scuola «non era farina del mio sacco», avevo dato una mano, ecco tutto. Di quella mano l'unica cosa che mi stava a cuore era la prospettiva economica. Ero stufo di lavare i piatti e guadagnare appena il necessario per sopravvivere. Ormai desideravo una stanza tutta per me, un motorino per andare in giro, un cappotto. Ero anche un po' perplesso sui metodi di Federico, io non avrei mai avuto il coraggio di agire a quel modo; lui però aveva più esperienza, erano già quattro anni che veleggiava in quell'ambiente, non mi restava altro da fare che fidarmi.

Federico è tornato a casa alle cinque pallido come se gli avessero tolto l'aria. In quel pallore, tuttavia, si intravedeva una punta di soddisfazione.

«E allora?» gli ho chiesto.

«Fantastico! Ce l'ho fatta.»

«Gli hai dato il trattamento?»

«Be', adesso non correre troppo. Ce l'ho fatta a vederlo.»

«Cioè?»

«Dalle undici alle tre non ho mai mollato il posto. Mi è andata bene, alle tre meno cinque è uscito dalla tana. Gli sono andato incontro. "Buongiorno", gli ho detto, "come sta?" Lui mi ha guardato sorpreso, allora io gli ho ricordato l'episodio della vernice. Lui ha borbottato: "Ah, già..." e a quel punto ho avuto la presenza di spirito di porgergli la mano. "Mi chiamo Federico Ferrari", ho detto.»

«E lui?»

«Lui me l'ha stretta e ha detto "piacere".»

Ero esterrefatto. «E sei stato tutte quelle ore lì soltanto per questo?»

Togliendosi le scarpe Federico aveva fatto un sospiro di sufficienza.

«Si vede che vieni dalla provincia e non sai niente di come va il mondo.»

Quel pomeriggio, seduto sulle sponde del letto, avevo appreso come funzionava il mondo, almeno quel mondo. La cosa più importante era entrare. Una volta dentro, diventava una via di mezzo tra una caccia al tesoro e un appostamento, bisognava avere un nome importante scritto nella propria agenda e se possibile, per quel nome, anche una conoscenza diretta, non so, una serata trascorsa insieme a casa di amici, un posto accanto alla presentazione di un libro, cose così, epidermiche, perché il fattore essenziale era imprimere bene nella memoria del funzionario la tua faccia. «Naturalmente, se tu avessi qualcosa di diverso tra le gambe», aveva specificato a quel punto ridacchiando, «la strada sarebbe molto diversa, non sarebbe una strada, ma un'autostrada. Pare addirittura che qualcuno, nei piani alti, abbia una scrivania speciale, se sfiori un pulsante, zac, si trasforma in un letto. Lassù non fanno altro che inzuppare...»

Più Federico andava avanti, più mi rendevo conto che non si trattava di una caccia ma di una guerra di logoramento. Una volta individuata la porta giusta bisognava andare lì per giorni e giorni, per settimane e mesi, montare ogni giorno la guardia senza mai distrarsi nella speranza che, prima o poi, l'oggetto del desiderio facesse un cenno e dicesse: «Vieni dentro».

«È ovvio che ci sono delle scorciatoie anche per noi», aveva concluso Federico, «sennò che cazzo di uguaglianza sarebbe? Ma è un campo delicato come le sabbie mobili. Bisogna annusare, vagliare, quando fai la mossa non deve essere sbagliata, devi capire da che parte sta chi ti interessa e, una volta capita la parte, devi capire anche la corrente. Ma non basta, devi avere delle spie che ti informino se è in procinto di cadere in disgrazia o meno. Là dentro tutto è in un equilibrio instabile, da un giorno all'altro quell'equilibrio può stravolgersi. La cosa migliore sarebbe avere due tessere, due aree di riferimento, così, comunque soffi il vento, tu ce l'hai sempre in poppa. Hai capito? Se vuoi arrivare là dentro ti devi fare il mazzo e anzi, oggi mi dovresti pure ringraziare, visto che sono stato lì tutte quelle ore anche per te.»

Quella sera ho pensato che ciò che mi aveva detto Federico somigliava molto ai costumi dell'antica Roma. La vita al foro e quella della televisione erano pressoché uguali. C'erano i potenti e i questuanti. Per capire chi lo fosse e chi no, bastava guardare fuori dalla porta. Dove c'era una fila, c'era il potere.

Neno era a Parigi per un convegno. Malgrado fossero passate diverse settimane, del libro ancora non mi aveva detto niente, la notte non riuscivo a prendere sonno. La cosa che più mi preoccupava era che non gli fosse piaciuto.

## IV

Sono passati i mesi. A marzo era già primavera, nei pochi giardini esistenti c'erano alberi coperti di fiori gialli con un profumo così intenso da dare alla testa.

La situazione era sempre uguale, lavoravo alle cucine e i lunedì andavo alle serate di Neno. Da parte sua non c'erano stati una frase, un cenno, stavo cominciando a sospettare che il libro, dalla mensola, fosse finito direttamente nella spazzatura. Il mio sospetto è diventato quasi certezza quando un lunedì, per tutta la sera, Neno non mi ha rivolto neppure uno sguardo. Federico continuava a fare il galoppino. Galoppava fino al cavallo morente e tutto il giorno faceva la sentinella davanti alle porte.

Ogni tanto, la mattina presto, telefonava suo padre e passavano una buona mezz'ora a litigare. Il padre era stufo di mandargli i soldi e voleva che tornasse a casa a lavorare nell'azienda di famiglia – che non era un pastificio ma una fabbrichetta di scarpe – e Federico lo insultava, dicendo che non capiva niente, sarebbe stato da idioti lasciare tutto un attimo prima del grande salto.

Quando tornava in stanza era di umore nero.

«Beato te che sei orfano!» diceva ogni volta e si ficcava di nuovo sotto le coperte.

In quel mese ho anche tentato di scrivere a mia madre. È successo una notte in cui ero molto triste, la mia vita era sospesa e non riuscivo più a vederne la direzione. Mi sentivo in una fase di stallo, l'attesa della risposta mi

*usé*

aveva logorato, togliendomi anche il desiderio di scrivere qualcosa d'altro.

L'odore della primavera mi turbava, mi faceva venir voglia di essere in un posto diverso, avevo nostalgia delle lunghe passeggiate sul Carso, ero sicuro che mi sarebbe bastata una giornata lassù a camminare in solitudine tra i prati bruciati dall'inverno e i primi crochi per avere le idee chiare e capire ogni cosa.

In città non riuscivo a trovare un posto che mi facesse lo stesso effetto, ovunque andassi c'erano troppe cose che mi venivano incontro, cose troppo belle o troppo brutte. Il troppo allontanava la profondità dei miei pensieri.

Per le strade non camminavo più con la baldanza dei primi mesi, non ero più un giovane cane che esplora il territorio, mi trascinavo con il passo indolente e perplesso del cane vecchio. Era la primavera con i suoi turbamenti, certo, ma anche qualcosa d'altro. Camminando e camminando, annusando e annusando, alla fine avevo perso ogni traccia della strada che stavo cercando.

*vagabondage égaré*

Non sapevo ancora, in quel girovagare smarrito, che di lì a poco il destino mi avrebbe riservato un'improvvisa svolta.

*perbandes*

Quasi a farlo apposta, è successo tutto il 1° aprile. La temperatura mite spingeva di nuovo fuori la gente a frotte. Il ristorante era strapieno, non facevo a tempo a finire una pila di piatti che subito ne veniva un'altra, le porte a ventola tra la cucina e la sala da pranzo si aprivano al ritmo di quelle delle comiche. Ogni tanto qualche cliente entrava lì per sbaglio, cercavano il bagno, ero sempre io a dire: «Appena usciti a sinistra...» Per non perdere tempo, lo dicevo senza neanche alzare la testa.

Così anche quel giorno, quando una voce di uomo mi ha chiesto del bagno, senza guardarlo, ho detto: «Appena uscito a sinistra, la luce è subito dietro la porta», ma il tizio, invece di girare sui tacchi e seguire i miei consigli, si è piantato davanti me.

«Toh, chi si vede!»

Ho alzato lo sguardo. Di fronte a me c'era Neno, portava una giacca di velluto consumato e aveva gli occhi brillanti come se avesse bevuto. Non sapevo cosa dire, a parte un «Buonasera».

«Cosa ci fai tu qui?»

Mi sembrava una domanda oziosa se non sciocca, era più che evidente quello che stavo facendo: lavavo i piatti per un misero stipendio. Comunque sono stato più educato.

«Questo è il mio impiego», ho risposto.

È rimasto un po' lì a dondolarsi sulla porta poi ha borbottato:

«Be', ci vediamo», ed è uscito in direzione del gabinetto.

A Federico non ho detto niente. Un po' mi vergognavo di essere stato scoperto, un po' il sesto senso mi diceva che era meglio tacere.

Il lunedì seguente non ne volevo sapere di andare da Neno, mi sembrava che tutti avrebbero annusato l'odore del detersivo e della varechina, così, appena Federico ha cominciato a prepararsi, gli ho detto:

«Vai pure da solo, stasera sono stanco».

«Non se ne parla proprio. Tu vieni e se non vuoi venire tu, ti ci porto io a calci. Neno ha telefonato stamattina e ha insistito moltissimo. Vuole anche te.»

Ci sono andato come un asino alla macina, testa bassa e passo lento. Federico invece era euforico, a dire il vero non l'avevo mai visto in uno stato diverso da quello. Si era convinto che Neno avesse finalmente letto il nostro soggetto e che, anzi, non solo l'avesse letto, ma se ne fosse anche entusiasmato: ci aveva convocati entrambi quella sera per congratularsi con noi e per dirci di lasciar perdere la televisione perché aveva già pronto un contratto con un produttore. A ogni passo i suoi progetti megalomani si ingigantivano mentre in me cresceva soltanto il malumore.

Appena mi ha visto, Neno mi è venuto incontro e mi ha salutato calorosamente, circondandomi le spalle con un braccio e, per il resto della serata, non mi ha mollato un istante. Voleva sapere tutto di me, sembrava che non ci fosse nient'altro al mondo che gli interessasse di più della mia vita e di quello che pensavo su ogni cosa. All'inizio, a dire il vero, ero piuttosto imbarazzato, non ero abituato a tanta attenzione. Poi, con qualche bicchiere di Frascati le cose sono andate un po' meglio.

Dopo due ore stavo benissimo, era bello parlare ed essere ascoltati, non avevo mai avuto tanti adulti intorno e così rapiti da ogni cosa che uscisse dalla mia bocca.

Parlavo e parlavo e parlavo. Non c'era più niente che mi fermasse, sentivo di avere le guance porpora e le orecchie dello stesso colore ma non me ne importava più niente, per quelle persone io ero importante e questo cancellava ogni altra cosa.

Sono stato tra gli ultimi a lasciare l'appartamento, Federico l'avevo perso di vista subito dopo l'arrivo. Al momento del congedo le campane hanno suonato le due, Neno era al mio fianco.

«Hai scritto un capolavoro», mi ha detto. «Se mi permetti, ti aiuterò a pubblicarlo.»

# V

Neno sembrava davvero entusiasta del mio manoscritto. Erano anni, mi aveva detto quella sera, che non leggeva una cosa così forte e fresca, così innovativa, così antiacca-demica.

«Si vede che non vieni fuori da un'università», aveva proseguito, «qui si sente la disperazione pura, senza filtri di alcun tipo. Non c'è mediazione intellettualistica, compiacimento, c'è solo l'urlo e la ribellione di una vita ai margini, una vita senza orizzonti e senza consolazione.»

Ero rimasto senza parole. Avevo balbettato un grazie.

«Diamoci pure del tu», mi aveva detto, stringendomi forte il braccio.

Nel giro di una settimana eravamo diventati amici intimi, lui mi portava con sé dappertutto, mi presentava dicendo: «Sentirai presto parlare di questo ragazzo». Di qualsiasi argomento si discutesse mi chiedeva: «E tu, Walter, che ne pensi?»

Io continuavo ad arrossire, le prime volte di più, poi, con il passare del tempo, sempre meno. All'inizio mi sembrava perfino esagerato, in fondo avevo scritto soltanto un primo romanzo molto autobiografico; ma a furia di sentirmelo ripetere, ho finito per crederci. Finalmente tutti si erano accorti che c'era una superiorità in me ed ero contento che questa superiorità venisse riconosciuta e rispettata.

Alla fine del mese mi ha comunicato che il mio libro sarebbe stato pubblicato da una casa editrice romana.

Preso dall'euforia, i primi di maggio ho scritto a mia madre, mi sembrava generoso riprendere i rapporti con una bella notizia. Ho riempito tre fogli interi spiegandole che ero venuto a Roma perché sentivo di avere qualcosa di grande da compiere. Tutto si era svolto in tempi molto rapidi e probabilmente prima di agosto avrebbe sentito parlare di me dai giornali, non per uso di droghe o eccessi alcolici, come lei credeva, ma perché sarei diventato uno scrittore. Concludevo dicendo che non le mandavo l'indirizzo perché, di lì a poco, avrei lasciato la camera in affitto per andare a stare in un appartamento da solo.

Già perché tra le fantasticherie che facevo in quel periodo c'era quella dei soldi, e non era una fantasticheria da poco.

Io i soldi non li avevo mai avuti. Fino a quel momento la mia concentrazione, nel bene e nel male, era stata interiore, non mi ero neanche accorto di non avere l'automobile o il giradischi. Il denaro e tutto quello che si poteva ottenere per suo tramite era lontanissimo da me. Non giudicavo le persone con quel metro e con quel metro non volevo venire giudicato. Così, non avendo mai pensato ai soldi non ne conoscevo i pericoli. Soltanto allora ho scoperto la sua forza discreta e onnipotente. Nel mondo dell'esteriorità c'era una trama invisibile e questa trama era costituita dal denaro. Ogni cosa era in vendita e qualsiasi persona si poteva corrompere, con qualche banconota in più anch'io avrei potuto comprare la mia sicurezza mondana. Con dei bei vestiti, il mio esordio sarebbe stato completamente diverso.

Quando avevo cominciato a frequentare le serate di Neno, il primo pensiero era stato proprio quello dell'abbigliamento. Sapevo di essere inadeguato, di non avere nessun gusto. Così avevo acquistato quell'infelice camicia del Foscolo, che poi non era del Foscolo ma della sua fidanzata. Dopo la camicia, cercando di migliorare un po' la situazione, avevo fatto altri due o tre acquisti. Federico, vedendoli, era inorridito.

«Dove hai preso quegli orrori? Sei ancora più burino di prima.»

Mi era venuto un grande avvilimento. Forse è stupido dirlo, ma mi vergognavo più delle mie scarpe che delle eventuali lacune culturali. Sul fatto di essere intelligente non avevo alcun dubbio, ne avevo però molti sulla mia apparenza. Mi sentivo come una lumaca che si porta dietro la casa, la casa era l'appartamento in cui ero cresciuto, il perpetuo odore di cucina e di pipì di gatto sulle scale, il fiato di alcol di mio padre e i quadretti a piccolo punto di mia madre. Ero convinto che nel mio aspetto si potesse leggere tutto quello squallore. _misère_

A confondermi le idee, all'inizio, ci si erano messi anche i vestiti di Neno: la prima sera avevo notato i buchi delle scarpe, poi quelli dei maglioni, per non parlare delle giacche senza più gomiti e dei pantaloni di velluto talmente sdruciti da non avere più coste sul sedere. Buco più buco meno, lo imitavano tutti quanti.

Io non capivo, se loro sono vestiti così male, mi dicevo, perché mi devo vergognare del mio giubbetto di pelo sintetico? Allora cercavo di fare dei ragionamenti che simulassero una logica. Pensavo "Neno e i suoi amici sono sicuramente più ricchi di me e vanno in giro con le pezze al culo, io sono meno ricco, non ho i buchi, ma mi vergogno lo stesso del mio aspetto". Una domenica mattina, camminando per piazza Navona finalmente ho capito tutto, la differenza sostanziale non stava nei buchi ma nel materiale che li circondava.

L'illuminazione mi è venuta guardando la gente che

prendeva il sole e l'aperitivo, ci volevano un mucchio di soldi per potere stare seduti a quei bar. Poco lontano, davanti al portone della chiesa, c'era un mendicante, aveva delle scarpe di finta pelle di un orribile color melanzana. Tracciare lo spartiacque era facilissimo. Nella qualità cattiva, il logorio diventa presto sfondamento, in quella buona rende la pelle più nobile. Insomma, grazie alle scarpe, si poteva tranquillamente dividere il mondo in due parti. Questa legge valeva anche per i maglioni, tra la consunzione del cachemire e quella dell'acrilico c'era un abisso. Insomma, quei buchi portati con indifferenza volevano dire una cosa sola, "vivo nel benessere da talmente tanto tempo che non vi dò più peso, ho cose ben più importanti a cui pensare".

Ai primi di giugno ho firmato il contratto per il libro, l'editore era simpatico, aveva la barba e portava sempre una sciarpa intorno al collo, parlava senza mai fermarsi. La sua casa esisteva da pochi anni ed era specializzato in libri di scrittori selvaggi, gente cioè che faceva tutt'altro nella vita e poi di punto in bianco scriveva un libro.

*La vita in fiamme*, questo era il titolo, sarebbe uscito in settembre.

Ero un po' deluso che nessuno avesse mai parlato del compenso, poi però mi dicevo "in fondo è una questione marginale, l'importante è che il libro sia stampato, da quel momento in poi, di sicuro mi si apriranno tutte le porte"

Avevo davanti a me l'estate. Era un'estate leggera, non mi restava altro che godermela come un dono inaspettato. E così, in effetti, ho fatto.

Tutti i lunedì andavo regolarmente fuori a cena. L'arrivo dei primi caldi aveva spalancato le terrazze, era bellissimo star lì, sotto le stelle, con il ponentino che accarezzava i capelli e rendeva ogni cosa facile. Era bellissimo mangiare e bere cose buone, parlare con persone che sapevano chi eri.

Poi quando alle due, alle tre, uscivo dalle case, me ne andavo a passeggiare fino all'alba. La luce e l'aria erano miti, la città vuota mi accoglieva con la sua straordinaria bellezza, camminavo rasente i Fori e poi lungo il Colosseo, tra l'erba fresca del mattino alcuni merli cercavano del cibo, i gatti uscivano stiracchiandosi dalle rovine. Tutta quella quantità esagerata di armonia e di storia era lì per me, vi facevo parte.

Le ore che non stavo in cucina, le passavo dormendo.

Federico era tornato a casa per le vacanze. Ero felice della solitudine della mia stanza, tenevo gli scuri accostati, i rumori che venivano da fuori erano il mio orologio, quando sentivo lo stridio dei balestrucci sapevo che era ora di alzarsi. Neanche lavare i piatti mi pesava più tanto, stavo lì con il distacco di chi sa di starci per sbaglio.

Il 31 di luglio sono andato con Neno e compagnia a pranzo a Fiumicino. Il giorno dopo partivano tutti, lui per la sua casa di campagna e gli altri per destinazioni diverse.

Ai primi di agosto anche il ristorante ha chiuso per ferie. La città si è svuotata di colpo, quell'assenza improvvisa di uomini e macchine stordiva per la sua trasandata grandezza. Camminavo per le strade deserte con la stessa leggerezza di un anno prima, per la prima volta nella mia vita mi sentivo davvero in vacanza. Voleva dire osservare ogni cosa dall'esterno, vacanza. Dispensare la benevola compassione di chi sa di essere già in salvo.

Dal crepuscolo in poi scorrazzavo a piedi e con gli autobus. A volte, durante il giorno, prendevo la vecchia metropolitana e arrivavo fino a Ostia, lì la sabbia era nera e il mare aveva lo stesso colore giallastro del Tevere.

Ogni tanto andavo al cinema oppure, passeggiando

sotto il sole, cercavo riparo nella frescura delle chiese vuote.

I diciannove anni della mia esistenza precedente erano completamente cancellati. Non mi interessava più sapere cos'è il vuoto o la morte, né se esiste un principio del male che agisce nell'uomo. Tutte le domande che mi ero fatto erano scomparse. Non c'era più l'ordine e il disordine, né il baratro del nulla che si apre tra le cose. Al mare guardavo l'orizzonte e l'orizzonte non mi diceva niente. Pensavo a come mi sarei vestito la sera della presentazione o all'invidia che avrebbero provato i miei vecchi compagni di scuola.

La trivella che da sempre aveva lavorato dentro di me era risalita in superficie. Strato dopo strato, terriccio e detriti avevano coperto il fuoco che bruciava sotto.

Dall'era del magma incandescente, senza accorgermene e senza alcuno sforzo di volontà, ero passato all'epoca delle bucce. Bucce di mela, di pera, gherigli di noce, bucce di banane. Mi interessava tutto ciò che stava fuori.

Mi ero dimenticato che le bucce possono essere scivolose, è facilissimo metterci il piede sopra e volare per terra.

Il libro uscì alla fine di settembre.

Alla presentazione, a casa di Neno, c'era un mucchio di gente importante. Io finalmente avevo imparato a vestirmi nel modo giusto. Dietro a Campo dei Fiori avevo scoperto un negozietto di vestiti usati, vendeva soltanto cachemire e tweed. Con pochi soldi avevo messo su un completo perfetto, c'erano buchi dappertutto e non mi sognavo di nasconderli.

Tutti mi venivano vicini e mi facevano i complimenti.

«Da tanto tempo non si leggeva qualcosa di così straordinario», dicevano, «con questo libro davvero la letteratura comincia a rinascere.» Poi volevano sapere tutto: se lavavo ancora i piatti e se per caso il protagonista era una sorta di alter ego, se anch'io bevevo dal mattino alla sera. Io dicevo che sì, era chiaro, si trattava di un racconto autobiografico.

A un certo punto, vicino al camino, è scoppiata una vivace discussione. C'era uno che diceva di aver trovato degli echi evoliani nel racconto, mentre un altro non era assolutamente d'accordo, la forza prorompente che emanava il testo, la sua assolutezza derivavano soltanto dal fatto che io ero un narratore selvaggio. Anche London era così eppure era sempre stato socialista, conosceva le opere di Spencer come i pastori protestanti conoscono la Bibbia.

Io mi sentivo frastornato. Frastornato ma non infelice, erano tutte cose nuove ma giuste. In quei giorni ho fatto anche qualche intervista, quando le ho lette sono rimasto deluso, avevo parlato con passione per ore e l'immagine che veniva fuori era soltanto quella di un ubriacone provinciale.

La mattina facevo il giro delle librerie vicino a casa per controllare che il libro fosse esposto. «Come va?» chiedevo ai commessi indicandolo e loro rispondevano sempre: «Be', deve ancora partire».

Stavo cominciando a provare una certa inquietudine quando, tramite Neno, si era fatto vivo un produttore cinematografico.

«Questa storia potrebbe essere un film stupendo», aveva detto e, poco dopo, avevo firmato un contratto di opzione sui diritti.

La realtà si stava avvicinando ai miei sogni, avevo un pezzo di carta in mano e quel pezzo di carta mi avrebbe garantito tanti soldi quanti mai ne avevo avuti nella mia vita.

Potevo finalmente licenziarmi, smettere di lavare i

piatti. Il padrone del ristorante non sembrò tanto addolorato, mi pagò il mese, dimenticandosi della liquidazione. Ero in nero, dopotutto.

Alla fine di ottobre mi sono trasferito in un nuovo appartamento, non era un attico come avrei sperato ma un seminterrato, si trovava al Tuscolano, in una delle vie con i nomi dei consoli romani, era solo una sistemazione transitoria, non potevo lamentarmi. La casa era composta da una stanza, un bagnetto senza finestra e un cucinino, anche lui cieco. La stanza prendeva luce da una specie di feritoia che correva lungo il marciapiede.

Il telefono, per fortuna, era già installato così potevo chiamare il produttore ed essere chiamato senza correre alle cabine telefoniche. Le riprese del film dovevano cominciare nei primi mesi dell'anno nuovo, prima bisognava scrivere la sceneggiatura. Aspettavo da un giorno all'altro di essere convocato.

È stato Federico il primo a telefonarmi, sapeva della mia fortuna e aveva paura di essere dimenticato.

«Non scordarti che mi devi un favore», aveva detto prima di riagganciare.

«Non preoccuparti», avevo risposto, «non sono un ingrato.»

Ero in assoluta buona fede, appena il produttore mi avesse chiamato avrei coinvolto anche Federico nella sceneggiatura.

Il produttore però taceva.

Dopo dieci giorni di silenzio, ho deciso di chiamare io. Mi ha risposto la segretaria dicendo che il dottore era fuori stanza. La mattina dopo era invece in riunione e quella dopo ancora era fuori Roma.

Intanto aveva telefonato anche un signore della radio, aveva letto il mio libro e voleva farmi un'intervista. Sono andato così negli studi di registrazione, l'incontro è stato molto cordiale. Il giornalista era un uomo attento, calmo e preparato, ha fatto domande intelligenti alle quali ho risposto con naturalezza, come se fossi abituato da sempre a parlare al microfono.

«Perché non collabora con noi?» ha chiesto alla fine.

Mi sarebbe piaciuto, era stato bello stare lì, in quel mondo ovattato e raccolto, ma purtroppo non potevo. Ho declinato l'invito dicendo che ero molto impegnato con il mio film.

Era vero e non era vero. Era vero perché avevo in mano il contratto di opzione, non era vero perché non stavo facendo niente, ero convinto che fosse soltanto questione di giorni o al massimo di settimane.

Ai primi di dicembre il produttore non si era ancora fatto vivo.

Così una mattina ho preso il motorino, che nel frattempo mi ero comprato, e sono andato nei suoi uffici. Dopo due ore di anticamera mi ha ricevuto, è stato affabile e sorridente come la prima volta.

«Ci sono stati degli intoppi», ha detto, «dei rallentamenti ma ora tutto si sta risolvendo. Tu pensa ai nomi degli attori, così li prenotiamo e non rischiamo di perderli per l'epoca delle riprese.»

# VI

Passò un anno.

Le riprese del film non cominciarono mai, non ci fu neanche il contratto per la sceneggiatura. Nei primi mesi la mia tenacia nel cercare il produttore fu abbastanza forte, poi si affievolì e, affievolendosi, si mutò in depressione. Non capivo perché ci si dovesse comportare in quel modo, in fondo, se ci fossero stati dei problemi, non sarebbe stato meglio parlarmene?

Nell'attesa, avevo persino comprato una segreteria telefonica. Era una specie di oracolo, appena tornavo mi precipitavo a vedere se per caso lampeggiava.

Non lampeggiava mai, neanche Federico si faceva più vivo, aveva trovato l'area di riferimento giusta e lavorava ormai in pianta stabile alla televisione. Un paio di volte l'avevo cercato ed era stato molto evasivo, come se avesse paura che gli chiedessi qualcosa.

I soldi dell'opzione e quelli risparmiati al ristorante erano quasi finiti, non sapevo come guadagnarne altri.

Sono andato allora a trovare l'editore, non avevo visto ancora una lira così gli ho chiesto di saldare i conti. È scoppiato a ridere, ridendo mi ha dato una pacca affettuosa sulle spalle.

«Ma dài, non lo sai che con i libri non si campa?»

Poi mi aveva mostrato dei bollettini di cui non capivo niente.

«Guarda», aveva aggiunto indicando alcune righe

con una matita, «non hai venduto neanche trecento copie, la settimana prossima quelle rimaste andranno al macero. Era un bel libro sai, peccato che nessuno se ne sia accorto, ci ho rimesso un bel po' di quattrini ma non sono pentito.»

Avevo l'acqua alla gola, così, ai primi di dicembre, mi sono deciso a chiedere aiuto a Neno. Secondo lui, era stato un grande errore lasciare il lavoro al ristorante. Se volevo fare lo scrittore, potevo benissimo lavare i piatti: «Le esperienze di vita, quelle sì che contano». Comunque, alla fine, mi ha dato il numero di telefono di uno sceneggiatore.

«È uno che lavora sempre. Più che scrivere, sceneggia i contratti dei comici.» Siccome non capivo, mi ha spiegato meglio: «Si dice così di chi scrive quelle porcate demenziali cucite apposta sui comici che fanno cassetta. I produttori gli stanno alle costole ed è per questo che ha sempre bisogno di ragazzi che lo aiutino. Telefonagli a nome mio», ha detto, «vedrai che ti troverà qualcosa.»

Lo sceneggiatore dei comici si chiamava Orio e abitava ai Castelli, mi aveva convocato quasi subito. Per paura di arrivare in ritardo ho preso una corriera che partiva quattro ore prima dell'appuntamento.

Il paese di campagna in realtà era un paesone sfatto, qualcosa a metà strada tra una periferia industriale, un presepe napoletano e un villaggio di baraccati. Tutto era scomposto, cresciuto male, trasandato. Le vie erano precariamente illuminate da tristi decorazioni natalizie. Più camminavo, più aumentava la sensazione di disagio. In fondo, mi dicevo, non sta succedendo nulla di male, vai a trovare uno sceneggiatore che ti darà lavoro. Eppure mi sentivo come prigioniero di un incubo dal quale avrei voluto svegliarmi subito.

La villa, mi aveva spiegato Orio per telefono, si trovava a una decina di minuti dal centro urbano, bisognava voltare a destra dopo il campo di calcio comunale, a sinistra davanti a una discarica di materiale edilizio e poi si era arrivati, c'era solo la sua casa, non ci si poteva sbagliare. Lungo la strada mi domandavo "ma come diavolo si farà a scegliere di vivere in un posto del genere?"

Alle quattro in punto ero davanti a «La dolce vita», così c'era scritto su una mattonella di ceramica sopra il campanello. Sotto, in un altro quadretto acquarellato, c'era un signore che dormiva beato su un'amaca.

Non c'era un vero e proprio giardino ma una distesa di ghiaia dalla quale spuntava qualche raro cipresso. In fondo, si intravedeva una casa in mattoncini di tufo, le finestre dei due piani erano adorne di inferriate a riccioli. Mi sono affacciato. Orio mi aspettava sulla porta con la mano tesa, così gli ultimi metri li ho dovuti fare di corsa.

«Vieni dentro, accomodati», ha detto stringendomi la mano.

Sorrideva, ma era un sorriso che non mi piaceva per niente, al sorriso delle labbra non corrispondeva quello dello sguardo. Non era alto, aveva un viso gonfio di un pallore malsano, occhi acquosi e guance cadenti, indossava un logoro golfone da casa, dei pantaloni di velluto calati sul sedere e, ai piedi, un paio di pantofole sfondate.

Mi ha fatto accomodare su una poltrona molto rigida, il pavimento era di marmo chiaro senza il conforto di un tappeto. Fra me e lui c'era un tavolino con una composizione di fiori secchi, erano scuri e impolverati, sembravano piante sopravvissute a un incendio.

«E così», ha detto piano fissandomi, «tu saresti Walter... Bene, Walter, allora che cosa mi racconti?»

Come biglietto da visita avevo portato una copia de *La vita in fiamme*, l'ho tirata fuori dalla mia borsa di pelle grezza e gliel'ho data.

«Ecco, le ho portato questo.»

Lui ha preso il libro come prendesse la carcassa di un topo morto, ha aperto la prima pagina, ha scorso qualche riga, poi l'ha girato, ha letto la quarta di copertina, ha scosso la testa, fatto un sospiro e me l'ha riconsegnato.

«Ti ringrazio del pensiero ma non lo voglio.»

Sono rimasto paralizzato, non avrei mai immaginato una risposta del genere. Stavo fermo e intanto i pensieri correvano velocissimi. È stato maleducato, mi dicevo, allora posso esserlo anch'io, adesso mi alzo in piedi e lo schiaffeggio poi gli dò anche un calcio in quel culo mollo, vecchio stronzo merdoso fetente. Pensavo questo e mi ribolliva il sangue, intanto però continuavo a stare fermo, non potevo farlo, ero completamente senza soldi e quel signore era l'unico in grado di procurarmeli. Così, simulando un sorriso, ho parlato come quei disgraziati che vendono enciclopedie porta a porta.

«Perché no?» ho risposto. «È un bellissimo libro.»

Lui è scoppiato a ridere, rideva in modo beffardo, i denti in fuori e il corpo scosso, sembrava una iena.

«Ascolta Walter», ha detto alla fine, «con te voglio essere sincero perché mi sei simpatico: riesci a immaginare quanti giovanotti si sono seduti prima di te su quella poltrona? Se non lo riesci a immaginare te lo dico io, cento, duecento, non riesco neanche più a ricordarlo. Erano, anzi, siete, tutti uguali. Venite dalla provincia, volete fare il cinema, siete convinti di essere degli artisti, dei geni magari, per dimostrarmi quanto valete arrivate tutti con un libro o una sceneggiatura in mano. Penserai che sono cattivo ma ti sbagli, guardati intorno: in questo salotto, cosa vedi? Librerie, librerie da terra al soffitto, librerie senza più neanche una mensola vuota e sai cosa c'è in queste librerie? Soltanto classici. Ecco perché non voglio il tuo libro così come non ho mai voluto gli altri. Voi scrivete per dimostrare che siete delle anime belle e a me, delle vostre anime belle non me ne importa niente. Se fra trent'anni qualcuno ancora dirà che questo tuo libretto è un capolavoro, forse lo leggerò e gli farò posto, ma intanto non mi interessa. Devi lavorare? E io ti faccio lavorare, ma scordati la poesia, il giovane Werther e tutto il resto...»

Quel pomeriggio ho imparato almeno due cose di Orio. Che non era un bulldog ma una iena e che quando cominciava a parlare non la smetteva più. Parlava e parlava, sembrava innamorato del suo latrato.

Io intanto pensavo ai saprofiti, fra trent'anni non avrebbe letto il mio libro perché sarebbe diventato il loro picnic. Povere bestie, avrebbero dovuto divorare quell'uomo repellente. In sottofondo sentivo le sue parole, un termine che ricorreva spesso era «pagnotta», gli doveva piacere molto, non faceva altro che ripetere «quando ci si deve guadagnare la pagnotta non si può andare per il sottile...» La pagnotta qui, la pagnotta là. Doveva essere un po' come per mio padre la guerra, nel loro tono c'era lo stesso disprezzo, lo stesso desiderio di umiliazione.

Quando la grande pendola della sala ha battuto le sei mi sono alzato e ho detto: «Mi dispiace, ma devo proprio andare altrimenti perdo l'ultima corriera». Lui mi ha scribacchiato un numero di telefono su un foglietto.

«Si chiama Massimo», ha detto, «è uno dei miei collaboratori più fidati. Tra un mese dovrebbe partire il film di un comico. Chiamalo appena sei a Roma.»

Sulla porta mi ha stretto la mano. «Spero che non ti sia fatto una cattiva idea di me. D'altra parte io preferisco fare così, stroncare subito le illusioni. Se poi dietro c'è un vero talento prima o poi verrà fuori. Un giorno mi ringrazierai per questo.»

Gli ho stretto la mano con calore.

«Ne sono certo», ho risposto e mentre mi allontanavo dal vialetto ho gridato: «Grazie di tutto!»

Sulla corriera il riscaldamento era rotto. Lungo il raccordo anulare siamo rimasti a lungo bloccati in un tamponamento. Il disagio che avevo percepito in quella casa me lo ero portato dietro, era un tipo di disagio che non avevo mai provato prima, non riuscivo a dargli un nome. Arrivato a casa il malessere ha preso una forma strana, stavo lì ed ero solo, nello stesso tempo avevo l'impressione che con me ci fosse un'altra persona. Ero io e non ero io. Non mi piaceva per niente essere in due.

Massimo avrà avuto una trentina d'anni, forse qualcosa di più ed era piuttosto cordiale. Ci siamo incontrati in un bar a piazza Venezia, gli autobus e le macchine ci assordavano, facevo fatica a capire quello che mi diceva. Quando ci siamo salutati ho pensato alla sgradevolezza come rumore di fondo di questa esperienza.

La volta dopo, l'incontro è stato a casa sua, eravamo in quattro, mi ha presentato agli altri e ho stretto le mani nel modo più simpatico possibile. Il film del noto comico doveva essere pronto di lì a un mese, non avevamo molto tempo. A parte Stanlio e Ollio e Charlie Chaplin, io non conoscevo altri attori in grado di far ridere, non sapevo in che modo si provocasse il riso negli spettatori.

Prima di tutto, però, bisognava discutere la trama.

«C'è lui», aveva esordito Massimo, «e poi ci sono due attrici esordienti, due gran pezzi di figa...»

Per più di un'ora sono rimasto zitto ad ascoltare. Sembrava una riunione di camionisti stravolti da troppe ore di autostrada. Fighe, sorche, tette e culi s'inseguivano con la regolarità delle pietre miliari. Ogni tanto scoppiavano grandi risate, per simulare un sorriso ho dovuto tirare a raccolta tutte le mie forze.

Mi sentivo come al tempo della scuola media quando i compagni intorno a me raccontavano barzellette sporche. Il più delle volte non riuscivo neanche a capirne il senso, l'intera storiella restava sospesa nella mia mente come quelle domande senza risposta apparente che i maestri orientali lanciano ai loro allievi. Ne ricordo una, l'avrò sentita in quarta o quinta elementare. Un signore con il rasoio si fa la barba in terrazza, è una giornata di sole e sul balcone sotto c'è una bella donna, al signore scivola di mano il rasoio e dopo un istante nella mano della signora sotto cade una pera. Per anni sono stato tormentato per quella pera in transito. Non riuscivo ad afferrarne il senso.

Le battute dei miei compagni di lavoro mi facevano lo stesso effetto. Ascoltavo e fingevo di ridere. Non capendo cosa ci fosse da ridere, non riuscivo mai ad aprire la bocca per dirne una io. Dopo un po' Massimo se ne è accorto e ha detto:

«Ehi, Walter, perché stai zitto? Qui chi non parla, non lavora.»

Ho balbettato qualcosa sul fatto che ero nuovo e dovevo capire come funzionava il tutto e, almeno per quella volta, me la sono cavata.

La vicenda del film era abbastanza semplice, la protagonista femminile, Jessica, era una ragazza prosperosa e allegra che faceva l'infermiera in un villaggio turistico ai tropici. Naturalmente quasi tutti i villeggianti erano uomini e le poche donne presenti avevano una sottile venatura lesbica ed erano gelosissime dei loro mariti. Dopo una panoramica sul villaggio, la prima scena era questa. Il protagonista, cioè il comico, va in infermeria per un piccolo taglio nella parte interna e alta della coscia. L'infermiera, molto pratica di cucito, comincia subito con ago e filo a fare un'imbastitura, poi non trovando le forbici, si china a tagliare il filo con la bocca...

Quando abbiamo finito di delineare il primo atto era ora di cena.

«Ci facciamo una spaghettata?» ha chiesto Massimo.

Durante la cena ho capito che dietro quel cameratismo e quella buona volontà era tutto un affilare di lame. Orio era lo squalo e loro il branco di remore che gli nuotava intorno. Remore che da grandi volevano diventare squali. Sarebbe bastato conoscere soltanto un po' di biologia per sapere che si trattava di un sogno. Già per cambiare leggermente la forma di un muso devono passare centinaia di generazioni, figuriamoci modificare una bocca a ventosa in una mandibola con sei file di denti in una sola vita...

Per fortuna, pensavo durante la cena arrotolando l'amatriciana sulla forchetta, io non sono come loro. Non voglio fare lo sceneggiatore e neanche il regista. Sono soltanto uno scrittore che si guadagna un po' di soldi per sopravvivere e lavorare in pace alle sue opere. Avevo bisogno di respiro. Là dentro il respiro era quella distanza.

Massimo abitava a Torrevecchia, io al Tuscolano. Era dicembre, faceva un freddo cane, ci ho messo tre quarti d'ora per arrivare a casa col mio motorino. Durante la notte ho sognato di attraversare le acque artiche su una canoa protetto solo dal costume e da una maglietta.

Il pomeriggio dopo c'è stata una riunione, e così la sera dopo ancora. In motorino mi sforzavo di immaginare le battute da dire. L'ultima sera c'è stata la divisione in blocchi, ognuno aveva una parte della scaletta da svolgere a casa. Era Massimo a decidere, a me ha assegnato il blocco dei bungalow, dovevo descrivere cioè tutto quello che succedeva nelle stanze da letto. Al momento di salutarci mi ha detto: «Se hai qualche dubbio, qualche problema telefonami pure, in questi giorni io resto sempre a Roma».

Un problema, a dire il vero, già ce l'avevo ed era

143

quello della macchina da scrivere, fino ad allora avevo sempre scritto a mano. Ho impiegato due giorni per trovare qualcuno che l'affittasse al prezzo più economico. Poi mi sono chiuso nel mio loculo e per una settimana intera ho vissuto ai tropici assieme a Jessica e agli altri personaggi.

Sono tornato da Massimo a consegnare le scene due giorni prima di Natale. Mi ha richiamato dopo poche ore.

«Ho letto il lavoro», ha fatto prima ancora di dire «pronto», la sua voce era sospesa a metà fra il paternalismo e l'irritazione. «Non ci siamo proprio. Avresti dovuto dirmelo prima, per onestà, non c'è niente da vergognarsi, ti avremmo dato una parte adeguata...»

«Be'», ho risposto, «lo sapevi già che era il mio primo lavoro...»

«Non è questo, è che nelle scene di sesso non c'è realismo. Prima di andare a letto i personaggi perdono ore a guardare le stelle e anche quando ci vanno non si capisce niente, potrebbe essere un picnic e sarebbe la stessa cosa, capisci? Non è questo che vuole il pubblico, paga i soldi e vuole vedere ciò per cui ha pagato... Insomma Walter, non amo i giri di parole. Dovevi dirmelo subito che sei frocio, insomma, che non ci hai la sensibilità per fare queste scene. Ti avremmo dato la parte della checca e tutto sarebbe filato liscio.»

«Checca? Frocio?» ho ripetuto quasi afono. «Come ti viene in mente? Avrò sbagliato, d'accordo, ma l'avrò fatto perché non ho esperienza, le prime volte può capitare. Cosa c'entrano i culi?»

«Va bene, va bene, non scaldarti. Comunque io oggi devo consegnare il materiale a Orio. Deciderà poi lui cosa fare.»

La mattina del venticinque dicembre, alle sette e un quarto, è squillato il telefono. Nel dormiveglia per un attimo ho pensato che fosse mia madre che chiamava per farmi gli auguri. La stanza era umida e gelata, ho lasciato a malincuore le coperte per raggiungere la cornetta. Dall'altra parte c'era la voce arrogante di Orio, non ha detto né buongiorno, né buon Natale, né disturbo e neppure sono Orio. Staccando bene le parole ha detto solo:

«Giovanotto, credevo di essere stato chiaro, il Werther e tutto il resto lo devi buttare nel cesso. Quello che hai scritto è una porcheria. Ma che, pensi che la gente quando ha davanti una bella fica sta a guardare le stelle? Ma dove vivi? Tu credi di essere uno scrittore ma non lo sei. Se lo fossi davvero, vivresti con i tuoi libri e non verresti da me per la pagnotta. E se hai bisogno della pagnotta vuoi dire che sei un fallito. Io te la dò, perché sono generoso, ma tu te la devi guadagnare, devi fare quello che dico io, quello che vuole la gente. E sai cosa vuole la gente? Vuole trombate, scopate, chiavate dall'inizio alla fine. E quando non ci sono le chiavate ci devono essere almeno delle palpate di culo, delle strizzate di tette, capito? E non mi tirare in ballo la solfa dei cliché. Il pubblico vive di cliché, di maschere, e siccome è lui che paga noi glieli diamo, chiaro? Ricordati che i bei sentimenti non hanno mai dato la pagnotta a nessuno. Dovrei cacciarti via, ma siccome è Natale e io ci tengo ai giovani, ti dò un'altra possibilità. Fra cinque giorni voglio tutto riscritto come dico io».

A quel punto la comunicazione si è interrotta, avevo i piedi lividi dal freddo e non ero riuscito a dire neanche una parola. Fuori le campane cominciavano a battere per annunciare la nascita del Salvatore. Mi sono vestito e alle otto ero già in strada, ho girato per più di un'ora prima di trovare un'edicola, dovevo acquistare a tutti i costi riviste pornografiche, avevo bisogno di ispirarmi e anche piuttosto presto.

L'ultimo dell'anno ho consegnato il lavoro, l'avevo farcito di tutte le volgarità possibili e immaginabili copiate dai giornali. Orio non si è fatto sentire e così ho pensato che fosse soddisfatto.

Nessuno ancora mi aveva parlato di soldi, non c'era neanche uno straccio di contratto. La mia situazione era ormai disperata, da un mese mangiavo solo pasta condita con la margarina.

Ho lasciato passare l'Epifania, poi ho chiamato Massimo.

«E con i soldi, come la mettiamo?» gli ho chiesto, senza andare troppo per le lunghe.

«Eh, quanta fretta!» è sbottato lui, «non è mica la manna che cade dal cielo.» Poi mi ha spiegato che il produttore non aveva ancora letto la sceneggiatura. Soltanto quando l'avesse letta e approvata avrebbe pagato Orio, Orio poi avrebbe pagato lui e lui avrebbe pagato noi.

«Ma quanto?» ho chiesto in ansia.

Massimo era stato vago. «Non so, dipende», aveva risposto, «chiamami tra una settimana o due e ti saprò dire qualcosa.»

Dopo due mesi di solleciti continui ho ricevuto un milione, ero felice come un cane a cui il padrone butta un osso. Lo stesso giorno ho riempito il frigo, ho pagato le bollette arretrate e rifatto i freni al motorino. Il sentimento che provavo non era molto diverso da quello di chi vince una lotteria, ero sicuro di aver impresso una svolta positiva alla mia vita. Presto sarebbe arrivato un altro lavoro e poi un altro ancora, non era poi così difficile farlo, bastava turarsi il naso e dimenticare di avere una testa. Con il mio tenore di vita, quei soldi mi sarebbero durati un'eternità, prima dell'estate di sicuro avrei avuto il tempo e l'autonomia economica per scrivere un altro libro.

Lo stato di appagamento nel quale ero sprofondato è

*le pécule s'amincissait*

durato pochissimo. Era passato un mese e nessuno più si era fatto vivo con me, il gruzzolo si assottigliava. Così, una mattina, ho preso il coraggio a due mani e ho telefonato a Massimo. Ancora non sapevo che in quel mestiere non c'è mai niente di sicuro, nessuno mai ti cerca, nessuno mai ti gratifica. Solo se ci si umilia nel più bieco servilismo si può sperare in una certa continuità. Per ottenere un nuovo lavoro, ho dovuto sottopormi a tre mesi di strenuante spola tra i Castelli e Torrevecchia.

Alla fine ce l'ho fatta. Il film era dello stesso genere di quello precedente, al posto di un'infermiera, questa volta c'era una poliziotta. Dal gruppo erano spariti due ragazzi, su quelle scomparse vigeva la legge del silenzio, da mezze frasi e allusioni ho capito che stavano tentando di camminare con le proprie gambe.

«Vedi», mi ha detto un giorno Massimo mentre eravamo soli, «lavorare con Orio è come stare su un canotto di salvataggio, non si sta comodi ma ci sono i viveri e l'acqua. Stando là sopra sai che prima o poi passerà una nave da crociera e ti tirerà a bordo. Anche se il mare va in burrasca non affondi, Orio è l'unico che sopravvive sempre ai cambiamenti di corrente. Persino se venisse la rivoluzione lui troverebbe il modo di restare al suo posto, in ogni tasca ha una tessera diversa, ha amici dappertutto, per ogni area di riferimento. A volte lo ammiro per questo, non so come fa, sembra proprio un prestigiatore. Se vai per conto tuo cosa succede? Ti tuffi, fai due o tre bracciate, in quei pochi metri ti illudi di essere libero, poi arrivano gli squali e sei finito. Ne vale la pena? Non lo so...»

Per qualche ragione misteriosa Massimo aveva preso a benvolermi, forse ero inerme e tonto al punto giusto. La mia specialità erano le scene di collegamento, quelle che non voleva fare nessun altro.

Per un po' di anni ho lavorato, sempre per la stessa cifra e anche meno, con una certa continuità. Una serie di piccoli film televisivi, l'articolo ventotto di un esordiente incapace e arrogante, un paio di altri film comici. Passavano i mesi e pagavo sempre in tempo le bollette e l'affitto. Ormai non chiedevo molto di più alla vita.

Alla sesta estate avevo messo via abbastanza soldi da potermi concedere una vacanza. Dopo *La vita in fiamme* non avevo scritto niente, sentivo che era giunto il momento di farlo. Da poco mi era capitato in mano un libro di Dino Campana, erano anni che la poesia non mi colpiva a quel modo.

Ho raggiunto Marradi in treno. Ero convinto che quel posto, il posto dove aveva vissuto il poeta, avrebbe favorito la mia ispirazione. Trovare una camera è stato facilissimo, c'era un solo albergo vecchiotto ed era tutto vuoto.

Appena arrivato sono andato a fare una passeggiata. L'aria era fresca, nella mattina c'era stato un grosso temporale, intorno al paese c'erano piccoli campi, siepi, boschetti di querce e di castagni. Venendo da Roma quell'aria pura mi dava quasi fastidio, mi sono fermato davanti a un faggio imponente, la parte nord del tronco era coperta da un morbido muschio. Da quanto tempo non guardo un albero? mi sono chiesto. L'ho guardato e non mi ha detto niente.

Il mattino seguente, in camera, mi sono seduto davanti alla macchina da scrivere. Non avevo in mente né una storia né un personaggio, per cominciare ho scritto il mio nome e ho acceso una sigaretta. Dopo tanti anni di lavoro, le pagine bianche non mi facevano più paura.

Il primo giorno ho scritto venti pagine e altre quaranta nei giorni seguenti, le parole andavano una dietro l'altra con una facilità estrema. Dopo una settimana ho preso in mano il lavoro e l'ho letto. Ero convinto che fosse bellissimo e invece non lo era. Non c'era una sola frase che riuscissi a riconoscere come davvero mia. Ho cercato di continuare ma mi sentivo insicuro, fumavo in continuazione, ogni rumore mi dava fastidio, non sapevo chi stesse raccontando la storia, né perché mai la dovesse raccontare. Sporcavo fogli su fogli semplicemente per ingannare il tempo, l'aria della collina non mi faceva bene, ogni giorno ero più pallido e nervoso. Avevo ancora in mente la felicità con la quale avevo scritto *La vita in fiamme*. Non riuscivo a capacitarmi che quella magia non potesse più ripetersi. L'inquietudine cresceva e io non sapevo darle né un volto né un nome.

Una notte poi, nel triste letto della pensione, ho sognato Andrea, chissà da quanto non mi succedeva. Eravamo su una spiaggia d'inverno, una spiaggia triste come Ostia o Fiumicino, il mare e il cielo avevano praticamente lo stesso colore, un unico grigio diffuso in cui era quasi impossibile distinguere l'orizzonte, Andrea voltava la schiena al mare, era seduto su una barca in secca, io stavo di fronte a lui, su un tronco. Non era l'Andrea della mia memoria, aveva le braccia abbandonate e le spalle un po' curve di chi è provato da qualcosa, teneva gli occhi puntati su di me senza mai abbassarli, c'era una sfumatura nel suo sguardo che non riuscivo a decifrare. I suoi occhi erano verde-acciaio, più che occhi erano uno specchio, riflettevano la luce triste del paesaggio circostante. Chiamandolo per nome, ho allungato una mano, ma prima che riuscissi a sfiorarlo, ha girato la testa verso l'orizzonte ed è scomparso. Sono rimasto solo sulla spiaggia. Intorno a me c'era soltanto il frastuono del mare.

Mi sono svegliato sconvolto con addosso un senso di solitudine profondo come la morte, da fuori veniva lo stridio dei rondoni che annunciavano il giorno. Chi sono? mi sono chiesto davanti allo specchio. Non lo sapevo più. Andrea era venuto a trovare Walter ma Walter, intanto, era scomparso. Non era diventato un artista e neppure un'aquila, strisciava assieme a tutti gli altri nel punto più basso della piramide. Walter era un verme, un ectoplasma, un medusoide. Lo era diventato il giorno in cui invece di sputare in faccia a Orio, gli aveva detto: «Grazie di tutto».

La mattina stessa ho fatto le valigie e sono ripartito per Roma.

Più volte, nel corso di quell'estate, ho avuto l'impressione di scorgere Andrea. Succedeva per la strada o tra la folla accaldata di un cinema. Erano visioni repentine, che facevano accelerare i battiti del mio cuore. Batteva per l'emozione ma anche per la paura. Come avrei potuto riassumere quegli anni? Con quali parole avrei raccontato la deriva delle mie illusioni? Non le avrei trovate né le volevo trovare, ormai ero lì e dovevo andare avanti.

I primi di settembre ho ripreso a chiamare Massimo. C'era sempre la segreteria, per un po' ho pensato che non fosse ancora tornato dalle vacanze, in fondo non c'era motivo per cui non dovesse rispondermi. Ci eravamo lasciati in buona. Dopo qualche settimana ho chiamato Orio, ha risposto subito lui, non si muoveva mai dal suo villino di tufo.

«Posso venirla a trovare?» ho chiesto.

Lui ha risposto: «Quando vuoi ti aspetto».

Prima di partire per i Castelli mi sono fermato in un negozio di gastronomia a comprargli un regalo. I ragazzi del gruppo infatti mi avevano spiegato che lui non amava chi andava lassù a mani vuote. Faceva tanto per noi, gli piaceva che quel tanto venisse riconosciuto con dei piccoli regali. Ho preso un vasetto con tre tartufi neri. Quando gliel'ho dato ha osservato solo: «Questi qui non hanno molto sapore. Rispetto a quelli bianchi sono come cartone».

Poi abbiamo parlato un po' del più e del meno. Tra il più e il meno gli ho detto che avevo bisogno di lavorare. Cercavo Massimo da un mese e non riuscivo a trovarlo.

«Lavorare, lavorare», ha ripetuto lui, «hai idea di quanta gente ha bisogno di farlo? La pagnotta è una sola e intorno ormai c'è un esercito di topi, tutti hanno fame, tutti hanno bisogno di morderla. Le cose cambiano e nessuno se ne accorge, stanno lì tutti con la bocca aperta aspettando che la pappa gli cada dentro. Cercalo ancora», ha detto prima di congedarmi, «verso Natale dovrebbero partire uno o due lavoretti. Insisti. La vita non è di chi si arrende, di chi se la fa sotto.»

E così ho fatto. Dopo qualche giorno ho trovato Massimo, il suo tono era distaccato.

«Non è così sicuro che quei lavori partano. Richiama tra un po'.»

«Tra un po' quando?»

«Quando ti pare.»


Nell'attesa che qualcosa accadesse ho cominciato a girare per la città, uscivo la mattina e tornavo la sera, macinavo decine di chilometri per smaltire la paura e il furore. Roma ora mi appariva molto diversa da quando ero arrivato, non era più il grande palcoscenico sul quale venivano rappresentati i sogni, ma una città con i tentacoli, distruttrice come tutte le altre, moloch come tutte le altre. L'aria puzzava e a ogni passo eri minacciato dalle macchine, i marciapiedi erano pieni di gente che marciava con lo sguardo cupo, le auto scure dei politici sfrecciavano in continuazione da una parte all'altra, seguiti dagli ululati delle scorte, i palazzi cadevano a pezzi, le strade erano cosparse di buchi. In contrasto con questo si aprivano da ogni parte ristoranti di lusso, negozi di generi totalmente futili, ai semafori gli stranieri anche se non volevi ti lavavano i vetri, davanti al lusso crescevano i mendicanti, erano giovani, vecchi, donne, italiani, stranieri, zingari, ti chiedevano i soldi anche se avevi la faccia da morto di fame.

Me ne sono accorto solo allora ma è evidente che quel mutamento aveva avuto una lunga incubazione. Non avevo l'abitudine di leggere i giornali e possedevo soltanto una radio.

Mentre mi interessavo degli sviluppi del mio immediato futuro, molti governi erano cambiati. In quel periodo di attesa, guardandomi intorno, mi sono reso conto che il paesaggio non era più lo stesso. Quello che era successo non era una rivoluzione ma qualcosa di più infido e sfuggente, era una specie di gas tossico, invisibile e inodore. Mescolandosi all'ossigeno in dosi sempre maggiori si era infilato nei polmoni. Dai polmoni era andato al sangue. Dal sangue al cervello. Lentamente, senza che nessuno se ne rendesse conto, giorno dopo giorno, mese dopo mese aveva intossicato tutto il paese. All'inizio, a dire il vero, qualcuno aveva provato un po' di bruciore agli occhi ma quel bruciore si poteva attribuire a mille altre cause, così il veleno aveva continuato a diffondersi nella totale indifferenza.

Il Sessantotto se ne era andato via da un bel po' di tempo, stava dietro di noi da almeno una quindicina d'anni. Se ne era andato il Sessantotto ma non la sua coda, la coda lunga e variopinta di pavone. La bestia era già lontana e la coda spazzava ancora la polvere dell'aia. Quella coda aveva portato con sé anni di nebbia, la nebbia dei giorni senza nubi. Nella nebbia era successo di tutto, erano esplose bombe, saltati treni in aria. Nella nebbia c'erano boati e scalpiccii di corsa, chi fuggiva e chi veniva inseguito, le raffiche e i colpi sordi delle spranghe e dei manganelli. La nebbia copriva tutto, l'unica cosa che non poteva coprire era il sangue, in rivoli scuri e densi scivolava sull'asfalto, intrideva i marciapiedi e le pensiline, gli androni dei palazzi e i parcheggi delle auto. Correva dappertutto come un fiume in piena, senza più argini.

Quasi nessuno intanto si era accorto che dietro la nebbia c'era una scala, i pochi che l'avevano vista avevano tenuta la notizia nascosta. Quella scala portava in alto e dall'alto si poteva vedere ciò che era invisibile. In basso, là sotto, c'era un paese stanco, un paese imbrogliato troppe volte. Dominava il grigiore, le continue adunate elettorali che non portavano da nessuna parte. Le promesse erano sempre grandi e il risultato di poco superiore a un pacco di pasta. Dopo ogni votazione si interrompevano i lavori già iniziati. Strade e autostrade restavano così sospese nel vuoto, le scuole senza finestre, le scarpe spaiate negli armadi. Il paese era un paese antico, governato da uno stuolo di burocrati, piccoli, opachi, borbonici. Erano loro a tenere tutto in mano. Sopra ogni cosa c'era un giogo opprimente, le bombe e le esplosioni l'avevano scalfito appena un poco. Quel paese era un paese precocemente vecchio, bisognava fare qualcosa per cambiarlo. Bisognava renderlo agile, svelto. Bisognava renderlo europeo, luccicante. Bisognava renderlo moderno.

Erano arrivati gli anni Ottanta. Anni prepotenti e determinati come una nave rompighiaccio, fatui e ingannatori come il carretto che portava Pinocchio nel Paese dei Balocchi. La nave passando, suonava forte le sirene, aveva steso il gran pavese. Sembrava allegra e invitante come una nave da crociera. Passava e dietro di sé lasciava l'odore dei soldi.

I signori in cima alla scala non sembravano orchi ma persone perbene, dicevano belle cose ed erano piene di speranza, sorridevano sempre ed erano abbronzati anche in inverno, per ogni cosa avevano la parola giusta e la giusta soluzione. Ciò che stava loro a cuore, più della stessa vita, era la felicità della gente. E la felicità consisteva in una sola cosa: possedere.

Contro un orco è facile combattere ma perché combattere contro chi vuole il nostro bene?

Non erano orchi ma imbonitori da fiera, ci sarebbe voluto un po' di silenzio per capire che la loro merce era scadente. Forse per questo il silenzio era scomparso dal paese.

In poco tempo erano nate molte altre televisioni. Ormai era possibile vedere programmi a ogni ora del giorno, persino i giornali parlavano quasi soltanto di televisione. Dentro il tubo catodico c'era una sorta di paese di bengodi, dal mattino alla sera veniva martellato lo stesso sospetto. Era sbagliato vivere come si era vissuti fino a quel momento, i soldi erano il fine di ogni esistenza e la cosa più stupida era faticare per farli. Bastava accendere il video e indovinare quanti fagioli c'erano in un vaso. Se il presentatore urlava, voleva dire che si era diventati milionari.

La penisola era ormai attraversata da un unico ululato, bastava respirare per vincere, la manna cadeva ovunque e con fiocchi grandi. Non c'erano più distinzioni di classe o di cultura, non importava sapere le cose, bastava essere pazienti e attendere in linea. Prima o poi si diventava ricchi. E mentre facevano cadere gli spiccioli dal cielo come pioggia sul teatro delle marionette, dietro le quinte, i signori della scala svuotavano il vero scrigno del tesoro, le manciate di milioni che brillavano sul video erano soltanto l'orologio da tasca per ipnotizzare il pollo.

Succede ogni tanto agli alberi da frutto di venire attaccati dal marciume, fino a un certo punto tutto procede bene, c'è stata una fioritura abbondante e il clima mite fa prevedere lo svolgersi migliore delle cose. Dal fiore nasce il frutto, il frutto cresce. Ce ne sono talmente tanti che i rami si piegano per il peso. Ma una mattina all'improvviso ci si accorge che qualcosa sta cambiando, qualche frutto è diventato più scuro, la consistenza non è più quella di prima, appena lo si tocca cade dritto a terra. Si pensa dapprima a un fatto naturale, l'albero per non sovraccaricare i rami avrà voluto liberarsi del troppo peso. Soltanto quando si va con la scala e le ceste, ci si rende conto che non c'è niente da raccogliere, in una sola notte i frutti prosperosi si sono trasformati in sacchetti neri e marci. L'albero si era ammalato e non ce ne eravamo accorti. Il marciume è strisciato lentamente, giorno dopo giorno, conquistando ogni parte commestibile della pianta.

Ma il marciume, le muffe, l'infinita serie di parassiti attaccano le piante se già le piante si trovano in una condizione di squilibrio, se la terra è troppo acida o troppo alcalina, se c'è stata troppa acqua o troppo poca, oppure se è sottoposta a una rischiosa esposizione ai soffi gelidi del vento.

Proprio pensando alle piante, mi sono convinto che l'orrore di quegli anni in qualche modo era già in agguato. Si era preparato in silenzio nel lungo periodo che l'aveva preceduto, c'era stato uno squilibrio nel terreno, nessuno se ne era accorto tranne i signori dell'ascensore, per questo erano in vantaggio. Avevano soffiato sopra con un mantice per favorire il diffondersi delle spore.

All'inizio del decennio tutto si svolgeva ancora in sordina, le persone distratte come me potevano anche non rendersene conto. Quelli che giungevano in superficie erano piccoli segnali, avvertimenti difficili da cogliere come il modificarsi del campo elettrico prima dei terremoti.

Così, nel corso di quell'estate, mentre me ne stavo a Marradi a cercare di scrivere il libro e poi a Roma, avvolto

in una nube di malumore, si era svolto il gioco delle sedie, quel gioco in cui già da adolescente perdevo sempre.
Qualcuno si era seduto sul mio minuscolo sgabello, forse
era meno bravo di me, comunque meno esperto, la cosa
che lo rendeva superiore era la tessera che teneva in tasca.

Si era instaurata una dittatura. Una dittatura sorridente e abbronzata. Non c'erano prevaricazioni fisiche,
uccisioni, l'intervento delle truppe armate, la rete con cui
reggeva il suo potere era quella dei favori. Come nei giochi
da tavolo, il primo requisito per partecipare era avere la
pedina di un certo colore.

Non si trattava di una mia intuizione, era stato Massimo a dirmelo in faccia quando, dopo un mese, sono riuscito a trovarlo.

«Possibile che sei così addormentato?» mi ha detto.
«Tutti si sono dati da fare e tu stai ancora lì fermo come
un palo, mi guardi con gli occhi da cane pestato come se
dipendesse solo da me darti la pappa. Svegliati, Walter,
trovati un'area di riferimento!»

Ho pensato allora a Federico, era l'unico che poteva
aiutarmi. A casa, nell'agenda di due anni prima, ho cercato il suo numero, dopo qualche squillo mi ha risposto una
giovane donna.

«Ferrari non abita più qui», ha detto.

«Non sa dove posso trovarlo?»

Lei non sapeva il suo nuovo numero di casa. «Se è
un vecchio amico», mi ha detto, «provi alla televisione.»

«Lavora ancora lì?»

«Come, non l'ha visto? Presenta un varietà.»

La ricerca di Federico è durata un paio di settimane.
C'erano da superare varie segretarie, attese in linea, uscite
di stanza, improvvise riunioni, telefoniste scortesi. Alla fi-

ne ce l'ho fatta. Sentendo il mio nome Federico ha esclamato:

«Walter, che sorpresa! Cosa mi racconti di bello?»

"Di bello niente", avrei voluto dire, invece ho detto solo: «Avrei bisogno di vederti».

Lui mi ha invitato ad andare al palazzo del cavallo morente perché lì passava ormai la maggior parte del suo tempo.

«Quando vengo?» ho domandato.

Ha risposto come aveva risposto Massimo: «Quando ti pare».

Dopo qualche giorno di appostamenti fuori dal suo ufficio sono riuscito a intercettarlo. Tornava da una riunione nei piani alti, sembrava felice di vedermi.

«Vieni dentro che parliamo», ha detto, «ho giusto qualche minuto di tempo.»

Io stavo seduto da una parte della scrivania e lui dall'altra, la mia era quella dei postulanti, mi guardavo intorno e provavo un vago senso di irrealtà. Federico era appena qualche anno più grande di me, non credo che avesse ancora raggiunto i trent'anni, era stato lui per primo a trovare bellissimo il mio libro, mi aveva presentato Neno perché mi aiutasse a pubblicarlo, insieme avevamo scritto *Il lievito della rivoluzione*, nella mia memoria c'erano le litigate che faceva al telefono con suo padre. Le nostre strade fino a un certo punto erano state parallele ma poi si erano separate. Lui aveva preso un'autostrada e io un viottolo sterrato.

Io ero davanti a lui, in quel momento, come lui, anni prima, era stato davanti al funzionario della vernice. Che cosa aveva detto lui in quella occasione? Non riuscivo a immaginarlo. Io invece non sono andato troppo per il sottile, avevo pochi minuti, così gli ho detto:

«Ho bisogno di lavorare».

Lui si è sfregato le mani: «Bene, mandami il curriculum, vedrò cosa posso fare».

Un mese più tardi, ho avuto un piccolo contratto come assistente al doppiaggio per una serie di telefilm americani.

Come già altre volte, ho avuto la sensazione di toccare il cielo con un dito. Ero contento in fondo che non mi avesse offerto nessuna tessera di riferimento, mi conosceva abbastanza bene. Al momento di fare una mossa, con precisione masochista, avrei fatto quella sbagliata. Per questo aveva preferito farmi l'elemosina piuttosto che coinvolgermi in un gioco più grande. C'era stata quella biforcazione nelle nostre vite, l'autostrada e il viottolo. Quello che ancora non sapevo è che il mio viottolo non si snodava in aperta campagna ma sull'orlo di un burrone.

Nel decennio a venire il terriccio si è assottigliato sempre più, la pioggia e il vento avevano eroso lo spazio del sentiero. Ogni volta che stava per franare nel precipizio, arrivava qualche piccolo lavoro. Grazie agli spiccioli facevo ancora pochi metri. Più che una passeggiata, la mia era una roulette russa. Sentivo il colpo nel tamburo, non sapevo quando sarebbe partito. Non c'era un punto davanti a me, un punto in cui fermarmi e riposare. Ciò che mi spingeva avanti era l'inerzia della disperazione.

I soldi che non ci sono infatti provocano nella mente una specie di incantesimo, eliminano qualsiasi pensiero che non sia legato alla loro esistenza. Anche di notte ci si sveglia a fare i conti. Speriamo che non succeda questo o quest'altro, si pensa, perché questo o quest'altro sarebbero una catastrofe. E questo o quest'altro sono soltanto un tubo che si rompe o un improvviso mal di denti. Catastrofi vere e proprie non si ha neanche la forza di immaginarle.

Se davvero ci sono dei ricchi che pensano ai soldi,

vuol dire che sono malati, gente perversa che si immerge nella claustrofobia dell'aritmetica senza averne alcun bisogno.

In quegli anni non ho pensato ad altro che ai soldi, la lotta era continua, il telefono staccato, la luce interrotta, le more, i riallacciamenti, il frigorifero perennemente vuoto. Vivevo camminando controvento, il vento erano le necessità economiche, la mia impotenza a soddisfarle. Il sibilo di quella tempesta mi ha risucchiato ogni fantasia, ogni gioia, la capacità di guardarmi intorno, di rallegrarmi.

Ai tempi di Orio, ero il cameriere che arriva alla fine del banchetto e, con la mano, raccatta le briciole rimaste sulla tovaglia. Poi, da cameriere sono diventato cane, un cane randagio e ossuto che si presenta quando la festa si è conclusa e si tuffa sotto il tavolo con la speranza che qualche boccone sia caduto a terra. Elemosinavo avanzi, non erano mai così pochi da farmi morire di fame e non erano mai abbastanza per farmi vivere con la dignità di un essere umano. Era questa la crudeltà di chi me li gettava.

Dopo cinque o sei anni di tira-e-molla, un giorno anche Orio mi aveva congedato, dicendomi: «Non ti voglio più vedere, sei troppo povero, troppo triste. Appena entri mi sento depresso».

Mia madre era morta da pochi mesi, non ero neppure riuscito a salutarla. Quasi senza accorgermene, avevo ripreso a bere, non tutti i giorni ma saltuariamente. Quando non ne potevo più compravo un liquore scadente e lo bevevo davanti alla televisione. Non avevo un amico, una fidanzata, un parente. Non mi ero mai preoccupato di cercare Andrea e lui non si era mai fatto vivo. Non avevo nessuno al mondo, se fossi morto nel seminterrato mi avrebbero scoperto soltanto dopo giorni, per l'odore. Nessuno mi voleva bene e io non volevo bene a nessuno. Non riuscivo a capire in che momento la mia vita fosse cambiata. Dov'era il volo d'aquila che mi aveva preannunziato Andrea? La mia carriera era cominciata con Federico, adesso lui era sempre più potente, mentre io ero sempre più prossimo a diventare un barbone.

Mi dicevo, è stato il destino a tarparmi le ali. Se non gli avessi dato quel nome, avrei dovuto ammettere che a un determinato momento della mia vita avevo messo il piede su una buccia, una buccia che non avevo saputo evitare. Certo, avrei potuto cercare un altro tipo di lavoro. Ci avevo anche provato, avevo fatto un giro dei ristoranti ma i lavapiatti italiani non li voleva più nessuno. C'erano gli stranieri, erano molto più comodi, costavano meno e, quando venivano i controlli, li potevi chiudere in cantina. Non avevo una laurea, un titolo di studio, né un padre con un negozio o un'azienda di famiglia, nei sogni dell'adolescenza non avevo immaginato la spietata concretezza con cui agisce la vita. Si può giocare se si hanno le spalle coperte. Se non c'è niente dietro, il gioco può diventare tragedia.

Ho cominciato a pensare al suicidio. Suicidarmi o diventare barbone erano i due lati della stessa medaglia. Al risveglio da una notte di alcol, ho deciso che mi sarei tolto la vita. Prima però volevo salutare mia madre, non ero convinto che ci saremmo rivisti dall'altra parte.

All'alba ho preso il motorino e ho raggiunto l'imbocco autostradale, a quell'ora passavano soprattutto camion. Ho avuto fortuna, con soli quattro passaggi sono arrivato a Mestre. Da Mestre a Trieste è stato più difficile, le macchine e i tir mi sfrecciavano a lato senza fermarsi. Dopo due ore, se n'è fermato uno.

Sono arrivato sull'altopiano verso le undici di sera, il camionista continuava verso l'Ungheria, gli ho chiesto di lasciarmi un po' prima delle case, non mi andava di essere visto. Mi sentivo stordito, confuso. Quei sette od ottocento chilometri che mi separavano da Roma mi avevano dato l'impressione di essermi mosso non nello spazio, ma nel tempo.

Al paese qualcosa era cambiato, c'erano molti edifici nuovi. Al posto del meccanico delle biciclette c'era un negozio di hi-fi. Dove una volta c'era il cinema, adesso troneggiava un supermercato discount.

Il cimitero era già chiuso. Mi sono guardato intorno, il muretto di pietra era piuttosto basso, non ci voleva niente a scavalcarlo. Una volta dentro, ho avuto un attimo di smarrimento, non sapevo che direzione prendere, andavo chino leggendo il nome nelle tombe al chiarore dei ceri votivi. Se il lume non c'era, usavo l'accendino.

Procedendo in quel modo, ho avuto molte sorprese. In quegli anni se n'era andata un bel po' di gente. Là sotto c'era la mia prima maestra e il direttore della banda, la proprietaria della panetteria e una sua nipotina morta a sei anni. Quando finalmente ho trovato la tomba di mia madre, mi sono inginocchiato accanto, ho accarezzato la pietra della lapide come fosse la sua guancia. I fumi dell'alcol erano scomparsi, mi sentivo vuoto e fragile. Tremendamente vuoto e tremendamente fragile. La donna che mi aveva messo al mondo stava là sotto, se ne era andata e io non le avevo dato l'ultimo bacio.

Piangevo e provavo rabbia per le mie lacrime, erano lacrime di coccodrillo, lacrime rumorose, inutili, scenografiche. Erano lacrime per me stesso, per il rimorso che da lì in poi mi avrebbe tolto il fiato. Piangevo e ripetevo il suo nome. Ormai invece di accarezzare la lapide, vi battevo la testa sopra.

L'aria odorava di metano. Da lontano giungeva il rumore continuo dei camion sulla superstrada. Più vicino cantava un assiolo, doveva essere nascosto in un cipresso, lanciava un fischio e stava zitto. Il fischio restava sospeso con la sua tristezza. Niente poteva tornare indietro. La mia vita era stata soltanto un piccolo fuoco d'artificio. Avevo la polvere da sparo dentro, quando mi avevano dato fuoco ero partito, alla fine della traiettoria avevo riempito l'aria con un po' di colori. La luce era stata brevissima e a bassa altezza. Dopo le scintille era rimasto solo il buio profondo della notte.

Appena il cielo a oriente si è tinto di chiaro mi sono allontanato dal cimitero, come un animale selvatico, sono sceso giù per i pendii del monte Radio, da lì poi ho raggiunto la stazione.

La sera ero di nuovo a Roma nel mio seminterrato. La segreteria lampeggiava, qualcuno nella mia assenza aveva chiamato. Mi offrivano un minuscolo lavoro, la mattina dopo ho telefonato per dire che accettavo. La morte poteva aspettare, non volevo morire là dentro come un topo. Almeno in quello sarei stato grande, avrei raggiunto una montagna alta come per una gita. Poi da lì, in volo, mi sarei buttato.

Quella decisione mi dava una specie di strana leggerezza. Cominciavo a vedere le cose con il distacco di chi sapeva che molto presto se ne sarebbe andato. Per avere la faccia del vincente quella sera non ho bevuto e sono andato a letto presto.

Alla barriera dell'ingresso degli uffici televisivi c'era parecchia gente. Tra quella gente ho incrociato lo sguardo di Neno. Era un bel po' di anni che non lo vedevo, i suoi capelli erano diventati completamente bianchi e non li teneva più così lunghi. Indossava un cappotto di cachemire blu e delle scarpe inglesi nere e lucidissime. Sembrava contento di vedermi.

«Come te la passi?» mi ha chiesto e poi da solo si è risposto: «Ti vedo bene, sai, proprio bene...»

Mentre la fila avanzava, mi ha chiesto se nel frattempo avessi scritto qualcos'altro. Allora ho mentito dicendo che proprio in quei giorni stavo finendo un nuovo libro. Intanto eravamo giunti allo sportello. Neno ha ritirato il suo «passi» e io il mio, eravamo attesi in piani molto diversi. Quel palazzo come l'inferno, era diviso in molti gironi, più stavi in basso più non eri nessuno.

L'ho accompagnato all'ascensore. Prima di salutarmi ha detto: «Stasera faccio una cena, perché non vieni?»

«Perché no?» ho risposto.

Ormai potevo accettare qualsiasi cosa senza il timore di sentirne il peso.

La casa era sempre la stessa e così i mobili, appena entrato però mi sono accorto che l'atmosfera era molto diversa da quella che ricordavo. Intorno ai divani non c'era più la folla multicolore di giovani, né il sovrapporsi delle loro voci nel corso delle discussioni. Assieme ai giovani era scomparso il buffet con i piatti di plastica, i dadi di mortadella e il boccione di Frascati tappo corona.

Il loro posto era stato preso da coppie abbastanza mature, sembravano costruttori, politici, giornalisti di grido. Neno me li ha presentati a uno a uno. Mentre stringevo loro la mano diceva loro: «Walter è un giovane con un grande talento».

Al Frascati era succeduto il Brunello di Montalcino, troneggiava su una tovaglia candida contornato da piatti di porcellana, candelabri e bicchieri di cristallo. C'era un cameriere adesso che veniva da un paese lontano. Portava una livrea con bottoni d'oro, come pensavo la portassero soltanto nei film, e passava tra gli ospiti offrendo aperitivi.

Persino il gatto Mao aveva cambiato l'origine del suo

nome, avevo sentito io stesso Neno spiegare a un ospite che la ragione era strettamente linguistica. Si chiamava così perché invece di fare «miao» come tutti gli altri gatti, quando vedeva la scatola dei croccantini faceva «mao».

Ero sempre più un pesce fuor d'acqua. Con quella gente c'entravo ancora meno che con quella di prima. Sapevo che Neno mi aveva invitato soltanto per far quadrare i posti a tavola e aggiungere un po' di folklore alla serata. Ogni tanto, infatti, per togliermi dal mio silenzio cupo domandava davanti a tutti:

«Hai scritto niente di nuovo?»

Allora balbettavo: «Sto ancora lavorando» e diventavo rosso perché non sono mai stato capace di mentire.

I nuovi amici di Neno parlavano soltanto di tre cose: di politica, di cibo e di vino. Tutti argomenti che mi erano indifferenti e che ignoravo totalmente. Sapevo qual era la margarina che costa meno, non quale fosse l'annata migliore del Brunello di Montalcino. Neno invece si appassionava a queste discussioni, come un tempo si era appassionato a quelle sulle opere d'arte realizzate dai comitati di fabbrica.

Era evidente che anche lui a un certo punto era salito sul carro del potere, buttando alle ortiche tutto quello che aveva proclamato negli anni precedenti.

Non mi sentivo indignato né lo disprezzavo. Già da tempo avevo rinunciato a comprendere tante cose. Il fatto di riuscire a sopravvivere assorbiva gran parte delle mie energie, della coerenza o dell'incoerenza degli altri non me ne importava più un granché. In quella casa c'erano luci morbide e bellissime tovaglie, si mangiavano cose che non avrei avuto occasione di mangiare in nessun altro luogo. Dopo la cena si sarebbe sorseggiato dell'ottimo whisky, gli altri avrebbero continuato a parlare e io avrei continuato a guardarmi la punta delle scarpe e a stare zitto. Questo era tutto.

A tavola, Neno mi ha fatto sedere accanto a una signora, avrà avuto una decina d'anni più di me, era magra ed elegante, con lunghi capelli dalle tonalità ramate, sciolti sulle spalle. L'avevo già notata poco prima, quando, con voce bassa, aveva detto a Neno di scusare l'assenza del marito, bloccato da un'improvvisa riunione di lavoro.

Prima ancora che venisse servito l'antipasto la conversazione aveva già preso la via della politica. Sulla tovaglia bianca davanti a me vedevo le mani della signora, le muoveva con una grazia annoiata, ora sfiorava una forchetta, ora lo stelo del calice, ora, con l'indice, schiacciava la mollica. È stata lei per prima a rivolgermi la parola, inclinando lievemente la testa dalla mia parte.

«Anche a lei non gliene importa niente?»

Ho risposto: «Be', non seguo molto queste cose».

Ha bevuto un sorso di vino, poi guardandomi fisso, ha sussurrato: «Ho letto *Una vita in fiamme*, mi ha molto colpito».

A quel punto in fiamme sono andate le mie guance, la schiena è diventata gelata e ho cominciato a sudare. Mi ero completamente dimenticato di quel libro, era una specie di scheletro nell'armadio. Senza avvertirmi e senza che ne avessi avuto alcun presagio, lei ha aperto l'anta e, con tutto il suo snocciolamento di vertebre, me l'ha messo davanti.

«Davvero?» ho detto poi esitando, «ma è uscito tanto tempo fa.»

«Il tempo non ha importanza», ha risposto lei. «Se così non fosse, non leggeremmo più il *Don Chisciotte* o l'*Odissea*.»

Poi, guardandomi dritto negli occhi, ha aggiunto:

«Non crede?»

Intorno la conversazione era già diventata rissa. C'erano opinioni contrastanti sul governo in corso e ognuna delle parti pretendeva di avere ragione.

«Che noia», mi ha sussurrato in un orecchio la signora e poi con un altro soffio ha chiesto:

«Quali sono i suoi autori preferiti?»

D'un tratto mi è successo la stessa cosa che mi succedeva tra i banchi di scuola. Vuoto, vuoto assoluto. Lei mi guardava sorridendo in attesa e io annaspavo alla ricerca di un nome. Per aiutare la memoria ho sorseggiato un po' di vino. Volevo un nome, un nome qualsiasi. Alla fine il nome è arrivato.

Ho detto «Kafka è grande» con lo stesso tono con cui avrei parlato di una squadra di calcio.

«Lo immaginavo», è stato il suo commento ed è subito entrata in minuscoli particolari del suo epistolario con Felice Bauer. Citava ora un brano ora l'altro, parlava dell'amore e della ricchezza dell'impossibilità, mentre io annuivo in silenzio.

Per tutta la sera abbiamo parlato sottovoce mentre gli altri urlavano a squarciagola. Dopo Kafka mi sono venuti in mente altri nomi, ho citato Rilke e Melville e Conrad e altri ancora. Lei mi guardava e non smetteva di sorridere.

«Vedo che abbiamo proprio gli stessi gusti», ha detto quando ci siamo alzati per raggiungere i divani.

Neno è venuto verso di noi: «Non ci avete degnati di uno sguardo. Di cosa parlavate?»

«Di letteratura», ha risposto lei. «Abbiamo scoperto molte passioni in comune.»

Un uomo piuttosto corpulento ci è passato vicino e ha sentenziato con un sorriso sarcastico:

«Forse non vi siete ancora accorti che la letteratura è morta. Dopo Musil nessuno è stato capace di scrivere un vero libro».

«Be' ti sbagli», ha detto lei, «questo ragazzo ne ha scritto uno bellissimo.»

Il grassone allora mi ha squadrato con aria di sufficienza.

«E magari parlava di sé e della sua infelicità. Dico giusto?»

«Be', in un certo senso sì», ho risposto io piano.

«Ecco cos'è diventata la letteratura oggi. Un vivaio di autobiografie melense. I giovani non leggono più però ci appestano con le loro banalità. E pretendono di produrre arte!»

La donna coi capelli rossi è venuta in mio soccorso:

«Perché, fammi capire, il tuo ultimo romanzo sarebbe arte?»

Le sue labbra si sono tese in un sorriso nervoso.

«Ma io non parlavo di me. E poi il mio libro è una metafora.»

«Una metafora?» ha ribadito lei. «Non me ne ero accorta. Mi sembrava la storia di un cinquantenne in crisi che corre dietro a una fanciulla con uno sguardo da cerbiatta.»

L'uomo le ha dato un buffetto sulla guancia.

«Sei la solita provocatrice. Ma, anche se hai dei begli occhi, non casco nel tuo gioco.»

Detto questo, ha raggiunto gli altri ospiti, sprofondandosi in un divano.

Ho approfittato del momento per dileguarmi.

«Devo andare. Arrivederci a tutti», ho detto, nell'indifferenza generale.

E sono uscito.


La tramontana soffiava ancora più forte del pomeriggio, l'autobus era quasi vuoto, c'era soltanto una donna nera piuttosto grossa e un ubriaco che parlava a voce alta.

Guardavo fuori dal finestrino e mi sentivo strano. Avevo il cuore stretto da uno sgomento che sfiorava il panico e, nello stesso tempo, ero leggero come mai prima.

Mentre i sacchetti di plastica svolazzavano oltre il vetro, pensavo che non avevo nessun motivo per sentirmi in quel modo. In fondo cos'era successo? Avevo soltanto fatto un po' di conversazione. È troppo tempo che vivo come un orso, mi sono detto allora, è sufficiente la modesta attenzione di qualcuno per sprofondarmi nel disagio.

Quel sentimento non è scomparso neppure quando sono giunto a casa. Mi giravo su un fianco e venivo avvolto da un tepore fino ad allora sconosciuto. Mi giravo dall'altro e piombavo nel gelo, battevo i denti e mi raggomitolavo su me stesso nel tentativo vano di scaldarmi.

Mi sono addormentato molto tardi. Quando il telefono ha squillato pensavo fosse l'alba. Ho afferrato il ricevitore con rabbia:

«Chi è?» ho gridato dentro.

In quello stesso istante ho visto l'orologio: mancava un quarto d'ora a mezzogiorno. Dall'altra parte c'era lei.

«Ciao», ha detto, «stavi dormendo?»

Da quella telefonata è nato un invito a pranzo. Dovevo andare il giorno dopo da lei e non sapevo neppure come si chiamava. Avrei potuto chiederlo a Neno, ma che figura ci avrei fatto? La sera prima lui il nome me l'aveva pur detto.

Mi sono vestito, sono andato a comprare un po' di frutta. Il vento era cessato e in cielo brillava un sole grande e freddo. Mentre percorrevo il centinaio di metri che mi separavano dal mercato, mi sono reso conto che il disagio della sera prima si stava trasformando in agitazione pura.

Camminavo veloce e parlavo con me stesso. Cosa c'è

da agitarsi, mi dicevo, sarà un pranzo mondano come un altro, si mangerà bene e poi tornerò a casa, non c'è niente di male a fare una cosa del genere. Mi dicevo questo e sapevo che stavo mentendo.

Il pomeriggio l'ho trascorso nella ricerca di un vestito adatto. Adesso la moda era passata e i buchi non andavano più bene. Ho fatto tre volte avanti e indietro la via Appia. Per fortuna erano già cominciati i saldi postnatalizi. Alla fine ho trovato un maglione a collo alto che mi pareva adatto per l'occasione. Non volevo fare la figura del pezzente né quella del provinciale che sfoggia l'abito migliore.

Quella sera sono andato a dormire presto e non ho chiuso occhio. Verso le tre del mattino ho deciso che non ci sarei andato. Faceva freddo, potevo benissimo simulare un'improvvisa influenza o qualcosa del genere. Intorno alle quattro mi sono reso conto che non solo ignoravo il suo nome, ma anche il suo numero di telefono. Tutto ciò che avevo era un indirizzo scribacchiato su un foglietto.

Alle cinque mi sono alzato, ho fatto un caffè, ho acceso la televisione e una sigaretta. Sul video è comparsa una donna piuttosto robusta vestita da zingara. *Le stelle vi parlano* c'era scritto nel sottopancia e infatti la donna parlava di oroscopi. Aveva l'accento ciociaro e pronunciava le frasi con molta lentezza. Chissà perché fa così, mi sono chiesto, forse i silenzi servono ad ascoltare le stelle o forse ha sonno. Dopo un po', accarezzando la sua sfera, ha detto: «Vergine», il mio segno, e ha aggiunto, «con il solstizio d'inverno, Venere è entrata nel vostro segno...» Ha proseguito poi con la Bilancia, lo Scorpione, il Sagittario... con quella cantilena in sottofondo mi sono finalmente addormentato.

Quando ho riaperto gli occhi, la zingara era ancora lì e stava leggendo i tarocchi. Erano già le otto di mattina e aveva una signora in linea. Ha girato una carta e ha detto: «Torre, core mio, disgrazie in arrivo».

Cinque ore dopo ero davanti al suo citofono.

Ho avuto un attimo di panico perché, invece dei cognomi, c'erano soltanto numeri. Ho guardato il foglietto e c'era scritto otto, deve essere l'ultimo piano ho pensato e subito dopo ho suonato. Ho fatto le scale a due a due, quando sono arrivato in cima avevo il fiatone. La porta era socchiusa, ho bussato leggermente. «Vieni pure», ha detto una voce dall'interno.

Sono entrato e ho detto: «Eccomi qua».

Lei indossava un morbido vestito da camera. Per terra c'era la moquette e camminava senza fare rumore. Mi ha dato due baci sulle guance come fossimo vecchi amici.

«Accomodati», ha detto poi, «fa freddo fuori?»

L'appartamento aveva una vetrata che si affacciava sui Fori ed era molto piccolo. Più che una casa dove vivere, sembrava una tana o un nido, tutto era caldo, confortevole, invitava al rilassamento.

Mi sono seduto su una poltrona a fiori, lei mi ha offerto un aperitivo. Scrutavo discretamente intorno, sulla sua mano sinistra avevo visto una grossa fede eppure lì non c'era traccia di un marito.

Eravamo soli. Per la tensione mi stava venendo un leggero mal di testa. Era come se avessi un reticolo di corde metalliche intorno alle tempie. Dovevano essere corde di chitarra o di violino, ogni volta che respiravo qualcuno, con una chiave, le stringeva più forte.

Abbiamo parlato del più e del meno, cioè del traffico e del tempo. Poi siamo passati a parlare di Neno e di come l'avevo conosciuto. Le ho raccontato della stanza in affitto della signora Elda e di Federico.

«Lui ha preso una strada diversa dalla mia», le ho detto, «ora fa il presentatore degli show tutti lustrini.»

«Federico Ferrari?» aveva azzardato lei.

«Sì.»

«Spero proprio che non lo invidi...» era stato il suo commento.

Mi sono affrettato a smentire. «Oh no, certo. Fin dall'inizio siamo stati diversi.»

Avevamo cominciato a parlare del cinema tedesco, quali autori ci piacevano e quali no, quando a un tratto è suonato un campanello in cucina.

«Scusami, il forno», ed è scomparsa dietro alla porta.

Al suo ritorno reggeva una pirofila in mano. Andando a tavola mi sono guardato intorno:

«È carino qua», ho detto, avvicinandomi al tavolo, «ma non è molto più grande di casa mia. Deve essere difficile viverci in due».

Lei è scoppiata a ridere. Rideva con il capo reclinato indietro un po' come le cicogne quando fanno il verso del richiamo.

«Questo è solo il mio studio. Con mio marito abito ai Parioli.»

Nella pirofila c'erano dei cannelloni. Mi sembrava improbabile che li avesse fatti lei. Al primo morso ho avuto la conferma che venivano dritti dritti da una rosticceria. Per quel che riguarda il cibo mi è andata storta, ho pensato. In quell'istante lei ha messo giù la forchetta.

«Parlami della tua città», mi ha sussurrato, guardandomi dritto negli occhi.

Il mal di testa è aumentato di colpo. Per chi mi aveva preso, per una guida turistica? Ho deglutito, mi sono pulito la bocca con il tovagliolo, poi, con aria neutra, ho domandato:

«In che senso?»

Lei ha sorriso. Adesso non somigliava più a una cicogna ma a una gattona.

«Deve essere una città molto interessante. Fammela conoscere con i tuoi occhi.»

Allora io sono partito come un dépliant promozionale.

«C'è il mare», ho cominciato, «e alle sue spalle l'altopiano carsico. Il clima è abbastanza buono, tranne d'inverno quando soffia il vento. Il nome latino era Tergestum, ma l'origine più antica pare sia slava. Trg, che vuol dire piazza perché lì si facevano i commerci. È stata Maria Teresa d'Austria a volerla così grande. Era l'unica città dell'impero che si affacciava sul mare...»

Sono andato avanti così una decina di minuti pescando nei ricordi confusi del sussidiario. Intanto i cannelloni si freddavano nel piatto e lei non smetteva di guardarmi. A un certo punto ha allungato una mano, l'ha posata sulla mia.

«Questi non sono i tuoi occhi», mi ha sussurrato.

Ho sentito i capillari delle guance dilatarsi come fiumi in piena, avevo le mani fredde e la testa caldissima.

«Be'», ho balbettato, «questa era una specie di introduzione. Volevo darti qualche punto di riferimento.»

La sua mano era ancora sopra la mia. Avevo l'impressione che stesse esercitando una pressione più forte. Ha fatto un sospiro quasi impercettibile poi ha detto:

«Perché non mi parli di Rilke?»

Allora ho cominciato a parlare del castello delle *Elegie Duinesi* che non era per niente lontano da casa mia. «In bicicletta ci vorrà una mezz'ora, pedalando forte anche meno. Lì vicino c'è un Bar Bianco, cioè un posto dove si mangiano soltanto formaggio e si beve latte. Va benissimo per farci una sosta.»

Il fatto strano, le ho confessato, è che finché stavo lì non avevo la minima idea di chi fosse Rilke. Conoscevo il Bar Bianco ma non le *Elegie*. Le ho scoperte a Roma, ai tempi della biblioteca. Avevo letto per prima cosa i *Quaderni di Malte Laurids Brigge*: mi ero letteralmente innamorato di Malte Laurids Brigge. Avrei potuto persino dire, come Flaubert: «Malte, c'est moi». Dopo Malte ho scoperto le poesie: *Ogni angelo è tremendo* è diventato uno dei capisaldi della mia vita. La poesia, però, la conoscevo già. Non i versi ma l'anima più nascosta delle cose. Credo che avesse vibrato in me, come le corde di un'arpa, fin dall'istante in cui ero venuto al mondo, avevo aperto gli occhi e mi ero sentito diverso. Vedevo cose che nessun altro era in grado di vedere e tuttavia sapevo di non essere pazzo. Forse un giorno lo sarei diventato, questo non si poteva mai dire.

Parlavo e parlavo e intanto la besciamella aveva formato sui cannelloni un velo opaco e, intorno, vi galleggiava il grasso. Lei non aveva mai smesso di ascoltarmi, non mi aveva interrotto, non si era distratta. Appena mi fermavo per tirare il fiato, mi diceva: «Va' avanti».

Le ho raccontato tutto ma proprio tutto. Non di mia madre e della cucina di formica né di mio padre ubriaco, ma di Hölderlin e della scoperta dell'alcol, del compagno di banco morto e della sua gomma da cancellare che mi era rimasta in tasca, dei vortici del vuoto che vedevo apparire e scomparire tra le cose, del diavolo che nessuno sapeva chi fosse eppure c'era. Anzi forse era proprio lui che ogni tanto, per prenderci in giro, si metteva la maschera buona da Dio. Parlavo dei fantasmi che mi perseguitavano di notte e di quelli che mi inseguivano nel giorno, dell'amicizia con Andrea e del modo in cui mi aveva aperto gli occhi. Le raccontavo delle lunghe file di camion pieni di animali che attraversavano il confine e del modo in cui li portavano al macello. Di quei versi che non si potevano udire, di quegli sguardi che non si potevano sostenere.

«Io sono cresciuto con il sottofondo di quei versi,

con quegli occhi puntati addosso», urlavo quasi alla fine. «Capisci? Siamo tutti là sopra, in quei camion, in quel dolore innocente! È tutta una commedia, si ride, si balla, si fa finta di essere intelligenti e dietro il palco c'è il camion pronto. Non lo vedi ma c'è. È nascosto dalle scenografie, dai teloni. Ci aspetta, ha già i motori accesi... è sempre pronto per partire, c'è solo questo, il percorso dalla stalla al macello... Sai una cosa?» ho detto poi, abbassando la voce, «il mio unico vero sentimento è il furore. Magari all'esterno sembro un tipo tranquillo ma non è vero niente. Il furore delle domande che non hanno risposta è il solo sentimento che riconosco come davvero mio.»

«Lo so, Walter. Lo si capisce fin dalla tua prima riga. La vita in fiamme è la tua...»

In quel momento, un campanile batteva le ore. Erano le quattro e mi sentivo confuso come se avessi bevuto e fumato allo stesso tempo, mi girava la testa e avevo una percezione errata della distanza tra me e gli oggetti. Sentivo di avere le orecchie incandescenti, le guance erano pure braci, gli occhi dovevano essere lustri, mi sentivo qualche linea di febbre. Nel silenzio scandito dai rintocchi già mi ero pentito di aver parlato troppo. Ma che diavolo mi è venuto in mente, mi dicevo, adesso sono come un armadillo senza più scaglie, mi può ferire anche un bambino con la spatola del burro. Non mi era mai successo di parlare per due ore a ruota libera.

Spenta l'eco delle campane è sceso un grande silenzio. Da qualche parte nella casa c'era un rubinetto che perdeva.

«Guarda che luce», ha detto lei, andando alla finestra.

L'ho raggiunta, ero più alto di lei di una testa. La luce era veramente bellissima. C'era il Palatino davanti a noi e, sopra, tutte le sfumature del cielo, a ovest il blu scuro della notte, verso est il blu diventava azzurro, un azzurro così bianco da sembrare ghiaccio, il ghiaccio poi diventava oro, un filo color arancio appena percettibile screziava l'orizzonte, un arancio che era un quasi rosa, e il rosa si rifletteva sulle pietre dei Fori. Davanti alle pietre spiccavano due palme, e sopra le palme c'era una piccola luna storta come quella dei turchi. Accanto alla luna, c'era una grande stella, l'ho indicata con il dito alla mia ospite di cui ancora ignoravo il nome:

«Guarda lassù che stella...»

«Non è una stella, ma un pianeta», ha risposto lei, «È Venere lucifera.»

Dicendo questo è indietreggiata un po'. I nostri corpi si sfioravano. Usava un profumo molto intenso.

«Perché lucifera?» ho chiesto con i suoi capelli in bocca.

«La luce sta scomparendo», ha sussurrato, «bisogna andare sul letto. Solo da lì si vede bene la fine del tramonto.»

Quando ero bambino mia madre aveva una pentola di acciaio inox che veniva chiamata «atomica». Non sono mai riuscito a capire che relazione avesse con la famosa guerra atomica che minacciava sempre mio padre. Forse l'avrebbero scagliata giù dagli aerei o forse ne avrebbero sepolte a milioni nel sottosuolo. L'unica cosa certa è che quella pentola mi faceva paura, nella penombra della casa fischiava come un treno ed era sempre in procinto di esplodere. Per togliermi il terrore, un giorno mia madre mi aveva fatto toccare la valvola. «Vedi», mi ha detto, «se il vapore esce a poco a poco, non esplode niente.»

L'atomica mi è tornata in mente appena mi sono seduto sul bordo del letto. Ho pensato ai corsi per corrispondenza, chissà se lì si imparano le cose come dicono. Ad esempio, se uno fa un corso per capitano, impara davvero a portare la nave in porto? Mi sono chiesto questo e poi nient'altro.

Sentivo lei ripetere il mio nome, dato che non sapevo il suo, stavo zitto. Tre o quattro volte ha suonato il telefono.

Ormai fuori era buio ed eravamo ancora insieme. Più passava il tempo, più i suoi occhi erano luminosi. Aveva un piccolo neo alla base del collo di cui, fino ad allora, non mi ero accorto. Il prima, il dopo era tutto cancellato, ero lì, sarei stato lì per sempre.

Invece a un tratto lei ha scosso la testa e si è alzata, ha detto:

«Ho un cocktail con mio marito», ed è scomparsa in bagno.

## VII

Qualcuno doveva avermi versato del veleno nelle vene, non c'era più fuoco ma una sostanza tossica. Non riuscivo più a stare fermo in nessun luogo. Me ne ero accorto già quella sera, tornando a casa, non avevo più alcuna voglia di restare rinchiuso.

Sono uscito di nuovo malgrado il freddo intenso. Le strade del quartiere erano completamente deserte. Ho visto un cinema e sono entrato. Era un film di Natale con dei comici. Tutti intorno a me ridevano. Io non vedevo neanche le immagini sullo schermo, continuavo a pensare e pensare, ma non erano i miei soliti pensieri, non c'era l'infinito o il male. C'era soltanto la donna senza nome, il suo odore, il suo corpo.

Avrei voluto passare la notte con lei, invece se ne era andata a un cocktail con il marito. Chissà se anche lei, al cocktail, pensava a me e al mio odore. Su questi pensieri calava un senso di sgomento, nella fretta, mi ero scordato di chiederle il suo numero, non conoscevo il suo nome. Ero in balia dei suoi desideri, non sapevo quando l'avrei rivista. Non sapevo se l'avrei rivista.

Da quella sera in poi il telefono è tornato a essere il mio strumento di tortura, l'ansia con cui attendevo lo squillo era molto diversa da quella con cui aspettavo l'appello del negriero.

La mattina dopo sono uscito presto e ho fatto la spesa, volevo garantirmi una prolungata autonomia di cibo e di tabacco. Poi, con il frigo pieno, ho cominciato ad attendere. Ogni mezz'ora sollevavo il ricevitore, la cosa che più temevo era di averlo messo giù male.

Andrea mi aveva detto che le donne non si devono toccare neanche con un fiore, questo non voleva dire che non bisogna picchiarle ma che, tra noi e loro, ci doveva essere una distanza superiore a quella del gambo di una rosa.

«Chi ha un progetto preciso», mi diceva, «non può avvicinarsi a loro se non a rischio di smarrire la sua meta. I sensi, con tutta la loro voluttuosa confusione, sono una specie di deriva per l'eroe. Basta pensare alle Sirene e a Ulisse. Cos'ha fatto quando le ha sentite cantare? Si è buttato a mare o si è fatto legare con corde robuste a un palo, con la cera nelle orecchie? Ogni volta che senti quel canto», aveva concluso Andrea, «rifletti su queste parole.»

Allora, Andrea aveva sfondato una porta aperta. Anche se non avevo le idee chiare in merito, provavo una certa diffidenza sui rapporti che dovevano intercorrere fra un sesso e l'altro.

Nell'età in cui si comincia a sperimentare ero stato solitario come un orso della taiga. C'erano stati due o tre sorrisi di una compagna di scuola; quei sorrisi, anziché incuriosirmi o eccitarmi, mi avevano sprofondato in un grande disagio. Non è che non sapessi come andavano le cose, le modalità di accoppiamento fra i mammiferi sono sempre le stesse. Quello che mi terrorizzava non era l'atto eventuale ma tutto il contorno, i suoi brufoli troppo vicini ai miei, la sua mano fredda che avrei dovuto tenere fra le mie, le languidezze appiccicose rubate alla penombra di un lampione, i frizzi e i lazzi della compagnia e, dulcis in fundo, magari un pranzo con i suoi genitori.

Questo insieme di cose mi aveva trattenuto dal fare il primo passo. Il richiamo della carne c'era, ma l'orrore da vincere era molto più forte. «Chi fa da sé fa per tre» è un ottimo motto per andare avanti.

Dopo quei primi bagliori, c'è stato il periodo della poesia e dell'alcol. Due avventure abbastanza forti da cancellare il resto. I miei pensieri andavano sempre verso l'assoluto, volavano a un'altezza superiore. Se fosse esistito un unico genere umano, neutro, a me sarebbe andato bene lo stesso.

Verso i sedici anni, a dire il vero, ho traballato un poco. Dato che mio padre mi chiamava sempre «finocchio», ho avuto il sospetto che davvero in me ci fosse qualcosa dell'esecrato ortaggio. Ma è stata una paura di breve durata, i corpi non mi interessavano né di un sesso né dell'altro, punto e basta. Concordavo con Andrea, l'amicizia era il sentimento più grande.

«Nell'amicizia», diceva, «non ci sono nebbie, né doppifondi. Il piacere dei sensi è lontano, rimane solo quello della mente e la mente tende verso l'alto. Si può morire per salvare un amico mentre, il più delle volte, è un amante a farti morire. Ti succhia energia e idee, vuole il piacere e dopo il piacere, la sicurezza dello status sociale e, dopo quello, inevitabilmente vengono i figli e allora davvero sei finito. Non si accorge mai di te persona, sei soltanto una scala per andare da qualche parte, il rumore ovvio con cui riempie il vuoto dei suoi giorni.»

Io pensavo esattamente le stesse cose. L'orrore che provavo verso l'atto che mi aveva messo al mondo era abbastanza grande da spingermi ad abiurare quella parte della vita.

«Dopo il coito ti assale la tristezza», diceva Andrea.

Non facevo nessuna fatica a credere che quelle parole fossero vere, l'idea di un figlio che mi guardasse con lo stesso sgomento con cui avevo guardato i miei genitori era un motivo più che valido per giurare castità perpetua. Mettere al mondo un figlio il più delle volte non vuol dire altro che perpetuare la catena del dolore. In fondo, mi dicevo, tutta questa grande abbuffata di sesso è una sciocchezza. Il 666 agisce per vie subdole, immette nel mondo la nebbia della confusione. Non è detto che tutti gli uomini debbano essere uguali. Questa cosa va bene per gli animali che hanno l'istinto e non il ragionamento. E anche gli animali, poi, non possono farlo sempre, c'è la stagione degli amori. Una volta finita, bisogna attendere che la terra compia un altro giro intorno al sole. Solo nell'uomo la lussuria è perpetua. Dovrebbe esserci la ragione a dare un senso alle cose, ma la ragione contro l'istinto perde sempre e così il mondo va avanti con il suo strascico inevitabile di miserie e rimpianti.

«E anche qui», diceva Andrea, «ci aiuta la piramide, perché l'istinto vince nella parte più bassa. Via via che si sale, l'istinto viene imbrigliato, si sbriciola la menzogna che il sesso faccia bene alla salute, non c'è visione ampia, nessuna grandezza senza il distacco dalla carne. Non per niente le religioni predicano sempre la castità. L'energia che non esce dona integrità e potenza, non ci sono veli davanti ai tuoi occhi, il canto della sirena ti lascia indifferente, sei libero, l'eterna catena dell'attaccamento non fa più parte della tua vita. Tocca a te scegliere, o così o nella melma del porcile.»

L'unica possibilità di evasione da questa solitudine casta, per Andrea, era l'incontro con una donna che, per sue doti naturali, fosse giunta fino al vertice della piramide.

«È una cosa rarissima», diceva, «perché le donne, per la loro stessa fisiologia, tendono a stare verso il basso. La maggior parte del genere femminile è prigioniero degli umori, vive tra sbalzi ormonali e desideri primari. Ma quando questo non accade e riescono a elevarsi, puoi trovare delle creature straordinarie, molto superiori alla maggior parte degli uomini. Tra loro e gli angeli la differenza è minima. Sono esseri femminili ma impregnati di virtù virile, conoscono l'amicizia, la fedeltà, la purezza e tutti i sentimenti più alti. Solo accanto a loro un uomo può conoscere la felicità del compimento. Due volontà che si uniscono in un unico progetto come Dante e Beatrice, come Lancillotto e Ginevra. È questo il destino di un amore superiore.»

Per quel che mi riguardava, io già da tempo mi ero rassegnato a non far parte di quella schiera di eletti. Sapevo che, nel mio ambiente, si mormoravano quelle cose che sempre si mormorano quando non si capiscono le scelte di una persona, e cioè che ero frocio o impotente o le due cose insieme. Il conformismo della sessualità è uno dei più forti da vincere. Comunque a me, di quelle chiacchiere non me ne importava niente, anzi erano la via migliore per essere considerati fuorigioco. Ero stato casto fino a quel momento e lo sarei stato fino alla fine dei miei giorni.

Pare che esista una legge per cui una cosa minuscola e invisibile, come una vibrazione, può distruggere edifici enormi. Se, ad esempio, un plotone di soldati batte il piede nello stesso istante, in meno di un secondo può crollare un ponte. Questa legge non funziona solo per i ponti e le arcate ma per un'infinità di altre cose. Vale anche per i cuori e le alte dighe erette a loro protezione.

Avevo incontrato la donna senza nome e dentro di me era risuonato un diapason, aveva vibrato in sordina tra le vene e gli organi. L'effetto era stato quello di una scossa, di un acceleramento, era piacevole, vivificante. Ci sarebbe voluta molta più esperienza o molta più fantasia per capire che quella vibrazione aveva già in sé la frequenza giusta per distruggere ogni cosa.

Non avevo cambiato parere su quello che erano o non erano i rapporti con le donne, le idee erano le stesse che avevo avuto ai tempi di Andrea. Il tranello è stato il discorso delle «poche elette». Per me era «Beatrice» e infatti la chiamavo così nelle lunghe ore trascorse accanto al telefono, in attesa di un suo cenno.

Erano passati tre giorni e non era successo niente. Me ne stavo attaccato al ricevitore, stremato come un naufrago. Il telefono aveva suonato soltanto una volta, era un signore che aveva sbagliato numero. Al quarto giorno avevo finito le sigarette e così sono uscito, per compiere quella missione non ci volevano più di dieci minuti.

Al ritorno, la piccola spia lampeggiava, dalla rabbia avrei voluto sbattere la testa contro il muro. Prima di premere il tasto, mi sono seduto sul letto e ho respirato profondamente.

«Clic» e subito la sua voce armoniosa ha riempito la stanza. «Sono Orsa», diceva, «scusa se non ti ho chiamato prima ma sono dovuta andare fuori Roma con mio marito. Domani sarò tutto il pomeriggio allo studio, se hai voglia passa. Ti aspetto.»

Così la donna senza nome all'improvviso ne aveva uno, ed era il nome più straordinario che io avessi mai potuto immaginare. Orsa era la femmina dell'orso e siccome io ero sempre stato un orso, era la meravigliosa conferma che eravamo fatti proprio uno per l'altra. Io appartenevo al vertice della piramide e lei anche, il nostro amore sarebbe stato grande ed eterno come nessun altro.

Nelle settimane seguenti, il veleno che aveva cominciato a circolare nelle vene piano piano si è sostituito al sangue, nutriva i polmoni, il cuore, lo stomaco. Non mi ero ancora accorto della sua esistenza, anzi non mi ero mai sentito così bene in tutta la mia vita, così pieno di energia, di vitalità.

All'improvviso, il mio sguardo cinico era svanito, e con lui la chiarezza assoluta con cui guardavo le cose. Più o meno nello stesso stato si devono trovare i monaci che gettano la tonaca alle ortiche, l'inesperienza del corpo rende totalmente inermi. Si può discutere dello spirito per giorni e poi cadere per un semplice sorriso. Allora far scempio delle viscere diventa un gioco da bambini.

Di tutto questo, a quel tempo, non avevo il più remoto sospetto. Mi sentivo come seduto su una nube, su tutte le altre cose scivolavo silenzioso. Vivevo per lei, per i nostri incontri, per le ore e i minuti passati insieme. Persino quando restavo solo non lo ero per niente, ripensavo ai nostri discorsi, ai momenti di intimità più profonda. Parlavo nella mia stanza ed era come se Orsa fosse là. Ero convinto che anche lei vivesse la stessa comunione, lo stesso struggimento nella lontananza.

Oltre alla passione fisica, ci univa la passione per la letteratura. Avevamo la stessa inquietudine nel cercare le parole per esprimere un mondo. Lei più di ogni altra cosa amava la Mitteleuropa, era sottilmente invidiosa del fatto che io fossi nato entro quello che restava dei suoi confini. Aveva affittato lo studio quattro anni prima per poter avere la pace necessaria per scrivere un libro.

«Per creare», diceva, «non si può vivere prigionieri nella quotidianità della casa. Ci deve essere un altrove che ispira», e infatti, soltanto in quel posto riusciva ad astrarsi. «Da qui», aveva detto una volta mostrandomi il panorama dei Fori, «è escluso qualsiasi insulto della modernità, per questo il respiro del classico viene spontaneo.»

Su che cosa stesse lavorando però era un segreto. Soltanto una volta si era lasciata un po' andare, aveva detto:

«Sarà una cosa a metà strada fra la *Recherche* di Proust e *L'uomo senza qualità* di Musil...»

Per permetterle di scrivere ci vedevamo un pomeriggio sì e uno no.

Dopo un mese abbiamo cominciato a fare anche dei fine settimana fuori Roma insieme. Lei guidava la macchina e pagava i conti. Andavamo in certi alberghetti rustici in Toscana oppure sulla Costiera Amalfitana. Il marito non veniva mai nominato, come se non esistesse, io un po' me ne preoccupavo, non mi sembrava naturale. Così una volta le ho chiesto:

«E tuo marito?»

Lei è scoppiata a ridere.

«Cosa c'entra mio marito?» ha risposto. «È normale. Dopo qualche anno, nei matrimoni, ci si concede sempre una certa libertà.»

Io ero conquistato da quella sicurezza. Una volta lui aveva persino citofonato mentre eravamo a letto insieme. «Arrivo tra un minuto», aveva risposto lei, poi si era vestita ed era scesa come se niente fosse. Chissà, mi ero detto, forse anche lui ha uno studio da qualche parte e la sua vita è speculare a quella di lei. Era l'unico modo in cui riuscivo a giustificarmi tanta indifferenza, se fossi stato al posto suo, l'avrei fatta a pezzi con l'accetta.

Comunque, di una cosa ero certo, e cioè che con me si divertiva e con lui no. Il marito era un uomo importante, dirigeva un giornale e il rapporto che lei aveva con lui si riduceva a quello del pappagallo di rappresentanza.

Invece io ero un orso e lei era la mia orsa, l'unica stanchezza che ci prendeva era quella dello sfinimento. Avevo cominciato un giorno con il dire: «Così lo fanno i plantigradi» e, da quel momento in poi, lei aveva preteso ogni volta un animale diverso. Il tempo libero lo passavo freneticamente a consultare libri sull'argomento. E così, settimana dopo settimana, abbiamo attraversato tutta la scala zoologica, dalle patelle alle balene.

Non ero mai stato così allegro nella mia vita, in ogni istante ero percorso da una specie di strana euforia. Ero euforico quando ridevamo, lo ero anche quando, in silenzio, stavamo distesi uno accanto all'altra. Vicino a lei il mio passato, la zavorra del mio passato era scomparsa. Spesso mi sentivo come un bambino che ha appena aperto gli occhi sul mondo. Tutto era stupore, emozione. Esistevo negli occhi di un altro essere umano. In quello sguardo non c'era disprezzo o insofferenza ma passione, lei viveva per me e io per lei. C'era l'attesa dell'incontro e il suo compimento, un movimento circolare che mi sembrava perfetto, perfetto ed eterno. Ero convinto che quel moto sarebbe durato per sempre.

Così le settimane e i mesi mi sono scivolati accanto. Una mattina mi sono alzato ed era già estate.

Era giugno, le finestre aperte, fuori il crepuscolo stava infiammando l'aria con tinte rosa-arancio, i balestrucci sfrecciavano rumorosi tra le rovine dei Fori e i tetti.

Da qualche giorno Orsa era strana, le parlavo e il suo sguardo era distante. Era la prima volta che tra noi si frapponeva qualcosa di diverso. Ho pensato che il marito le potesse aver detto qualcosa oppure che si trovasse a un punto particolarmente difficile nella stesura del suo libro.

«Lo sai come lo fanno i ragni?» ho detto allora per distrarla. «La ragna sta in mezzo alla tela e il maschio deve raggiungerla, cammina sui fili come un equilibrista.»

Mi ero messo a quattro zampe come un ragno e stavo già muovendo i primi passi quando lei si è passata con fastidio una mano davanti al viso. Senza guardarmi ha detto:

«Lasciami in pace, i ragni mi fanno schifo».

Fra tutte le cose che avevo immaginato di noi una sola non mi era venuta in mente e cioè che il nostro rapporto potesse finire. Uscendo dal portone avevo giustificato la sua stranezza con un'indisposizione temporanea. La mattina dopo non si era fatta viva, l'avevo chiamata io nel pomeriggio e avevo trovato la segreteria. Capitava ogni tanto che dovesse andare fuori con il marito per qualche occasione mondana, non sempre si ricordava di avvisarmi prima, così per un po' ho continuato a essere tranquillo.

Avevamo deciso di fare un viaggio a Deauville, ai primi di luglio, non mi pareva vero di passare un lungo periodo assieme a lei. Tutte le mie energie erano volte al momento in cui saremmo partiti. Quel progetto futuro toglieva ogni ombra sul resto.

Ma i giorni passavano e continuava il silenzio.

Dopo una settimana l'ansia mi ha svegliato di colpo, nel cuore della notte.

Alle otto di mattina ho telefonato. Sapevo che a quell'ora non c'era perché dormiva sempre ai Parioli, ma avevo voglia di sentire la sua voce. Ho riprovato alle nove, alle dieci e alle undici. Sempre la segreteria.

Alle dodici ero sotto il suo studio. Dalla strada si vedeva la grande finestra affacciata sui Fori, gli scuri erano aperti e così le tende. Sono arrivato sotto il portone e ho suonato al citofono, il cuore mi batteva forte, come la prima volta. Non è successo niente. Per tutto il giorno sono rimasto lì sotto, ogni mezz'ora andavo lì e guardavo se c'era qualche segno di vita.

In quel girovagare, mi venivano in mente le idee peggiori, poteva avere avuto un terribile incidente, oppure essere a letto con qualche forma di infezione. Per saperlo, avrei dovuto telefonare a casa ma il mio coraggio ancora non arrivava a tanto. Se avesse risposto il marito, cosa avrei detto?

Al calare della sera sono tornato a casa, non avevo nessuna voglia di restare chiuso là dentro, ero nervoso, agitato, tuttavia pensavo che lei avrebbe potuto avere bisogno di me, se era malata o in ospedale sarebbe stata delusa e triste di trovare la segreteria telefonica.

Quella notte ho fumato un intero pacchetto di sigarette e ho bevuto tutte le birre che c'erano in frigo. Alle otto di mattina ho richiamato lo studio, poi ancora alle nove, alle dieci mi sono fatto coraggio e ho telefonato a casa del marito. Dopo quattro squilli ha risposto la voce neutra di un filippino. Non ho detto il mio nome ma ho chiesto:

«C'è la signora?»

«Signora non c'è», ha risposto lui.

«E quando la posso trovare?»

«Non so.»

Quella frase ha accresciuto la mia ansia, così ho chiesto ancora.

«Non è in ospedale?»

Dall'altra parte c'è stato un piccolo silenzio.

«No ospedale», ha risposto poi il filippino, «signora fuori.»

Ho riagganciato senza neanche salutare. Avrei dovuto essere più tranquillo, almeno di una cosa adesso ero certo, che stava bene. Ma se era a Roma e non era malata perché mai non mi voleva più vedere?

Si stava facendo strada in me il sentimento di Otello. Sapevo di non averne alcun diritto, un amante geloso si copre da solo di ridicolo. Spartire l'amata è nel gioco naturale delle cose, eppure, lo stesso, dentro di me, sentivo l'ansia trasformarsi in furore.

L'àncora a cui continuavo ad aggrapparmi era quella del lavoro, forse era stata presa da un raptus creativo. Per poter scrivere, aveva dovuto chiudersi in casa e non rispondere a nessuno. In fondo a me era successa la stessa cosa quando avevo scritto il mio libro. Avrebbe potuto prendere fuoco il palazzo e io sarei rimasto fermo al mio posto.

La chiamavo a intervalli di dieci minuti, il messaggio non era cambiato. «Sono momentaneamente assente, lasciate un messaggio dopo il segnale acustico.» Alla fine mi sono deciso, già mentre parlavo la mia voce mi risuonava incerta:

«Sono il plantigrado», ho detto, «immagino che le muse siano scese a parlarti e allora buon lavoro. Ricordati però che tra dieci giorni cambia la luna e con il plenilunio gli orsi devono stare insieme e ballare nella foresta. Chiamami.»

Il messaggio l'ho lasciato alle undici. Alle undici e dieci, seduto sul letto sfatto, mi sono reso conto che, senza di lei, non sapevo più cosa fare della mia vita.

Fuori era una bella giornata di sole, la casa era in condizioni spaventose. Da mesi e mesi non le dedicavo più la minima manutenzione, la polvere, assieme allo sporco, aveva formato degli agglomerati così grossi che ogni volta che aprivo l'unica porta, spinti dal risucchio d'aria, correvano da una parte all'altra come sterpi del deserto. In un angolo c'erano cumuli di vestiti lavati e mai stirati, le feritoie che davano sulla strada erano opache, nel lavello della cucina c'erano piatti da talmente tanto tempo che lo sporco aveva deciso di non essere più tale e si era trasformato in un unico multicolore tappeto di muffe.

Fare un po' di ordine, ho pensato, potrebbe essere un ottimo sistema per ingannare il tempo. Allora sono andato in bagno e ho preso tutto il necessario per una pulizia radicale. Afferrando la scopa, ho sbattuto contro il neon che illuminava la stanza. La casa è precipitata nel buio. In meno di un secondo lo spirito della colf si è trasformato in rabbia, ho dato un calcio al secchio dell'acqua e ho tentato di spezzare la scopa. Dopo due o tre tentativi, falliti, l'ho presa, l'ho scagliata contro il muro e sono uscito di casa bestemmiando.

Il tempo meteorologico era l'esatto opposto del mio umore interiore. L'aria era tiepida e le persone per la strada erano molto più rilassate del solito. Ho preso il motorino, scoppiettava, tossiva, emetteva grosse nuvole di fumo, per metterlo in moto ho pedalato a lungo.

Non ho nessuna meta, mi sono detto attraversando i semafori della Tuscolana; imboccando l'Appia nuova però, il motorino, come un vecchio cavallo fedele, ha preso la strada che da molti mesi era abituato a percorrere.

Intanto, sobbalzando tra una buca e l'altra, mi era venuta in mente una cosa. Se da casa di Orsa si vedevano i Fori, per legge di natura doveva succedere anche l'incontrario, cioè dai Fori si doveva vedere casa sua. Visto che il letto stava davanti alla finestra, una volta le avevo anche detto: «Non sarebbe meglio chiudere la tenda?»

Lei aveva sollevato le spalle e aveva risposto: «Che te ne importa? Al massimo rallegreremo qualche turista».

Così era chiaro che, per riuscire a vederla, mi sarebbe bastato pagare il biglietto d'ingresso e andare sul colle di fronte. Legato il motorino su via dei Fori Imperiali, mi sono accodato a una lunga fila di turisti. Una volta entrato, li ho seguiti per un po'. Ascoltavo le spiegazioni della guida come fossi uno di loro, erano in tedesco e non capivo niente. Dentro di me stava montando l'agitazione, prendevo tempo per rallentare i movimenti del cuore.

Dopo un po' che vagolavo là dentro, ho preso coraggio e ho raggiunto il punto da cui si vedeva tutto. Non c'era quasi nessuno, i turisti si muovevano da una parte all'altra come greggi nella transumanza, l'erba era piena di pratoline e di alti fiori gialli, dei merli vi razzolavano in mezzo alla ricerca di vermi da portare alle loro consorti.

Ho fatto un respiro profondo. Qui tutto è pace, mi sono detto, e mi sono affacciato alla balaustra. Lo studio era proprio di fronte, vedevo le pareti rossastre del palazzo e le finestre dell'ultimo piano, quella vicina al tavolo da pranzo era chiusa, quella davanti al letto, spalancata. Orsa era lì, sdraiata, e accanto a lei si intravedeva la sagoma di un altro uomo.

Buio, fine di tutto.


Un albero, nel corso della sua vita, può essere investito da un numero molto grande di tempeste. Temporali, trombe d'aria, bufere di neve possono piombargli addosso, percuoterlo, spintonarlo da una parte e dall'altra senza che succeda niente. Quando poi torna il sole lui è sempre lì in mezzo al prato con i suoi rami maestosi. Soltanto al fuoco non può resistere, le fiamme corrono veloci e lui non ha gambe per muoversi. Intorno tutto crepita, viene lambito e inghiottito, ogni piccola sterpaglia si trasforma in una torcia. Alla fine il fuoco giunge al suo tronco, accarezza la corteccia e dalla corteccia sale su alle fronde, brucia gli insetti e i nidi, prosciuga la linfa, infiamma i rami e le foglie. C'erano voluti decenni per far sorgere da un seme quella forma maestosa e, in poche ore, tutto muore. Il grande falò brucia nella notte. C'è caldo e luce intorno e in alto, dopo la luce, viene il fumo bianco. Quella colonna di nubi si può vedere a chilometri di distanza. Il mattino dopo, in mezzo alla radura, resta solo uno spunzone nero.

Le fiamme erano tornate nella mia vita. Non avevo visto scoppiare l'incendio. Anche se l'avessi visto non sarebbe servito a niente perché, in tutti quegli anni, mi ero scordato di essere un arbusto. Pensavo di essere di cemento, di metallo o di amianto, di qualcosa che non poteva

venir toccato dal fuoco. Nel momento in cui ho cominciato a sentire caldo, era già troppo tardi, ero io stesso il
rogo. Ovunque andassi me lo portavo dietro.

Avrei potuto andare sotto casa sua e insultarla, prendere a pugni il tizio che aveva usurpato il mio posto. Avrei
potuto tagliarle i pneumatici della macchina e con la vernice fluorescente scrivere sul cofano «troia». Avrei potuto
minacciarla con lettere e telefonate anonime fino a metter-
le paura. Avrei potuto usare la tecnica del «chiodo schiac-
cia chiodo» e trovare un'altra donna su cui sfogare la mia
rabbia.

Invece non ho fatto niente di tutto questo. Uscendo
dai Fori, ho raggiunto piazza Venezia. Sono entrato in un
bar e ho ordinato un whisky.

# VIII

A volte, sulle strade, gli animali selvatici vengono abbagliati dai fari di un'auto, quella luce improvvisa li lascia storditi, per un istante barcollano, perdono il ritmo dei loro passi. Quell'attimo, molto spesso, si rivela fatale. Dove sono? Cosa succede? si chiedono e, un istante dopo, giacciono a terra, morti.

Così mi sentivo alla fine della storia con Orsa.

Non riuscivo a farmene una ragione, mi chiedevo quale fosse la mia colpa e non riuscivo a rispondermi. A un certo punto lei mi aveva sostituito, l'aveva fatto come si fa con i pneumatici dell'auto. A dire il vero, io non mi sentivo per niente logorato e non mi sembrava logorato il nostro rapporto. Era stata lei a deciderlo. Aveva scritto la parola fine senza chiedermi se la volevo scrivere anch'io.

Il vuoto era tornato a possedermi. Ero di nuovo la salma del faraone Tutankhamon, andavo in giro per la città dalla mattina alla sera, mi sentivo un fantoccio, uno spaventapasseri a cui si erano dimenticati di disegnare il sorriso. Con il mio motorino ronzavo in centro e in periferia, scendevo dal sellino soltanto per entrare nei bar e mettere carburante nel mio corpo.

L'alcol, da un giorno all'altro, è tornato a essermi più necessario dell'ossigeno. Nel vuoto crepitava una sete infuocata, nonostante quel fuoco avevo sempre freddo. Era luglio, agosto e continuavo a battere i denti, di notte mi raggomitolavo su me stesso e non serviva a niente, da quei sonni convulsi mi svegliavo pallido, gonfio.

Per colazione, invece del caffè, bevevo il dopobarba. C'era un nemico dentro di me e non riuscivo a vederne il volto, pur non sapendone il nome, avevo abdicato ai suoi voleri, ogni giorno mi diceva «fai questo, fai quello» e io obbedivo. Ogni suo ordine mirava a una sola cosa, alla mia distruzione.

La città era calda, deserta. L'asfalto si fondeva sotto la suola delle scarpe ed emanava un odore forte di urina. Qua e là, con cappellini bianchi in testa, marciavano colonne di turisti, sudavano e avevano le gambe gonfie. Facevano ressa intorno alle fontanelle, quando trovavano una fontana più grande vi immergevano anche i piedi. Assieme a loro, per le strade, vagavano i cani abbandonati dai padroni. Di notte si radunavano a decine intorno ai cassonetti dell'immondizia, svegliavano i pochi abitanti con i latrati delle loro risse.

Nessuna delle persone che conoscevo era a Roma, anche se ci fossero state non sarebbe servito a niente. Conoscevo molta gente e non avevo neanche un amico. Non era cattiveria o negligenza, avevo fatto semplicemente come facevano gli altri. A Roma tutti erano «amici» di tutti, ma un amico vero era raro come una tigre albina.

Giravo per le strade anche nelle ore più calde, la temperatura e l'alcol erano un miscuglio micidiale. Il vapore emanato dai marciapiedi rendeva più incerti i contorni. Gli oggetti, anziché stare fermi, vi ballavano in mezzo, sembrava il miraggio dei pozzi nel deserto. Ogni cosa poteva essere o non essere.

Un giorno, in corso Vittorio, ho visto mia madre. Erano le due del pomeriggio, camminava davanti alla chiesa di Sant'Andrea della Valle. Aveva il cappotto nero con il colletto di pelliccia, lo stesso che indossava l'unica e ultima volta che era venuta a trovarmi. Sul braccio, la borsetta della festa. Ero sicuro che mi avesse visto perché, al mio passaggio, ha girato la testa, aveva lo sguardo triste, rassegnato, forse voleva sorridermi ma non ne aveva il coraggio. Ho invertito direzione di marcia, ma quando l'ho raggiunta, lei non c'era più. Sopra di me con ali tese veleggiava un gheppio, doveva essere giovane ed inesperto per volare nell'ora dello zenit. Ripeteva nell'aria il suo verso come se cercasse qualcuno.

Mia madre non c'era più, c'era il suo vuoto. Lo stesso vuoto del mio compagno di scuola. Di lei in tasca non mi era rimasta neanche la gomma da cancellare. Quando era morta, il dispiacere che avevo provato non era stato molto diverso da un fastidio. Soltanto quella notte sulla sua tomba mi ero reso conto che era davvero morta. Non avrei più visto il suo volto, né sentito i suoi passi leggeri che si aggiravano per casa. Non avrei potuto più abbracciarla né chiederle scusa, l'ultima immagine sarebbe rimasta per sempre quella di lei che si allontanava sull'autobus salutandomi con la mano aperta, l'abbraccio freddo e stupito che le avevo dato poco prima dell'addio. In fondo lei era stata l'unica persona con cui avevo avuto un minimo di comunione. Per un po' nella mia infanzia eravamo stati un'isola felice, noi due contro il mondo intero. Il mondo era mio padre. Io ero la sua consolazione, la sua gioia, lo ero stato per un tempo troppo breve. Se ne era andata e non le avevo detto addio.

Davanti alla scalinata bianca di una chiesa sono sceso dal motorino. Le porte erano aperte e dentro c'era un gran fresco, mi sono seduto su una panca e ho preso la testa fra le mani.

«Dio, perché permetti tutto questo?»

L'ho detto, e subito mi sono vergognato. L'onestà di fondo non era sparita, sapevo che non era stato Lui a permetterlo ma io, il nemico senza volto al mio interno, da cui prendevo gli ordini.

A parte me e un vecchio sacrestano, nella chiesa non c'era nessuno. Ho alzato gli occhi su un grande quadro che rappresentava una donna con un bambino in braccio, avevano entrambi un'espressione dolce e rilassata. Non c'era niente di irraggiungibile nei loro volti, lei con il piede calpestava una serpe. Non sembrava atterrita né disgustata, lo schiacciava con serena sicurezza come fosse una cicca già spenta, doveva proteggere la sua creatura dal serpente e questo era tutto. Mia madre avrebbe fatto la stessa cosa, l'avrebbero fatta tutte le mamme del mondo. Ogni madre pensa «il mio amore ti proteggerà dal male», ma è un pensiero fragile come una foglia secca, per vie invisibili il male entra e devasta ogni forma di vita. A un certo punto il figlio può diventare la serpe che prima stava sotto le dita del piede.

Quella notte, a casa, ho distrutto tutto quello che era possibile distruggere. Quando non c'è stato più niente da disintegrare, ho cominciato a sbattere la testa contro il muro.

Due giorni dopo è iniziata la persecuzione degli insetti, avevo prurito in tutto il corpo e sapevo che erano loro a provocarlo. Erano dei ragnetti neri e veloci. Li vedevo sul mio corpo e anche sul pavimento della stanza, mi grattavo con furore, in poco tempo mi sono coperto di croste. Avevo smesso di mangiare. Sentivo di avere dentro di me un tubo infuocato che mi attraversava da una parte all'altra, si infiammava bevendo. Se non bevevo, bruciava.

Volevo morire, ma non avevo il coraggio del gesto. Invece di legarmi una pietra al collo e gettarmi in acqua, mi facevo trascinare alla deriva sul legno di una zattera. Per vigliaccheria o per un inconscio e labilissimo senso di speranza, tra me e la morte volevo mettere un po' di tempo.

I primi di settembre la città è tornata a essere popolata di gente e di automobili. Da più di un mese ormai ero abituato a girare come se la strada fosse soltanto mia, andavo a destra e sinistra senza curarmi di chi venisse dietro.

Ho visto la macchina arrivare e ho pensato «è la fine». L'urto mi ha sbalzato di sella e, per un tempo che mi è parso lunghissimo, ho sorvolato le rotaie del tram e l'asfalto.

Poi è sceso il buio. C'erano solo delle voci intorno a me.

«Mi è venuto dritto addosso, deve essere un drogato.»

«Non muovetelo», diceva un'altra, «chiamate un'ambulanza.»

«Che sfiga, proprio il giorno del suo compleanno...» ha aggiunto una terza. Doveva avere in mano i miei documenti.

Sono stato in coma per dieci giorni.

Avevo sentito parlare, da qualche parte, di gente che tornava in vita anche dopo mesi, ma dietro queste storie c'era sempre una madre, un marito, un amico affettuoso, qualcuno che teneva la mano e parlava tutto il tempo per fare sentire la persona meno sola.

A me non è successo. Ero solo e sono rimasto tale per tutta la durata del coma. Con me c'erano i macchinari, un monitor per il cuore e uno per il cervello, andavano avanti lenti come cavalli stanchi. Le infermiere si susseguivano nei turni, qualcuna era gentile, qualcuna più sbrigativa, parlavano dei loro amori oppure di beghe del reparto.

Avevo una lieve sensazione di quello che mi succedeva intorno, un po' come quando si ha la febbre alta e ci si assopisce con la radio accesa.

Un giorno ho sentito un infermiere gridare: «Il dodici!»

Il dodici ero io. Qualcosa dunque non doveva andare per il verso giusto. E infatti, nel buio totale, d'improvviso è comparso un filo, era sottile e luminosissimo. Non vedevo chi lo tirava, sapevo solo che, al centro, stava per rompersi: «No! Non adesso!» ho gridato nel silenzio. La mia voce era debole e implorante come quella di un bambino. Singhiozzavo come negli incubi. Singhiozzando dicevo, sarò buono, buono per sempre. Allora è successa una cosa stranissima, chi tirava il filo ha smesso di farlo, in pochi istanti il filo si è trasformato in una grossa fune. Era una fune d'oro, nel buio intorno brillava come un raggio di sole. Deve servire per tornare giù, ho pensato. L'ho sfiorata e ho aperto gli occhi.

Davanti a me c'era un'infermiera. Da sotto la cuffia verde le uscivano dei ciuffi di capelli biondi. Mi ha sorriso.

Ho trascorso in ospedale ancora tre settimane. In quel tempo non mi sono mai pentito di essere ancora vivo, ho solo pensato che essere morto sarebbe stato molto più comodo. Ero stanco, tremendamente stanco. Avevo di nuovo la mia vita in mano e nessun progetto, nessuna speranza per il futuro. Mi sentivo come un giardiniere a cui dei vandali, durante la notte, hanno distrutto la serra. Ovunque c'erano calcinacci, frantumi di vetri, vasi ribaltati, rotti, piante divelte. Era difficile immaginare che là in mezzo una volta erano cresciuti dei fiori.

Eppure sapevo che c'erano, ero stato io in un giorno lontano a piantarne i semi. Dovevo rimboccarmi le maniche e rimuovere i detriti, ricomporre i vasi, aggiungere concime alla terra e innaffiare. Poi attendere con pazienza, sperare che presto venisse fuori il sole.

La cosa più dura è stata il ritorno a casa.

Ho aperto la porta del seminterrato e l'orrore si è presentato davanti ai miei occhi. La distruzione era la stessa del giorno in cui avevo avuto l'incidente. Cosa faccio qui? ho pensato e mi sono lasciato cadere sul letto sfatto. La spia della segreteria lampeggiava, ho allungato la mano e l'ho fatta partire. La più vecchia era una telefonata di Massimo, chiedeva di richiamarlo con urgenza, dopo c'erano due chiamate mute, la quarta era una voce che ho fatto fatica a riconoscere, ho mandato due o tre volte indietro il nastro per identificarla, poi ho capito, era la vicina di casa dei miei genitori. Diceva che mio padre da mesi era ricoverato in un cronicario, l'appartamento andava a pezzi e non sapevano cosa fare. Possibile che io non avessi il tempo per andare un salto su a sistemare le cose?

Mio padre dunque era ancora vivo. La notizia non mi ha emozionato né scosso, mi sembrava solo strano sentire una voce lontana dopo così tanto tempo.

Nel periodo trascorso in ospedale, i miei pensieri avevano preso un corso più lento. Mi sentivo come un animale intontito dal letargo, ogni ombra che entrava nella mia visuale mi faceva sussultare. Poteva essere un sasso oppure un predatore giunto per mettere fine ai miei giorni. Non ero in grado di distinguerlo. Ero un animale e anche un bambino che muove i primi passi, non avevo fiducia nelle mie gambe.

Scampare alla morte è un po' come nascere una seconda volta. Una parte dell'esistenza se ne è andata, ce ne è un'altra davanti in cui rimettersi in gioco. Di quel gioco non sapevo ancora le regole, guardavo tutti gli oggetti rotti lì per terra e capivo che appartenevano alla vita da poco finita. Non avrei mai richiamato Orio, né mi sarei fatto vivo con Neno. Quanto a Orsa, non me ne importava più niente.

Pensavo a mio padre e sentivo che la non voglia di vederlo era rimasta immutata, avevo però voglia della stanza ordinata di quando ero bambino, avevo voglia di alzarmi presto la mattina e andare a passeggiare sul crinale del Carso. Avevo voglia di sentirmi una bestia forte e viva. Volevo correre, stancarmi, gettarmi a pancia in giù sull'erba. Volevo stare lì e respirare con la terra che mi respirava sotto.

In tutti quegli anni di confusione, avevo smarrito lo sguardo della verità, l'unica dolorosa cosa che mi faceva sentire vivo. Guardavo indietro e non riuscivo a capire come fosse successo, d'un tratto quello sguardo si doveva essere staccato da me, come dai serpenti, in primavera, si stacca la pelle vecchia.

Senza accorgermene ero entrato nella vita di un altro. La vita scelta non era luminosa né comoda, era di sola sopravvivenza. Per più di dieci anni avevo vivacchiato come vivacchiano i topi in una dispensa abbandonata. Una volta finito il cibo attaccano il sughero, dopo il sughero il legno, dopo il legno i cavi elettrici e tutto ciò che è di plastica. Pur di andare avanti metabolizzano qualsiasi cosa.

Io ero un topo e tutto intorno c'erano altri topi. I gatti erano Massimo, Orio e quelli come loro. Impartivano ordini, dicevano «squittite qui, rodete là» e noi squittivamo e rosicchiavamo, convinti che un giorno non lontano saremmo stati promossi gatti.

Forse tutti quegli anni di confusione e dolore erano serviti a una sola cosa, a capire che non ero un artista ma soltanto una persona un po' più sensibile delle altre.

In meno di quindici anni ero stato investito due volte,

la prima da un camion, la seconda da un'auto. La prima volta mi ero convinto di aver compreso ciò che ero, nella seconda mi era stato chiaro ciò che non ero.

Avrei potuto ottenere quelle cose in un tempo più breve, con minor sofferenza? Me lo domandavo mentre mettevo le mie poche cose nella borsa e non sapevo rispondere.

Inspiegabilmente ero ancora vivo e questo era già abbastanza.

**Vento**

# I

Il ritorno a casa si era svolto in modo neutro, non ero un eroe che rientra al villaggio ma un fallito che non ha più alcun luogo che lo accolga.

Appena sceso dal treno ho abbassato lo sguardo e l'ho tenuto così fino a che non sono arrivato alla nostra palazzina. Più di ogni altra cosa temevo che qualcuno mi riconoscesse, temevo le domande che avrebbero potuto farmi. I vicini non mi hanno fatto le feste e io non le ho fatte a loro. Mi hanno dato le chiavi e l'indirizzo del posto dove era ricoverato mio padre. «Il vostro appartamento è una stalla», hanno osservato guardandomi con occhi accusatori, «ormai la puzza si sente fin qua sotto...» Era evidente che mi consideravano un essere senza cuore.

L'appartamento era davvero ridotto a uno schifo. C'era l'odore acre di un vecchio che da tempo aveva smesso di prendersi cura di sé. Mia madre era stata l'àncora e mio padre la nave, appena la catena si è spezzata lui se ne era andato alla deriva; non avendo nessuno contro cui scagliare il proprio disprezzo, aveva finito per rivolgerlo contro se stesso.

Ho lavato, arieggiato, spazzato, pulito la sua sporcizia per diversi giorni. Ogni sera mi dicevo che il mattino dopo sarei andato a trovarlo, ogni mattina trovavo una buona ragione per non farlo. Pulire il suo sporco non mi rendeva più tenero nei suoi confronti, anzi, avevo orrore di quel degrado ed era un orrore non soltanto fisico.

Nel suo degrado intravedevo il mio. Pur essendo molto più giovane, negli ultimi tempi, dopo l'abbandono di Orsa, mi ero comportato nello stesso modo. «Il sangue non è acqua», amava spesso ripetere mia madre. In quei giorni, con rabbia, ho percepito la verità di quel detto popolare. L'attitudine in me e mio padre era la stessa.

L'ultima cosa che ho pulito sono stati i cassetti. Fra vecchie bollette, cartacce e tappi usati ho trovato una lettera indirizzata a me. Era ancora chiusa e veniva da una zona oltre il confine, il timbro sopra il francobollo era nitido, non stava lì da anni, ma da un paio di mesi. Non ho aspettato ad aprirla, c'era solo una persona al mondo che avrebbe potuto avere il desiderio di darmi notizie di sé.

*Caro Walter,*

*piove da quasi una settimana, un muro d'acqua copre il paesaggio fuori dalla finestra. Non c'è nessuno svago qui, né televisione né libri, niente. Cosa fanno gli animali quando sono feriti? Cercano una tana, un luogo dove stare protetti dall'insidia dei predatori. Nella tana la natura decide: o li cura o li fa morire. Ti ricordi la poesia del Leopardi sul canto notturno del pastore errante per l'Asia? Adesso non ricordo di preciso le parole, rammento solo che, a un certo punto, il pastore invidiava le pecore per la loro mancanza di pensiero. Le bestie non conoscono il futuro, è questo che le salva dall'impazzire; la morte, per loro è una cosa come un'altra, arriva quando arriva, è come la pioggia, la grandine, il vento, un fatto assolutamente naturale, chiudono gli occhi e non hanno alcun rimorso, hanno vissuto secondo il programma che la natura ha dato loro. Mangiare, dormire, accoppiarsi, allevare la prole e poi concimare il suolo con i loro corpi.*

*Qui con me c'è una signora con cui spesso discuto fino a notte fonda. Lei dice che nella natura c'è la mano di Dio, io rispondo che questa mano non l'ho mai vista. Ci sono ani-*

*mali che nascono programmati solo per uccidere, penso alle mandibole di un leone, di un ghepardo, mandibole che non possono fare altro che spezzare vertebre, dispensatori di morte che si aggirano in un mondo fatto a dimensione loro. Potrei ancora pensare alla mano di Dio se le gazzelle, ad esempio, avessero le gambe corte e dunque fossero facilmente raggiungibili, invece le gazzelle, come tutti gli animali destinati a essere sbranati, sono agili e scattanti, possono correre per un lungo tratto senza mai perdere il fiato. La loro agilità non è un dono ma una trappola, ovunque corrano le attende lo stesso immutato destino. Il creatore che le ha fatte capaci di scappare non può essere un Dio buono perché la loro corsa serve soltanto a vivere il terrore. Potrebbe essere piuttosto un demiurgo annoiato che, per ingannare il tempo, ha concepito questo eterno spettacolo. Il demiurgo o il suo antagonista, da sempre nascosto nelle tenebre. Insomma, alla fine, tutte le scelte si riducono a questa: essere gazzelle o ghepardi, inseguire o essere inseguiti, sbranare o essere sbranati.*

*Tu che scelta hai fatto? Non so, non riesco a immaginarlo, per istinto naturale mi sembravi più portato alla fuga. Ci sono le tigri e i gatti di casa, con le unghie tagliate. Io le unghie le ho consumate ma non sui divani. Un bel giorno mi sono sentito stanco, ecco tutto. Ho scelto una tana e mi sono fermato, sto qui nell'attesa che qualcosa accada. Intanto la maledetta scimmia lavora, i pensieri sono come la droga, stanno lì aggrappati sulla spalla e ti fanno confondere. Alla crudeltà del leone e della gazzella c'è anche da aggiungere questa, che i pensieri vanno avanti e non si possono fermare. È un rumore potente e ininterrotto come quello di una cascata, premo le mani sulle orecchie e lo sento lo stesso. Capisco bene ormai come si diventa pazzi, basta stare soli e non trovare l'interruttore che disattiva quel frastuono.*

*E poi c'è la grande sagra del rimpianto. Arrivati a una certa età siamo tutti invitati. Stai lì e cerchi un punto in cui tutto sarebbe potuto diventare diverso, il punto della svolta.*

*Ti domandi: non c'è stato? O c'era e non l'ho visto, non ho voluto vederlo? La strada l'hai tracciata tu, non altri, bastava fare un passo per uscirne. È una linea invisibile che ti tiene prigioniero, ti immagini degli alti muri e invece è appena un filo, basterebbe alzare un po' la gamba per passare oltre.*

*A me è successo: il punto c'era e non l'ho visto. Mi sono accorto della sua esistenza un bel po' di anni dopo, quando era troppo tardi per tornare indietro.*

*È accaduto in Africa, ai confini del Ciad, un decina di anni fa. Facevo la guardia a una postazione, intorno c'era il deserto, il vento sollevava la sabbia, non era una tempesta ma una brezza leggera. Noia e pensieri erano i miei unici compagni. A un tratto, poco distante, passa un fennec, la piccola volpe del Sahara, imbraccio il fucile e mi dico "adesso lo uccido, un colpo preciso è molto meglio della lenta agonia che prima o poi lo aspetta". Non si era accorto della mia presenza, continuava a trotterellare con le sue grandi orecchie e la coda per aria. Un istante prima che lasciassi il grilletto è successa una cosa strana: si è seduto e mi ha guardato. Dico che è strana perché, vedendomi, per istinto avrebbe dovuto fuggire, l'avrei colpito lo stesso ma almeno avrebbe fatto il suo compito. Fuga e terrore per dare spettacolo. Invece no, si è seduto e ha cominciato a fissarmi. Il suo naso era piccolo e nero, gli occhi brillanti. Il mirino era puntato esattamente sulla fronte, un vero tirassegno, l'avrei spaccato in due parti esatte.*

*Dicono che gli animali non sono in grado di sostenere lo sguardo dell'uomo, in quei secondi ho scoperto che è vero piuttosto il contrario, siamo noi a non riuscirci. In quelle pupille nere, non c'era alcuna forma di panico ma una sorta di dolorosa meraviglia. Sarà stato il vento, il caldo, la solitudine ma a un tratto ho percepito il suo pensiero. « Non adesso », diceva, « non in questo modo, non sono pronto. » Va bene, ho pensato allora, e ho abbassato il fucile. Lui mi ha guardato*

*ancora per un po', poi si è alzato ed è scomparso, trotterellan-*
*do lieve dietro le dune.*

Che delirio, eh? Dopo mi è venuta rabbia per essere stato beffato da un miraggio, non mi era mai successo di non far partire un colpo. Umiliazione, cancellazione di tutto.

La sagra del rimpianto è venuta molti anni dopo. La scena era la stessa, invece della piccola volpe, davanti a me c'era un essere umano. Mancavano il deserto, la solitudine, il vento. Il colpo è partito con la precisione di sempre.

Perché dico queste cose? Ormai niente importa. Gli occhi della volpe mi hanno fatto venire in mente gli sguardi insostenibili dei tuoi agnelli che andavano a morte, per questo ti ho scritto. Potevo fare un passo, non l'ho fatto, forse restare in quel sentiero era la legge del mio destino.

La signora con cui discuto tira sempre in ballo la Grazia. Mi fa venire i nervi. Cos'è? le grido sempre, dov'è? Io non la vedo, non la sento, la chiamo e non viene. Dov'è la bontà divina se sceglie di manifestarsi soltanto a coloro che gli sono simpatici?

Se ricevi questa lettera, se puoi, se vuoi, vieni. Il posto non è male, aria buona e vicino c'è anche un laghetto dove andare a pescare. È una tana, te l'ho detto, ed è abbastanza grande per due. Chissà forse anche tu in questi anni hai accumulato delle ferite? Probabile, anzi probabilissimo. Vieni. Ti aspetto.

*Andrea*

Ho letto e riletto più volte quelle righe, in alcuni punti la scrittura era così convulsa che facevo fatica a decifrarla, alla fine l'ho chiusa e l'ho rimessa nella busta. Avevo bisogno di respirare, faceva freddo e per uscire ho messo un vecchio giaccone di mio padre. Piovigginava e tutto era opaco, per la strada le persone tiravano dritte senza guardarsi in faccia.

La luce dell'osteria dove mio padre andava a bere era la stessa di quand'ero bambino. Là dentro, probabilmente, c'erano altri padri che bevevano e altri bambini che aspettavano fuori. Anch'io forse, se fossi rimasto là, se avessi seguito il progetto di tutti, avrei fatto la stessa identica fine, la moglie a casa e un figlio impaurito che aspetta fuori.

Ho passeggiato a lungo prima di rientrare, ripercorrendo tutti gli angoli della mia adolescenza con la calma di un'età diversa. In una parte neppure tanto nascosta di me, speravo che le cose mi parlassero con l'intensità di allora. Invece non è successo, nessuna emozione, nessun sussulto, nessuna forza eversiva. Nelle vetrine del paese intravedevo la mia figura riflessa, una figura abbastanza grossa, lo stesso naso, lo stesso passo lento di mio padre.

Quella notte ho avuto un incubo, ho sognato di risvegliarmi nel mio letto e il pigiama era diventato una camicia di forza. Non me ne accorgevo subito, soltanto quando una voce nella stanza mi diceva: «Salta!», cercavo di alzarmi. Era impossibile. «Come faccio?!» gridavo, agitandomi come un pesce nella rete. Non vedevo il volto di chi parlava, ma sentivo la presenza muoversi per la stanza. «Come fai?» ripeteva ridendo, «come fai? Hai mai saltato da bambino? Fletti le ginocchia e salta!» «Non posso!» gridavo. «Non posso!» mentre il pigiama mi stritolava. Poi, a un tratto, non ero più nel pigiama ma in giro per la stanza, volavo per l'aria come poco prima era volata la voce, sul letto disteso c'era un uomo molto vecchio, il pigiama era quello di flanella a righe di mio padre. Il letto era il mio, non capivo chi di noi due fosse, l'età aveva consunto i lineamenti fino a renderci quasi identici. «Sta morendo?» ho chiesto e la mia voce era quella incerta di un bambino. Nell'aria adesso vicino a me c'era Andrea. Ora lo vedevo chiaramente, mi porgeva la mano come se tra noi ci fosse un crepaccio, parlava con tono basso: «Vieni», mi ha detto, «salta, non aver paura, è solo un attimo. È come un vento forte che ti colpisce in faccia».

Il giorno dopo sono andato a trovare mio padre. Dell'uomo che era stato il mio terrore era rimasto pochissimo, una sagoma esile, rattrappita sotto le lenzuola. Nell'ospizio, l'odore di urina prendeva la gola.

«L'avviso», mi aveva detto un'inserviente, accompagnandomi da lui, «non ci sta più con la testa.»

Davanti a me c'era un volto che era già quasi completamente anatomia. La pelle, di color giallo grigio, aderiva come una membrana alla struttura del viso, il naso e le orecchie erano diventati enormi, le palpebre trasparenti coprivano a metà i globi oculari. Non c'era pace in quella sorta di riposo, gli occhi roteavano da una parte all'altra e le sopracciglia si aggrottavano, si distendevano seguendo il flusso dei pensieri. In quel modo, nel sonno, avevo visto muovere soltanto gli occhi dei neonati.

Stavo lì in piedi e lo guardavo. «È inutile che stia qui», mi dicevo, «adesso prendo il cappotto e me ne vado.» Avrei dovuto essere commosso, addolorato, invece l'unico sentimento che provavo era imbarazzo. Pensavo, quando apre gli occhi come lo chiamo? Papà, padre o babbo mi sembravano tutte parole di una estrema falsità.

Poi ha aperto gli occhi e l'ho chiamato Renzo. Il suo sguardo vagava smarrito sulle pareti intorno come se non avesse mai visto quel posto, più volte l'ha posato su di me; andava e veniva senza mai fermarsi. Il letto aveva delle barriere di metallo scorrevoli, come quelli dei bambini. Lentamente ha allungato una mano e ha afferrato una sponda, quella mano doveva dargli stabilità perché solo allora mi ha messo a fuoco, ho posato anch'io la mano sulle sbarre. Non si toccavano, erano soltanto vicine.

Due macchine, giù in strada, hanno frenato di colpo; ho alzato le spalle aspettando il botto, ma il botto non c'è stato. Una delle sue dita ha sfiorato le mie, non credo ci fosse alcuna volontà in quel gesto. Subito dopo ha cominciato a muovere le labbra convulsamente, uscivano dei suoni dalla sua bocca ma non capivo cosa.

«Non sento», ho detto.

Lui ha tirato un po' su il collo e ha domandato:

«Posso giocare adesso?»

Anche la voce non era più la stessa. Era la voce di un bambino piccolo, tre o quattro anni al massimo. Invece di tuonare, supplicava.

«Giocare?» ho ripetuto, «a cosa vuoi giocare?»

Ma lui già non mi stava più ascoltando. Parlava di un cane, del treno, doveva dar da mangiare alle galline. Prima di addormentarsi nuovamente ha canticchiato due o tre volte la filastrocca di un girotondo.

Quando sono andato via era il crepuscolo, gli ospiti autosufficienti stavano mangiando nella sala.

Ho aspettato a lungo l'autobus, faceva freddo e non arrivava mai, nel buio vedevo stagliarsi davanti a me il pallore diafano di mio padre. Cercavo un termine per definire il sentimento che stavo provando, ma non riuscivo a trovarlo. La rabbia e il furore si erano stemperati. Con la memoria cercavo un ricordo, un solo bel ricordo, che potesse riempire quel vuoto con qualcosa di simile all'amore o alla compassione. Per quanto mi sforzassi però non mi veniva in mente niente. Né un gesto, né una frase, né un sorriso. Soltanto le sue scarpe enormi che avevo usato come piroghe.

Mi aveva disprezzato, mi aveva voluto diverso; con gli anni avevo capito che, se anche fossi stato diverso, mi avrebbe disprezzato lo stesso. Ero sbagliato comunque, era sbagliato il fatto che fossi venuto al mondo. Adesso invece lui era lì ed era inerme. Invece di tuonare, insultare, prendere a calci tutto, stava rattrappito in un letto e con voce impaurita chiedeva – chiedeva a me – «Posso giocare?»

La scomparsa della coscienza aveva trascinato con sé tutto il resto. Il solo gioco che aveva davanti era la morte.

Per nascere, come tutti, era uscito dall'oscurità, aveva fatto un lungo percorso e poi era tornato al punto di partenza. Mangiava omogeneizzati, invece dei pannolini usava i pannoloni. Di lì a poco, il suo cuore si sarebbe fermato, il cervello sarebbe diventato una spugna inerte. Il buio era dietro la porta, bastava varcarla per essere inghiottiti dal nulla.

Solo allora mi sono reso conto di un fatto straordinario, e cioè che la vita non è un percorso rettilineo ma un cerchio. Ci si può agitare finché si vuole ma poi si torna esattamente allo stesso punto. Uno spiraglio si è aperto per farci scendere, uno spiraglio si apre per risucchiarci in alto.

Se davvero era così, qual era l'importanza di ciò che stava in mezzo? Cos'era stata la vita di mio padre? Era nato in una famiglia semplice, aveva studiato per imparare un mestiere che gli piaceva, aveva avuto degli ideali e per questi ideali aveva persino combattuto e corso dei rischi. Aveva avuto una donna che l'aveva amato fin dal primo giorno e gli era rimasta fedele tutta la vita, poi c'era stato l'incidente ai cantieri che l'aveva reso invalido, avrebbe potuto morire invece aveva perso soltanto una gamba, la protesi era perfetta, camminava quasi come un uomo normale. Dopo l'incidente aveva avuto un figlio maschio, sano, mediamente intelligente, probabilmente non peggio di tanti altri. Il figlio era cresciuto, se ne era andato, la donna era morta, lui era invecchiato di colpo e molto presto sarebbe morto. Tutto qui.

A elencare così gli avvenimenti della sua vita sembra una vita assolutamente normale, anzi, migliore di tante altre perché almeno per un breve periodo aveva creduto in qualcosa. I suoi compagni d'osteria lo consideravano un grand'uomo, quasi un eroe. Solamente mia madre e io sapevamo che non era vero niente. Per tutta la sua vita suo marito e mio padre era stato unicamente l'artefice di un minuscolo inferno.

Dov'era la discrepanza, il punto in cui le cose diventano false?

Mia madre diceva che fino al giorno del matrimonio era stato un uomo meraviglioso e soltanto dopo era cambiato senza alcuna ragione apparente, si svegliava digrignando i denti e rompeva ogni cosa già molto tempo prima dell'incidente. La ragione era abbastanza facile da capire, voleva far colpo. Succede così anche ai volatili: nel periodo del corteggiamento esibiscono grandi parate di piume multicolori poi, una volta avvenuta la copula e sparso il DNA per il mondo, tutto torna come prima.

Gli uomini fanno esattamente la stessa cosa, se si mostrassero realmente come sono fin dall'inizio, con ogni probabilità da un pezzo non si celebrerebbero più matrimoni. Ma questo ancora non spiega niente. La domanda sta a monte ed è questa: perché tanto disprezzo per la vita?

Mio padre, e con lui milioni di altre persone, avrebbe potuto avere una vita felicemente normale, gli ingredienti c'erano tutti. Invece, intorno a sé, aveva creato soltanto una palude di sabbie mobili. In quella stessa palude lui era invecchiato e io avevo mosso i primi passi. Alla sua morte sarebbe evaporata e, del suo grande universo di odori e insulti, non sarebbe rimasto proprio niente.

Mentre l'autobus avanzava lento e rumoroso sulla salita che portava sull'altopiano, ho pensato che forse il grande imbroglio stava tutto in uno scambio di verbi. Fin dalla nascita ci insegnano che la vita è fatta per costruire e invece non è vero. Non è vero perché ciò che si costruisce prima o poi crolla, nessun materiale è così forte da durare in eterno. La vita non è fatta per costruire, ma per seminare. Nell'ampio girotondo, dallo spiraglio dell'inizio a quello della fine, si passa e si sparge la semenza. Forse non la vedremo mai nascere perché, quando spunterà, noi non ci saremo più. Non ha nessuna importanza. Importante è lasciare dietro di sé qualcosa in grado di germogliare e di crescere.

Si costruiscono case, famiglie, carriere, si costruiscono sistemi interi di idee, si accumulano eredità per i figli. Tutto questo rumore di martelli e ruspe, tutto questo frusciare di banconote rassicura, cancella la percezione del vuoto. L'essere impegnati sempre a fare qualcosa toglie di torno i pensieri più pericolosi. Le cose crescono e con soddisfazione le si guarda crescere, tutto ciò che finisce e crolla deve restare lontano dal nostro sguardo. Così mio padre aveva costruito una casa e una famiglia, ma a parte i soldi per quelle quattro tristi mura e lo spermatozoo che aveva contribuito a mettermi al mondo, non aveva seminato altro. Dopo la sua morte, dietro di lui sarebbero rimasti soltanto gli ottanta metri quadri comprati con il mutuo e un figlio nato già orfano.

Nella settimana che ho passato al suo capezzale, gli ho dato più volte il biberon, l'ho preso in braccio e l'ho girato da una parte e dall'altra, per non aggravare il decubito. Immerso nel sonno sembrava innocente, e lo era. Il Renzo ubriacone era scomparso, sotto di me, tra le mie braccia c'era solo un essere indifeso che chiedeva aiuto.

Qualcosa si è incrinato dentro di me. Forse incrinato non è il termine giusto, ciò che si incrina è prossimo alla rottura. Più che incrinato, si è ricomposto. Mi sono trovato a pensare che quelle ore, quei giorni, in fondo, erano un regalo che mi veniva fatto. Il regalo di riappacificarmi con l'essere infelice a cui dovevo la vita. Lo curavo, lo nutrivo, facevo tutto quello che lui con me non aveva mai fatto. L'odio era scomparso e così la rabbia. Nei miei gesti e nei miei pensieri c'era soltanto pena, pena per quell'uomo, per la follia e l'inutilità della sua breve esistenza. Il suo cervello ormai era soltanto un foglio bucherellato, una dopo l'altra tutte le zone di coscienza erano scomparse, divorate dalla demenza senile. Era un foglio e anche un oceano. Un oceano in mezzo al quale, un giorno, c'era stato un continente. Il continente era stato inghiottito. Restavano due o tre isolotti, le parti più antiche della memoria. Era a quelle che lui restava attaccato, le corse dei tre anni, le scoperte dei quattro, quel mondo sopravviveva nel suo corpo di vecchio. Ero convinto che si sarebbe spento così, chiamando a voce alta sua madre, litigando con suo fratello. Invece così non è stato.

Il venerdì sera, mentre sfogliavo una rivista accanto a lui, qualcuno ha pronunciato il mio nome. Ho alzato la testa, nella stanza non c'era nessun altro, allora ho guardato nel letto, lui stava lì, con gli occhi aperti e luccicanti. Ho visto le sue labbra muoversi e dire «Walter...»

Mi sono alzato di scatto.

«Sì...?» ho risposto incerto, sporgendomi sul letto. Avevo la schiena coperta di un sudore freddo. Le sue mani, lunghe e bianche, si stavano tormentando.

«Walter», ha ripetuto.

«Sì, sono qua.»

Nella sala comune, la televisione era accesa a volume altissimo, stavano trasmettendo un documentario sulla Russia: «...I nostalgici del comunismo si trovano per lo più nelle forze armate...» commentava lo speaker.

Mio padre mi ha afferrato una mano, l'ha stretta e se

l'è portata vicino al petto, per aiutarlo ho dovuto chinarmi verso il basso. La mia mano adesso era stretta fra le sue, aveva i palmi ghiacciati, la teneva lì come fosse una cosa preziosa.

«Vuoi bere?» ho chiesto. «Hai caldo? Hai freddo?»

Sentivo l'urgenza di riempire quel silenzio con qualcosa. Teneva lo sguardo su di me stranamente fisso.

«Ti senti male?» ho domandato più bruscamente.

Con un gesto molto lento ha portato la mia mano vicino al suo viso, grosse lacrime uscivano dagli occhi e scivolavano dritte sul cuscino. Se l'è posata sulla guancia, poi ha mosso le labbra, invece di parlare farfugliava. Soltanto al terzo tentativo ho decifrato le sue parole, balbettando, sbavando, ha detto:

«Scusa, Walter. Scusami tanto».

Ho pensato di rispondere: «Eh via, scusa di cosa?» invece ho detto «papà» e sono scoppiato in singhiozzi.

Piangevo con la testa vicina alla sua, sul cuscino, lui teneva il viso verso l'alto e io sprofondato in basso. Le nostre lacrime avevano temperature diverse, sulla federa formavano un'unica macchia. Io respiravo con un affanno forte, lui con affanno più lieve.

Il giorno dopo è morto.

È passato dall'assopimento all'incoscienza senza quasi accorgersi, per un istante solo ha aperto gli occhi, erano rischiarati da una luce che non avevano mai avuto. Non so se sapesse che io ero lì, comunque, prima di chiuderli per sempre, ha sorriso con dolcezza.

Allora ho cominciato a comportarmi come un bambino. «Papà», ripetevo, non cercavo in alcun modo di frenare il mio pianto.

A un certo punto mi è venuta vicino la figlia di una ricoverata.

«Gli voleva molto bene, vero?» ha chiesto cercando di consolarmi.

«No!» ho gridato, «lo odiavo. L'ho sempre odiato. Per questo piango.»

Durante la notte è venuto il vento e ha portato via la pioggia. Verso le tre, l'imposta ha cominciato a sbattere, dalla finestra entrava uno spiffero e gonfiava la tenda. Non riuscivo a dormire, mi assopivo e mi svegliavo continuamente.

Poco prima dell'alba mi sono alzato e sono andato in cucina a bere un bicchiere d'acqua. La porta della camera dei miei genitori era socchiusa, gli scuri erano spalancati, da lì entrava la luce arancio dei lampioni stradali, il vento le muoveva e la luce oscillava per la stanza, una luce calda intensa e serpeggiante come le fiamme di un incendio. Tutto sbatteva, scricchiolava, gli ottanta metri quadri sembravano una scialuppa alla deriva, le onde la sollevavano e la sbattevano in basso. Non c'era nessuno al timone, l'unico passeggero a bordo ero io, il naufrago.

Il copriletto era perfettamente teso, sul comodino di mia madre, in una cornice lustra, c'era la foto del loro matrimonio, due ragazzi giovani con gli occhi stellanti che sorridevano al fotografo. Sul comodino di mio padre ce ne era una di lui durante la guerra sui monti.

Mi sono guardato intorno, nessuno dei due aveva una mio foto.

Il furore mi ha preso alle spalle, non mi sono accorto che stava arrivando, non ho potuto opporre alcuna resistenza. Ho spalancato gli armadi e i cassetti e ho gettato tutto quello che c'era dentro sul letto. I vestiti di mia madre erano ancora esattamente come lei li aveva lasciati, piegati in sacchetti di plastica con la cerniera e l'antitarmico dentro. Quelli di mio padre erano soltanto dei grovigli di indumenti sporchi, l'odore che emanavano era quello di un vecchio puzzolente. Dopo i vestiti ho buttato le scarpe, i pigiami, le calze, la biancheria intima, due scatole piene di auguri di Natale e bollette già pagate, la borsa del piccolo punto di mia madre con tutti i suoi fili colorati e un ricamo appena cominciato. Gettavo e continuavo a gettare, sembrava preparassi la pira di un rogo. Quando non c'è stato più niente da scagliare, invece del fiammifero ho buttato me stesso sul letto.

Fra tutte quelle cose c'era odore di armadio chiuso misto al fumo di mio padre, mi rigiravo in mezzo come se mi avesse morso una tarantola, annusavo ora un oggetto ora l'altro. Alcuni li scalciavo via, non sapevo perché, né che cosa cercassi. Mi sono fermato soltanto quando, dalla tela aida di mia madre, debolissimo, è salito un odore di violetta. La Violetta di Parma era l'unico profumo che si mettesse addosso. Quand'era giovane diceva che sapeva di vecchia, ma non le importava perché non c'era nessun altro profumo che le piacesse tanto.

Ho aperto il ricamo e ho visto che c'era un angelo, del corpo si vedeva soltanto la parte superiore, stava appoggiato con i gomiti su una nuvola e guardava in basso. Più che serio o minaccioso, il suo sguardo era ironico, sorrideva senza cattiveria di ciò che succedeva laggiù, nel mondo confuso degli uomini. Doveva essere il suo ultimo lavoro, dell'angelo c'era una parte della testa e un po' di ali. Stava morendo e cuciva l'angelo. Intanto io stavo a Roma e il pensiero di lei per me era solamente un fastidio.

Ho preso il ricamo e l'ho lanciato lontano, e così ho fatto con tutto il resto. Muovevo le braccia come i bambini quando si buttano per terra e fanno i capricci, spazzavo via ogni cosa con la furia di un uragano. Alla fine ho cercato di strappare il copriletto, era molto resistente e così l'ho preso a morsi, sentivo gemere le mandibole nello sforzo.

Poi, come una tromba d'aria che arriva rapidissima, risucchia distrugge e riparte, il furore se ne è andato, mi ha lasciato vuoto e inerte fra le lenzuola dei miei genitori come un cadavere abbandonato dalle onde sulla spiaggia.

In quel letto molto probabilmente un giorno lontano ero stato concepito. In quel letto, in quell'istante, mi sarebbe piaciuto morire. Ma la morte non viene mai quando ci piace, e morire da solo ormai sapevo che non mi era più possibile.

Per trent'anni mi ero mosso in una direzione. La direzione era quella della lontananza dai miei genitori. Mi ero comportato come il cane di Pavlov con il suo campanello: il riflesso condizionato mi spingeva a fare sempre l'opposto. In quella fuga non avevo costruito niente. Né costruito né seminato, stringevo i pugni e li trovavo vuoti. Non avevo più nessuna ragione per stringerli perché la causa della mia opposizione era scomparsa. Mio padre e mia madre erano morti seguendo l'ordine naturale delle cose. Il moto contro non aveva più senso. Intorno a me c'era un grande e improvviso vuoto. Sarebbe dovuto nascere un moto verso, ma verso cosa? Ero troppo stanco anche solo per pensarci. Stanco della stanchezza vuota di chi non ha fatto niente, di chi ha camminato e camminato ed è rimasto fermo.

Alle sette, i lampioni della strada si sono spenti e nella stanza è filtrata la luce fredda di un'alba d'inverno. Ho messo su il caffè e mi sono lavato la faccia, i miei occhi erano gonfi come quelli di un rospo.

Quando sono uscito in strada, si sentiva soltanto il rumore del vento che faceva tintinnare le cose. Il furore di poco prima si è trasformato in energia, in movimento. Era più di un decennio che non andavo tra i boschi, ho lasciato il paese alle spalle e mi sono diretto verso le colline, verso i pini neri, verso la terra rossa e le piccole querce.

L'aria era fredda, il fiato entrava dritto nei polmoni come un'unica lama. Chi conosce il vento sa che non c'è alcun modo per difendersi dal suo rigore, bisogna solo dimenticarlo. A ogni passo mi guardavo intorno e mi dicevo "come ho fatto per tanto tempo a sopportare la lontananza da tutto questo?"

Per anni e anni avevo vissuto come un clone di plastica, avevo scordato l'odore della terra e delle sue stagioni, il rumore dei passi sul suolo gelato. Avevo scordato l'istante brevissimo in cui si manifesta la gioia, l'essere cosa tra le cose create, respiro tra ciò che ti respira intorno.

Su per la collina, i sommacchi erano già diventati completamente rossi, le foglie secche, a ogni refolo, crepitavano con toni diversi come uno strano strumento, le bacche di rosa canina avevano il bel vermiglio della fase più matura, con la loro tinta chiassosa invitavano gli uccelli a nutrirsi di loro. In quel momento nessuno volava nel cielo, il vento era troppo forte perché delle fragili ali vi si potessero opporre. Perfino io, in alcuni tratti, facevo fatica ad andare avanti. Quella lotta, invece di fiaccarmi, mi rendeva euforico, per qualche legge strana, speravo che quel furore d'aria portasse via l'ombra lasciata in me da tanti anni poco chiari.

Avevo abdicato alla verità per vivere nell'illusione. Di ogni cosa che mi era venuta davanti mi ero accontentato dell'involucro. Avevo agito come agisce la stragrande maggioranza delle persone, invece della persuasione avevo scelto la retorica. Adesso sapevo che era accaduto nel momento stesso in cui avevo sognato la gloria, nel momento in cui avevo voluto che la diversità divenisse un segno esterno, nel momento in cui avevo creduto che diverso e superiore fossero la stessa cosa.

Guardando indietro, provavo stupore per come fosse stata facile e repentina quella trasformazione, erano bastati pochi pensieri intensi e alcune adulazioni. Non ero immerso nella verità, non era l'abito irrinunciabile del mio essere, ma soltanto la maniglia di un autobus; appena la posizione è diventata scomoda, l'ho lasciata andare e mi sono aggrappato a qualcos'altro.

Camminavo e camminavo e, camminando, cercavo di mettere insieme i cocci. Dovevo ricomporre più di dieci anni, ciò che mettevo insieme non era un percorso ma un processo di lento degrado. Invece di costruire o seminare avevo dissipato, dalla lucidità tesa della poesia ero arrivato fino al letto di una ricca annoiata, mi ero fatto usare da lei e da tutti gli altri. Pensavo di essere importante ed ero soltanto un giullare. Con la mia ingenuità, con il mio desiderio di risarcimento, ero stato il fantoccio ideale nelle loro mani. Per il loro divertimento, ero giunto a un passo dalla morte.

Il mio circolo stava per spezzarsi molto prima di tornare al punto di partenza, stavo per lasciare tutto sottosopra, come in una stanza d'albergo. Per un caso fortunato ero tornato indietro.

Ci doveva essere un perché in quei piedi ancora a terra, in quel cuore che pulsava, in quegli occhi in grado di cogliere ogni sfumatura della luce. Forse davanti a me c'era di nuovo una maniglia, dovevo guardarmi intorno, trovarla, allungare la mano per raggiungerla.

Intanto ero arrivato sulla cima della collina, per 360 gradi intorno non c'era una nuvola, la parte alta del Nanos era già coperta di neve.

Sopra di me c'erano due sparvieri, sembrava si divertissero a farsi trascinare via dal vento.

Anch'io volevo sentirmi più leggero. Ho raccolto delle foglie secche e dietro ognuna con il pennarello ho scritto il nome di una persona che conoscevo, ho scritto «Neno» «Federico» «Orio» «Massimo» «Orsa» poi, con un refolo più forte, una dopo l'altra le ho lasciate andare nel vento, sono sparite volteggiando in direzione del mare.

Sull'ultima foglia ho scritto «Andrea» e l'ho messa nella tasca interna del giaccone, in prossimità del cuore.

# II

Non avevo più niente che mi trattenesse al paese. Avevo sepolto mio padre e sbrigato tutte le formalità necessarie. Potevo finalmente accogliere l'invito di Andrea.

Mentre il treno si allontanava dalla stazione, ho pensato che era la seconda volta che me ne andavo dalla mia città, la prima ero fuggito, la seconda andavo alla ricerca di un amico.

Dopo Postumia, il nevischio si è trasformato in neve vera e propria, i pini neri hanno lasciato il posto agli abeti. Ciò che vedevo fuori dalla finestra non somigliava più al Carso ma a una sorta di sonnolenta pianura montana. A Lubiana sono sceso dal treno e ho preso la corriera, era più lenta e aveva le sospensioni in cattivo stato. Sono arrivato nel paese indicato da Andrea con lo stomaco sottosopra.

Era già buio, lì la neve non era ancora caduta. C'era solo una trattoria, ho mostrato l'indirizzo a una donna e mi ha detto che c'erano ancora un paio d'ore da camminare. Ero stanco, ho cenato lì e ho dormito in una stanza al piano superiore.

Più forte della stanchezza, era la tensione che avevo accumulato. Volevo dormire ma le palpebre non avevano alcuna intenzione di scendere. Guardavo il buio e continuavo a pensare. Fra tutti i pensieri, il più ossessivo era l'idea dell'inutilità della ricerca di Andrea. Una voce insistente continuava a ripetermi che anche lui era soltanto un sogno, un fantasma che avevo costruito per le mie stesse esigenze di sopravvivenza, Andrea mi serviva, mi era servito per giustificare un mucchio di cose che non ero stato in grado di reggere da solo. Nel nostro incontro, diceva la voce, non c'era mai stata una vera amicizia, Andrea era l'acero e io il vischio abbarbicato sopra, avevamo due chiome autonome e ognuno respirava per proprio conto. Tuttavia le sue radici sprofondavano nella terra mentre le mie penetravano appena nei suoi rami, stavo lì superficialmente attaccato, succhiavo l'acqua, i minerali. Pur avendo meno di un metro di altezza mi godevo il panorama dall'alto.

La lunga lontananza non aveva interrotto quel tipo di rapporto, nel momento in cui mi ero trovato estraneo alla mia stessa vita, lui mi era venuto in soccorso. Stavo facendo finta di correre a salvarlo soltanto perché volevo salvare me stesso dal vuoto improvviso che mi si era spalancato davanti.

Per quanto cercassi di mettere in atto tutti i sistemi per cadere addormentato, dalla conta delle pecore ai respiri profondi, non riuscivo a giungere neppure allo stato di dormiveglia. Da qualche parte, nella stanza, un tarlo stava mangiando il legno. La voce continuava a parlare e a parlare. Continuava a farlo anche se mi tappavo le orecchie. Parlava e poteva parlare perché forse aveva ragione. Che diavolo di amicizia era infatti quella in cui per dieci anni non ci si scambiava neanche una lettera? Un'amicizia in cui non c'era mai il desiderio di sapere cosa stesse facendo l'altro, di comunicare, una gioia, una scoperta, un'emozione? Diceva così e io non facevo altro che sentirmi in colpa. In fondo, mi dicevo, se lui è arrivato a questo punto la colpa è anche mia, in tutti questi anni non gli ho mai dato un segno di vita. Lui, invece, seppure con dieci anni di ritardo, ha preso carta e penna e mi ha scritto una lettera.

La notte è tremenda perché fa grande ogni cosa, un tarlo diventa un martello pneumatico, spezza i pensieri, li ingigantisce e li ripete fino al punto di farti impazzire. Cercavo di opporre le mie deboli forze, cercavo con una ragione più grande di tacitare le ansie che quel viaggio mi stava mettendo addosso.

Nel momento in cui Andrea e io ci eravamo incontrati, non eravamo due esseri umani ma due vasi comunicanti con dentro un liquido incandescente. C'era magma là dentro e le pareti del vetro erano fragili. La nostra amicizia era stata un travaso di umori furiosi. Una volta avvenuta l'osmosi, ci eravamo allontanati l'uno dall'altro. La pressione era massima in entrambi, una sola atmosfera in più ci avrebbe fatto scoppiare. Saremmo deflagrati prima di riversare la nostra energia nel mondo.

Forse per questo avevamo dovuto mettere tanta distanza fra di noi. Una volta lontani, ci siamo trasformati in equilibristi, camminavamo su un filo d'acciaio teso nel vuoto. Eravamo stati noi a tenderlo, eravamo stati noi a volere quella passeggiata sul baratro, per questo non potevamo distrarci né guardarci intorno. Il giorno in cui ci eravamo lasciati, eravamo saliti sul filo, come nei duelli, la nostra partenza era avvenuta schiena contro schiena. «Quando vuole, il destino crea gli incontri», questo era stato l'addio di Andrea, la sua misteriosa promessa di un arrivederci.

Dopo tanto tempo, io ero caduto dal filo. Forse ero caduto fin dall'inizio ma non me ne ero accorto, se non mi ero sfracellato è stato soltanto perché qualcosa sotto aveva attutito il colpo. Ero caduto e non avevo avuto il coraggio di dirglielo. La grande differenza tra noi due era proprio questa, appena lui aveva sentito il filo traballare sotto i piedi, aveva preso carta e penna e mi aveva scritto.

Mi sono addormentato quasi all'alba. Poco prima delle sette, un gallo nel cortile mi ha svegliato.

La stanza era gelata, mi sono vestito senza neanche toccare l'acqua. Ho saldato il conto e dalla padrona della trattoria mi sono fatto indicare la strada giusta per raggiungere il posto dove stava Andrea.

Ho attraversato le poche case del paese, tutte le finestre erano già illuminate. Da lì, su per le pendici del monte, saliva la strada bianca.

Superati i prati di fondovalle, la carrareccia si inoltrava in un bosco di abeti bianchi e rossi. Nel bosco c'era il silenzio dell'inverno, soltanto dalle cime degli alberi veniva il pigolio flebile di qualche crociere intento ad aprire le pigne. Salivo e continuavo a farmi domande, ripensavo alla lettera di Andrea. C'erano tante cose a cui non sapevo o non volevo rispondere.

Perché un giorno lontano si era trovato in mezzo al deserto con un fucile in mano? Mentre io febbrilmente ero intento a scrivere *Una vita in fiamme*, lui era lì e doveva decidere se sparare o non sparare. Davanti allo sguardo della volpe aveva abbassato il fucile e, su quel gesto apparentemente semplice, su quel gesto da tirassegno, era ruotato il suo rimorso. Cos'era stata la sua vita? Cosa aveva fatto in tutti quegli anni, di cosa era vissuto?

Avevo paura di trovarmi di fronte una persona completamente diversa dall'Andrea che avevo conosciuto. Mi era successo già, qualche tempo prima, mentre facevo le pratiche per mio padre in un ufficio del comune. Un impiegato calvo e un po' sovrappeso aveva battuto la mano sul vetro. Pensavo che mi chiamasse per via di un qualche errore burocratico, così mi sono avvicinato. «Ehi, Walter! Chi si vede!» aveva gridato nel microfono che lo collegava al mondo. Io avevo sorriso, non capivo chi fosse quel signore in là negli anni che mi chiamava per nome. «Sono Paciotti! Non ti ricordi? Seconda C.» Di colpo, dalle nebbie di un passato molto remoto, era emerso il volto di un bambino esile che stava al terzo banco e aveva la passione dei modellini degli aerei da guerra. Paciotti era quel bambino e anche quel signore dalla testa lustra che si agitava dietro il vetro. «Paciotti», ho esclamato, «come no?» e ho aperto la mia mano posandola sul vetro nel punto esatto dove c'era la sua. «Cosa fai? Prendiamo un caffè?» mi aveva domandato. «Oggi no, vado di fretta, magari un'altra volta...»

Così avevo risposto a Paciotti, ma non avrei potuto fare la stessa cosa con Andrea, una cosa è incontrare una persona in un ufficio o per strada, un'altra andarla a cercare. Se Andrea non fosse stato più Andrea, se per una qualche ragione mi avesse irritato o deluso, se anche soltanto mi avesse annoiato, come avrei fatto a nascondere la mia rabbia, la mia noia, la mia delusione? Come avrei potuto dire: «Oggi no, vado di fretta, magari un'altra volta?»

Non capivo come potesse essere finito in quel posto. Quella era la terra dei suoi nemici giurati, la terra dei rossi che avevano distrutto suo padre. Era pur vero che i rossi non c'erano più, erano scomparsi da lì e da quasi tutto il resto del mondo, ma mi sembrava lo stesso una scelta bizzarra. In quella terra era stato versato del sangue. Il sangue che intride il suolo evapora molto più lentamente della pioggia.

Forse, mi dicevo salendo, anche lui a un certo punto ha deciso di seguire il destino delle foglie, non aveva più energie, invece di opporsi e dare ordini, si è fatto trasportare docilmente dal vento. Oppure anche lui, nonostante tutti gli antidoti, era caduto nelle spire di una donna, gli era successa la stessa cosa che era successa a me con Orsa.

Era stordito, annullato, pronto a seguirla in capo al mondo. Nella lettera, infatti, aveva scritto che c'era una donna accanto a lui, la sua unica compagna.

Tutti questi pensieri hanno gradatamente rallentato la mia corsa. A ogni passo diventava sempre più prepotente l'idea di tornare indietro. Ero partito sull'onda di un crollo emotivo dovuto alla morte di mio padre. Ora che mi sentivo meno fragile, capivo di aver commesso uno sbaglio, non ci voleva niente a voltare i tacchi verso valle.

Dopo quasi due ore di cammino, ho intravisto una radura, c'era odore di legna bruciata. La casa non doveva essere molto lontana.

Ho sentito una mano che mi serrava cuore e bronchi, facevo fatica a respirare. In fondo c'era un edificio, andavo avanti piano. Forse lui mi aveva già visto. Ormai sapevo che ogni cosa che avrei scoperto di Andrea, l'avrei scoperta di me stesso.

La costruzione era in legno e pietra e, a guardarla da fuori, non sembrava propriamente un rifugio. Non era un rifugio, ma un convento. L'unico segno di vita era il filo di fumo che usciva dal camino. Davanti alla sua porta, ogni paura è scomparsa. Ero contento e basta, contento della sorpresa che avrei fatto ad Andrea. C'era una specie di antiquato campanello, l'ho tirato due o tre volte. Sono passati alcuni minuti prima che il portone si schiudesse.

Ero pronto a gridare: «Andrea!» invece, di fronte a me, è comparsa una suora, era vecchia e un po' curva in avanti. Lo stupore mi ha seccato le parole in gola. Lei stava lì, con la mano sulla porta, mi guardava e non diceva niente. Alla fine sono riuscito a balbettare: «Salve, sono un amico di Andrea. Sono venuto a trovarlo».

Allora la suora ha aperto il portone. Mentre attraversavamo una specie di cortile, lei mi ha chiesto da dove venivo.

«Da Trieste», ho risposto, «siamo amici di infanzia.»
Avevo l'impressione che fosse sorda o non capisse bene le
mie parole. Così mi sono avvicinato alle sue orecchie e ho
gridato:

«Andrea! Andrea! È qui?!»

Lei ha annuito, abbassando la testa.

«Sì, sì, venga, mi segua.»

Mi ha fatto strada in un lungo salone chiuso. In fondo
c'era un piccola porticina di legno, cigolava sui cardini.
Oltre la porta, c'era un prato non grande, contornato da
un muro bianco. La suora si è fermata sulla soglia, ha fatto
un gesto con la mano.

«Andrea è là», ha detto.

In mezzo al prato c'era una croce di legno.


Non ho gridato, non ho pianto. Fra tutte le ipotesi,
l'unica che non mi aveva neppure sfiorato era questa. Sulla
croce non c'era il nome né la data. La terra, però, sembrava smossa di recente.

Ci sono certe vespe che paralizzano le loro prede con
il pungiglione, quel veleno non uccide, inibisce soltanto il
movimento. Quando, giorni dopo, l'insetto ha fame, torna
lì e mangia. Il cibo in questo modo non imputridisce, resta
fresco e saporito. Era stato Andrea a raccontarmelo. Lui
amava tutto ciò che esaltava la spietatezza della vita. Quella storia l'aveva letta nella biografia di Darwin. Dopo aver
scoperto le abitudini di quegli insetti, lo stesso Darwin
sosteneva di aver perduto per sempre la fede in un Dio
buono e onnipotente.

Stavo lì in piedi davanti a quel cumulo ed ero la larva
predata. L'orrore, la sorpresa, il vuoto improvviso avevano
portato alla paralisi i tessuti del mio corpo, ero un involucro leggero con dentro qualcosa di pesante. Andrea se ne
era andato, quello era l'ultimo pungiglione con cui mi ave-

va colpito. Lui amava stupire, mettere tutto sottosopra. Ci era riuscito anche questa volta. Tutto ciò che avevo immaginato, le lunghe sere passate al buio a raccontarci le nostre vite, non ci sarebbe più stato. Andrea non mi avrebbe fatto da specchio. Davanti a me avevo soltanto la terra. Quella terra era opaca, non rifletteva niente.

Mi sentivo tradito e colpevole nello stesso tempo.

Mi aveva scritto in un momento di sconforto e io non gli avevo risposto. Quel silenzio, quell'assenza doveva averla scambiata per disinteresse, doveva aver pensato, come del resto avevo fatto anch'io, che il nostro rapporto era esistito solo nella sua testa. Non aveva retto quella solitudine assoluta, per questo se ne era andato. Già perché, fra tutte le sensazioni e le ipotesi, non ero stato sfiorato nemmeno per un istante dall'idea che la sua morte fosse causata da un evento naturale.

Ne ho avuto la conferma, poco dopo, quando è ricomparsa la suora.

«È stata una sua scelta», ha detto piano.

«Lo so», ho risposto. mentre un velo mi scendeva sugli occhi.

Più tardi ha cominciato a piovere, gocce grosse e rabbiose che risuonavano metalliche su tegole e pietre. La suora era di poche parole, mi ha condotto nella stanza della stufa.

«Una volta eravamo in cinque», ha detto aggiungendo legna, «adesso sono sola e presto non ci sarà nessuno.»

Provavo rabbia per quella donna. Aveva avuto Andrea accanto a sé per mesi e non era riuscita a salvarlo. Né la stanchezza né il rispetto dell'età riuscivano a trattenermi dal dimostrarla.

«Perché non ha fatto niente?» le ho gridato alle spalle. «Voi, voi dovreste essere capaci di fare queste cose, no?»

Si è girata. «Voi chi?»

«Voi! I preti, le suore, la chiesa, insomma, quelli che ci credono... Non è possibile che in tanti mesi non abbia trovato gli argomenti per fargli cambiare idea.»

«Noi siamo esseri umani come tutti gli altri. Siamo tutti ugualmente impotenti.»

«No, siete solo più bravi degli altri a mettervi a posto la coscienza.»

Lei si è alzata, la luce della stufa le illuminava il viso. Quanti anni avrà avuto? Ottanta forse, o forse di meno. Nei suoi lineamenti non c'era la paciosa ottusità che di solito si attribuisce alle suore, gli occhi erano a un tempo molto scuri e luminosi, brillavano nella stanza come piccole braci.

«Venga, l'accompagno nella sua stanza.»

Mi ha portato in una stanzetta con una branda e un tavolino, in un angolo c'era uno zaino chiuso, accanto allo zaino due anfibi sporchi di fango. Dalla finestra si vedeva soltanto il verde scuro dei boschi.

«Qui stava anche lui», ha detto sulla porta e prima di andarsene ha aggiunto: «Se può preghi, Andrea ne ha molto bisogno».

Rimasto solo ho sollevato la sedia e l'ho scagliata a terra, poi ho fatto la stessa cosa con il tavolino.

«Ecco le mie preghiere!» gridavo, «eccole qua!»

Gridando bestemmiavo, in qualche modo speravo che mi sentisse. Il furore mi saliva alla testa. Ho preso a calci il mio zaino e quello di Andrea, ho scagliato più volte i suoi anfibi contro il muro. Cadevano, li raccoglievo e li scagliavo di nuovo. Poi mi sono accanito sul letto. Al quarto o quinto calcio sono scivolato e la tibia ha sbattuto con violenza contro la sbarra di metallo. Per il dolore mi sono accasciato a terra, mi tenevo la gamba e piangevo ripetendo il nome di Andrea. Dal pianto sono passato al sonno senza quasi accorgermene.

Quando ho aperto gli occhi fuori era buio. Sotto di me il pavimento era freddissimo, a fatica mi sono alzato e mi sono lasciato cadere sul letto. Non c'erano lenzuola ma solo due coperte militari ripiegate sul materasso, le ho aperte e mi sono avvolto dentro.

Ho sognato. Stavo camminando sul Carso. A tratti il paesaggio era velato da banchi di nebbia. Credevo di essere solo, invece davanti a me c'era Andrea. Era di schiena, camminava con passo lento. Mi sono messo a correre, volevo raggiungerlo. Correvo e correvo e la distanza era sempre la stessa. Lui camminava piano con indolenza, continuando a guardare in avanti. Allora mi sono fermato, e, con quanto fiato avevo nei polmoni, ho gridato: «Andrea!» Senza fermarsi, si è girato dalla mia parte, il suo viso era immobile e neutro come certe maschere giapponesi. Ha teso una mano come la tendono le staffette nella corsa. «Aspetta», ho gridato e in quell'istante, il suolo sotto ai miei piedi ha cominciato a crepitare. Allora ho visto che non era terra ma acqua, la grande superficie di un fiume ghiacciato. La lastra si stava rompendo, veniva trascinata a valle dalla impetuosa corrente. Andrea intanto era scomparso nella nebbia e io, urlando il suo nome, continuavo a scivolare indietro.

All'alba ho aperto gli occhi. La luce del giorno entrava debolmente nella stanza, avevo dolori in tutto il corpo, mi sentivo lontanissimo dalla mia vita. Sul pavimento, ribaltati dal furore della sera prima, c'erano i nostri due zaini ancora chiusi. Ho preso il suo, l'ho aperto e lentamente l'ho svuotato, deponendo ogni cosa sul letto con delicatezza. In gran parte erano effetti personali, maglie, calzini, un binocolo, una tuta da ginnastica. Soltanto verso la fine, sul fondo, ho trovato un'agenda dell'anno prima e un quaderno di scuola. L'agenda era marrone, plastificata. Sulla copertina del quaderno, in stampatello, c'era scritto «Walter» e il mio nome era sottolineato tre volte.

*Caro Walter,*

*non sono malato, almeno non credo di esserlo, soltanto provo un grande freddo dentro, da due settimane batto i denti anche se siamo solo alla fine di agosto.*

*Un paio di mesi fa ti ho scritto una lettera, non so se ti è mai arrivata e, se sì, se tu l'abbia presa in considerazione. Stavo attraversando un momento di sconforto. Tu, la memoria del nostro rapporto, mi erano parsi l'unico appiglio al quale potermi aggrappare. Ti ricordi la questione della piramide, i vari gradini in cui si divideva la coscienza degli uomini?*

*Un giorno, poco prima di lasciarci, avevamo attribuito a ogni gradino una realtà meteorologica. La nebbia avvolgeva i gradini più bassi, chi stava lì vagava da una parte e dall'altra senza avere un'idea precisa. Dopo la nebbia, seguiva la pioggia battente, alla pioggia battente la pioggerellina lieve e poi il sole velato. Per logica naturale, a quel punto avrebbe dovuto seguire lo splendore del sole pieno, ma la logica non segue il destino umano con la stessa precisione dell'evolversi delle condizioni meteorologiche. Per questo, dopo il sole velato avevamo voluto mettere le tempeste. Grandine, nevischio e bufere si abbattevano senza sosta sul penultimo gradino.*

*Le cime delle grandi montagne sono spesso nascoste dalle nubi, da valle si vedono soltanto le pendici. Per arrivare in vetta bisogna attraversare quella zona incerta, non tutti hanno il coraggio di arrampicarsi su per le pareti di roccia, Nell'ultimo tratto c'è freddo e solitudine, e timore della morte. La selezione naturale si applica anche alle anime, e non potrebbe essere altrimenti perché la potenza della luce rende chiara ogni cosa, non tutti hanno in sé una forza sufficiente per sopportarne il riverbero.*

*Perché dico questo? Forse per giustificarmi del fatto che, in tutti questi anni, non ho mai avuto voglia di cercarti. Non ti ho cercato non per disinteresse ma perché le mie energie erano tutte assorte nel tentativo di superare il penultimo gradino. Soltanto qui, in questa lunga solitudine, lontano dalle pieghe del tempo, sono cominciati a uscire i fantasmi. Non sono usciti tutti insieme, come i mali dal vaso di Pandora, ma uno alla volta. A uno a uno, si sono alzati e hanno bussato alla mia porta.*

*Dico fantasmi e non ricordi perché in loro non c'è la precisione nitida di qualcosa che è avvenuto in passato. Non sono foto ma vapori tossici e sfuggenti, vapori che io stesso ho prodotto con l'agire del mio corpo. Come ti ho già detto nella precedente lettera, con me qui c'è solo una donna anziana, una religiosa, e con lei faccio spesso delle lunghe discussioni. Un paio di volte, al termine di questi nostri ragionamenti, ho avuto la netta impressione che qualcosa dentro di me si stesse sciogliendo, da qualche parte lontanissimo brillava un faro, lo intuivo e sentivo anche che era proprio in quella direzione che avrei dovuto incamminarmi. Si trattava però di una sensazione quasi impercettibile, talmente fugace che non sono mai riuscito ad afferrarla. Era ed è rimasta la memoria di un bel sogno che scompare appena sveglio.*

*Nell'altra lettera ti ho raccontato, mi pare, anche della volpe, di come un mio atto di volontà l'avesse salvata dalla morte, e di come quell'atto fosse l'unico momento della mia vita verso il quale provavo rimpianto. Era lì che avrei potuto fare punto e a capo, ribaltare la clessidra.*

*Forse il grande buco nero della nostra amicizia, un buco nero di cui mi rendo conto soltanto adesso, è che ti ho parlato sempre delle mie idee e mai di me stesso, come se le idee nascessero da un mondo neutro e non dallo sguardo e dal dolore di una vita.*

*C'è una cosa che non sai, che forse non sospetti neppure. Prima dell'Andrea aquila che tu hai conosciuto c'è stato l'An-*

drea pulcino, un pulcino che sarebbe potuto diventare anche un'anatra, un pollo, un quieto animale da cortile, pronto a nascondersi per la sola comparsa di un'ombra. Non saprei dire il momento preciso in cui è avvenuto il cambiamento, quando cerco di vedere il mio passato scorgo non un Andrea ma tanti, stanno chiusi uno dentro l'altro come bamboline di legno russe. Mia madre ne possedeva una che aveva ereditato da sua nonna, la usava per rammendare le calze, era talmente consunta che non si vedeva più il volto, il colore era quasi scomparso. Seduto ai piedi della poltrona passavo ore e ore a smontarla e a rimontarla, non riuscivo a capacitarmi che non potessi aprire anche l'ultima, speravo di spezzare l'incanto, speravo che prima o poi anche quella minuscola bambolina, per qualche forma di magia, si sarebbe aperta. Ero convinto che là dentro ci fosse un segreto e volevo scoprirlo, avevo un'attitudine naturale a scoprire ciò che è nascosto: qualsiasi muro, qualsiasi barriera mi rendevano testardo, finché non li avevo abbattuti non riuscivo a pensare ad altro.

Mia madre era una donna affettuosa e paziente, mille volte mi aveva spiegato che quella bambolina tutta di un colore era davvero l'ultima ed era così minuscola perché serviva a rammendare le tutine dei neonati. «Alla fine», diceva, «diventano così piccole che non è più possibile dividerle.» Da giovane aveva studiato chimica, dai suoi studi aveva tratto la convinzione che ogni cosa ha una relazione di causa o di necessità con un'altra. Da un certo punto di vista questo suo rendere tutto ragionevole poteva essere rassicurante e, in effetti, fino a un dato momento lo è stato. Per anni aveva intessuto una ragnatela di risposte intorno alle mie domande, con dolcezza e determinazione era riuscita a rendere piane anche le più folli. «Questo succede perché prima è successo quest'altro», diceva, «là c'è lo stimolo e qui la risposta» e via di questo passo.

Non ho mai avuto niente da rimproverarle, questa sua

*attenzione era la maniera più naturale per esprimere il senti-*
*mento dell'amore, le spiegazioni che dava corrispondevano*
*alla sua visione del mondo. Nonostante la grande quantità di*
*indizi contrari, fino alla fine dei suoi giorni ha continuato a*
*credere che, dietro ogni accadimento, si celasse un percorso*
*logico.*

*Dalle maglie della sua comprensione però una cosa era*
*sfuggita. Quella cosa ero io, suo figlio, carne della sua carne,*
*l'essere a cui, assieme a mio padre, aveva dato vita.*

*Se veramente la legge dell'esistenza fosse quella della*
*consequenzialità degli eventi, se dalle premesse si potesse*
*sempre conoscere il risultato, avrei dovuto essere l'esatto op-*
*posto di quello che, crescendo, sono diventato.*

*Con una pedagogia molto in anticipo sui tempi, mia ma-*
*dre ha sempre esercitato un grande rispetto nei miei confronti,*
*mi ha messo in mano tutti i mezzi, tutte le chiavi per risolvere*
*i problemi da solo. Avrei dovuto essere un piccolo ragioniere*
*saggio, uno scienziato immerso nelle sue provette, invece mol-*
*to presto ho cominciato a diventare qualcos'altro, l'unica luce*
*che c'era al mio interno era quella tenuta in vita artificial-*
*mente dai suoi discorsi, tutto intorno c'era buio fitto. In quel*
*buio ogni tanto balenava qualcosa, non era il sole ma il saet-*
*tare di una luminescenza, c'erano mandibole là sotto e denti*
*e sguardi di ghiaccio. Non ero solo, con me c'erano le figure*
*senzacuore dei pesci degli abissi.*

*Non è vero che i bambini, alla nascita, sono solo dei*
*lenzuoli bianchi, dei teli su cui, con inchiostro scuro, si posso-*
*no scrivere, secondo le intenzioni, parole buone o cattive.*
*Quando ripenso ai miei primi passi nel mondo della co-*
*scienza, ho quasi la certezza che dentro di me vi fosse già*
*qualcosa e che, quel qualcosa, fosse molto diverso da ciò*
*che desiderava mia madre. Per quanti sforzi lei facesse il*
*mio sguardo era già quasi completamente rivolto all'oscuri-*
*tà che circonda le cose.*

*Ero nato con un bagaglio pesante, non so a che punto*

mi sia stato caricato sulle spalle, di certo non si trattava di mancanza di amore o di tutte quelle sciocchezze che dicono gli psicologi. Se avessero ragione loro, le canaglie e gli assassini non uscirebbero mai da famiglie per bene, eppure succede. Come succede l'inverso, persone cresciute nel disagio e nella violenza, si dimostrano poi capaci di grande amore. Non è la regola, ma avviene. Il fatto che avvenga fa crollare l'astuto impianto delle giustificazioni. Io ero stato desiderato da entrambi i miei genitori, ero figlio unico e, pur senza eccessi e smancerie, ho avuto ogni attenzione possibile.

Di mio padre non ti ho ancora detto niente e forse non è un caso. Dicono che il DNA tramandi il colore degli occhi e dei capelli, la lunghezza del naso e delle gambe. Dicono che, nello smisurato numero dei suoi filamenti, tramandi anche qualche lato del carattere. Non dicono, però, se nei geni sia possibile tramandare anche i sentimenti, non il sentimento della vita, ma quello più forte e indicibile, che la conduce al limite. Terrore, ansia, desiderio di distruggere scendono o non scendono in noi, insieme al colore degli occhi?

Mio padre è sempre stato una persona mite, quando una mosca ronzava per la stanza la catturava con un bicchiere e poi apriva la finestra per farla volare via. Eppure proprio a lui faccio risalire la mia parte nera. Adesso magari penserai che fosse come il dottor Jekyll e mister Hyde o come tuo padre, allegro all'osteria e furioso a casa. Niente di tutto questo, il suo comportamento era coerente. Lo sarebbe stato per sempre se, in un determinato momento, la sua storia non si fosse intrecciata con quella più grande. La Storia che muove i paesi e riempie i libri di testo. Prova a guardarti intorno, guardati alle spalle, cosa c'è dietro? Ascolta, cosa senti? Dietro di noi, prima di noi, intorno a noi in questo secolo che sta per chiudersi c'è solo orrore, cammina e gronda sangue come Macbeth, non parla ma urla, geme, piange, siamo venuti al mondo nel secolo Moloch, nel tritaossa.

Se presti attenzione alla gente che parla nei bar e per la

strada, facilmente sentirai dire che l'uomo è diventato cattivo, prima d'ora non c'è mai stata tanta crudeltà in giro. Sai cos'è questa? Una bugia bella e buona, uno zuccherino soporifero per sgravare le coscienze.

L'uomo è cattivo fin dall'istante in cui è venuto al mondo. La sua impronta è sempre stata inumidita dal sangue. Con il tempo ha soltanto imparato a perfezionare la tecnica, adesso si possono uccidere molte più persone con molto meno sforzo. Questa conquista si chiama progresso. Il progresso è al servizio delle idee. E le idee sai cosa sono? Veleno nella forma più pura. D'un tratto qualcuno si convince di sapere meglio di altri come deve andare il mondo. Perché aspettare la morte per vedere il paradiso? Con un po' di sforzo, il giardino celeste si può benissimo edificare in terra. Nella parola sforzo, c'è già tutta l'essenza del mattatoio. Lo « sforzo » è eliminare tutti coloro che sono contrari al sogno, con lo « sforzo » si giunge a far pensare tutti allo stesso modo. È questo il risultato delle grandi idee. Verrebbe allora spontaneo dire, bisogna eliminare le idee. Ma che vita è una vita senza idee? Una vita che non immagini qualcosa di migliore, che non ponga davanti a sé una meta? A che cosa si riduce l'esistenza se si toglie il progetto? A un mero riprodursi.

Questo è l'altro lato della medaglia. Chi si pone domande, chi custodisce in sé il germe di una coscienza, non può non accorgersi della grande diseguaglianza che ci circonda. È il punto sano da cui parte la follia. Ci si sente allora chiamati a porvi rimedio, da qualche parte, nascosto in noi, cova un senso di colpa, o di giustizia, due nomi per definire la stessa cosa.

È qui il punto debole su cui fanno leva le grandi idee. Credo che la cosa più saggia sarebbe accorgersene e non farne niente. C'è l'ingiustizia, la vedo e mi lascia indifferente. Ma forse solo gli indiani sono capaci di questo, vivono in un eterno distacco, e poi nelle profondità della loro cultura non ci sono Adamo ed Eva e la mela e il serpente. Non aleggia nessun rimpianto per il paradiso terrestre. Chi può aver soffiato questa nostalgia nelle nostre teste?

Io dico che c'è lo zampino del grande avversario. Il 666 agisce da ancor prima che il mondo sia stato creato. Solo una mente superiore, dedita al male puro, poteva instillare negli uomini la nostalgia di qualcosa di perfetto, perché la perfezione non sarà mai alla nostra altezza.

Alla nascita tutti gli esseri umani piangono, se non piangono vuol dire che sono morti. Il dolore esiste ancora prima della coscienza. Cani, gatti, mucche, cavalli nascono in silenzio, tutt'al più fanno un piccolo verso per avvertire la madre di essere nati in buona salute. Dicono che la sofferenza del parto umano dipenda dalla spropositata grandezza della testa, è chiaro che si tratta di una patetica bugia. I cavalli e gli elefanti nascono anche loro con teste enormi eppure l'atterraggio è indolore. Al momento del parto, le donne urlano con quanto fiato hanno in corpo, le gatte invece fanno le fusa. Da qui nasce l'abisso che ci rende infelici.

Sono andato molto lontano quando in realtà volevo dire una cosa sola, mio padre era un uomo di sentimenti nobili, per questa nobiltà, ha creduto giusto impegnarsi a costruire un mondo migliore. Dico nobile per l'affetto della memoria, forse sarebbe più giusto dire «ingenuo». Era ingenuo come gran parte dei giovani della sua generazione, i nati intorno al 1920. E come avrebbe potuto non esserlo? Anch'io, se fossi nato allora, probabilmente sarei caduto in quella trappola, le grandi ecatombi tecnologiche non erano ancora avvenute, circolavano delle idee piuttosto convincenti sulla costruzione di un mondo più giusto. Il futuro era radioso e poco distante, bastava allungare la mano per toccarlo. Dalle buone intenzioni si pensava non potesse nascere niente di male. Invece è nato un mostro, più che un sole benefico era un altoforno a cui era pericoloso avvicinarsi troppo.

Mio padre amava la letteratura, la poesia e tutto ciò che era bello. Subito dopo la laurea era stato chiamato alle armi.

L'otto settembre si trovava sui monti della Croazia, assieme a un gruppo di compagni, aveva gettato ai rovi la divisa fascista e si era unito ai partigiani. Non era comunista prima. Erano stati gli orrori di una guerra stupida e già persa in partenza a portarlo a quel punto. Se devo combattere, deve aver pensato, almeno lo faccio per una causa giusta. Era già fidanzato con mia madre, gli anni di lontananza, invece di logorare il rapporto, l'avevano reso più forte. Al termine della guerra, lui è tornato in Italia e le ha chiesto di sposarlo. Dopo il matrimonio sono tornati a Fiume, era lì che mio padre aveva deciso di vivere, aveva combattuto per quella terra e ormai la sentiva come sua. Mia madre aveva messo la laurea nel cassetto e lui era diventato preside di una piccola scuola media.

Una coppia normale, una vita normale, con il respiro appena un po' più grande per l'essersi inseriti nel dinamismo della Storia.

Ti stai annoiando, lo so. Leggi e ti chiedi, perché mi racconta una vicenda tanto banale? Di storie così in quegli anni ce ne erano migliaia. Forse non ti sei ancora accorto che non ho mai scritto: «Mio padre ha detto, mio padre ha risposto...» E sai perché non l'ho mai scritto? Per il semplice fatto che mio padre era muto, non parlava. Da quando sono nato fino a quando è morto, l'ho sempre visto fermo in poltrona, silenzioso, a osservare il vuoto.

Era muto ma non era sordo, se gli parlavo ogni tanto girava la testa dalla mia parte e sorrideva debolmente. Questo è stato l'unico rapporto che abbiamo avuto per quattordici anni. Dimostrava molto più della sua età. Quando tu mi hai parlato dello sguardo degli agnelli che vanno a morire, ho capito che quello sguardo era anche il suo. C'era doloroso stupore e innocenza in quegli occhi. Occhi di bambino sul corpo di un vecchio.

Tutto quello che sapevo di lui, tutto quello che so, me l'ha raccontato mia madre. Non tutto, non subito, anzi la gran *parte delle cose le ho saute dopo la sua morte. Per molti anni, il ritornello è stato quello di un incidente. C'era gente che andava sotto le macchine e perdeva le gambe e gente che, non si sa come, diventava muta, dovevo accontentarmi di questo.*

*«Papà non è invalido», mi ha detto verso i cinque o sei anni mia madre. «Ha la lingua, l'ugola e tutto il resto. Ha preso soltanto un grande spavento.»*

*«Allora si aggiusta?» avevo chiesto.*

*Mia madre aveva sorriso e aveva risposto «forse».*

*Così ho iniziato a spiarlo. In qualche fumetto avevo letto la storia dello sguardo magico, poteva attraversare gli oggetti e compiere azioni straordinarie: polverizzava i nemici, guariva gli amici. Ero convinto di possederlo anch'io. Mi sedevo poco distante da lui e lo fissavo, prima o poi qualcosa doveva succedere. Aspettavo e aspettavo e non succedeva niente. O meglio, qualcosa succedeva, ma non aveva niente a che fare con il miracolo della parola. Anche se stavo nascosto, dietro o a fianco della poltrona, lui percepiva la mia presenza, non so come facesse, a un certo punto vedevo la sua mano cercare la mia testa. Aveva mani grandi e molto belle, qualche volta me le posava sopra. Con la poltrona in mezzo sembravamo il cane e il padrone. A me non dispiaceva fare il cagnolino, a quattro zampe doppiavo il bracciolo e abbaiavo due volte, appoggiando la zampa sul suo ginocchio.*

*Con il tempo mi sono accorto che questo succedeva nei giorni di sole; nei giorni di pioggia, anziché mettere la mano sulla testa, mi sollevava in braccio. Non mi piaceva quando faceva così, detestavo la situazione di figlio gatto. Lui però mi stringeva più forte, volevo andare a giocare ma ero costretto a restare là. Anche in piena estate il suo corpo emanava una sorta di alone gelato, era freddo e percorso da un impercettibile tremito. Al momento di scendere mi sentivo anch'io freddo, avevo l'impressione che si trattasse di una specie di vam-*

*piro. Un padre-vampiro che un giorno mi aveva dato la vita e, con gli abbracci, lentamente se la stava riprendendo.*

*A questo punto verrebbe facile pensare, ecco la solita storia di infelicità infantile, è stata l'incomunicabilità con il padre a scatenare il disastro e tutto il resto. Qualsiasi persona imbottita della stupidità di questi tempi potrebbe affermarlo, soltanto io posso sapere che non c'entra niente, lo stato anomalo del mio essere dipendeva sì da mio padre, ma in un modo molto diverso da quello che si è portati a credere. Dentro di lui c'era un grande lago nero, era un lago sotterraneo come quelli che si formano dentro le grotte o sotto le montagne. Era nero per l'oscurità e perché il liquido che lo riempiva veniva da strati molto più profondi, non era acqua ma petrolio, era denso, vischioso, plumbeo.*

*Se un fiammifero cade nell'acqua, si spegne, se invece sfiora il petrolio, in un attimo tutto divampa.*

*Il suo era il lago a monte, il mio quello a valle. Erano collegati da un piccolo emissario.*

*Così, la macchia scura che sentivo da sempre dentro di me non era il peccato originale ma l'ombra nera di mio padre. Io ero ancora bambino, una parte di me, caparbia, si sforzava di essere come tutti gli altri, correvo, saltavo, giocavo. Bastava però che mi fermassi un istante, bastava che, di notte, tendessi l'orecchio per sentire la piccola macchia allargarsi, diventare pozzanghera, lago, oceano, una superficie in grado di inghiottire ogni cosa. E così era, con la calma di chi sa di avere la vittoria in pugno, il suo alone scuro conquistava sempre più spazio. Non aveva alcuna fretta, inghiottiva la luce come la inghiottono i buchi neri nello spazio.*

*Perché mio padre stesse zitto, perché se ne stesse quasi sempre seduto l'ho capito molto tempo dopo, era come un fantoccio imbottito di tritolo, un errore anche minimo l'avrebbe fatto esplodere. Quando l'ho capito? Troppo tardi, quando già dentro di me si era messa in moto la combustione.*

*Ecco la grande incongruenza, il punto su cui è difficile*

*credermi. Ho detto che mio padre era un uomo mite e poi ho sostenuto il contrario, dicendo che era un uomo carico di esplosivo, pronto a deflagrare. Com'è possibile? mi dirai. Allora rivolto la domanda, che ne sarebbe di un uomo mite e innocente finito per sbaglio all'inferno? L'inferno presuppone una colpa, ma questa legge vale per l'inferno creato dai cieli. Se l'inferno è creato dagli uomini, chi stabilisce quale sia la colpa? Qual è il peso che misura la condanna? La relatività dei valori non permette certezze, ciò che per uno magari si chiama colpa, per un altro si può chiamare lealtà o distrazione; insomma ha un'altra faccia, e questa faccia non contiene in sé il male.*

*Così risaliamo al punto di cui parlavo prima, il punto in cui gli uomini, smarrita l'idea di un governatore supremo, decidono di creare in terra il regno della felicità perpetua. Nasce da qui l'idea che chi vi si oppone deve finire per forza all'inferno, un inferno senza fiamme ma con fossi, cani e fili spinati.*

*Ho discusso a lungo con la suora di questo.*

*«Com'è possibile», le ho chiesto, «che l'uomo sia stato così zelante nel costruire inferni più perfetti di quelli costruiti dal demonio stesso? Dio è morto», ho continuato, «e non potrebbe essere altrimenti, se no come si potrebbe spiegare il fatto che le azioni che vincono su questa terra sono sempre quelle del suo avversario? La bontà trionfa soltanto nei libri edificanti, nella concretezza dei giorni esce sempre sconfitta. Sarebbe bello ed emozionante scoprire d'un tratto che, come dicono i Vangeli, la mitezza sconfigge la forza e il perdono uccide la violenza, ma questo non succede mai, non è mai successo. Cristo è morto ammazzato e Gandhi lo stesso e questo chiude il cerchio, la parola fine è già scritta in quel sangue. Come si può essere così disonesti da negarlo?»*

*Lei ci mette sempre un po' per rispondermi, all'inizio pensavo fosse sorda, poi ho capito che da troppo tempo è abituata alla solitudine. Le mie non sono domande ma un fiume rabbioso in piena, fa fatica ad ascoltarmi, a trovare il bandolo della matassa. Quando alla fine risponde, lo fa sempre con poche parole.*

*«L'uomo è pigro», mi ha risposto quella volta, «se deve andare in un posto sceglie sempre la via più breve. Per arrivare al male basta allungare un braccio, per fare del bene è necessario uno sforzo. Troppo spesso si dimentica che sta a noi decidere. Il male è più evidente, il bene meno, ma non è un buon motivo per scegliere la scorciatoia.»*

*«Scegliere? Che importanza ha?» ho risposto. «Tanto la scorciatoia è sempre vincente, e di tutte quelle panzane di cui riempite la testa ai bambini, l'inferno, il paradiso, persino la follia del limbo, non gliene importa più niente a nessuno. Non è più tempo di fioretti e graduatorie, di azioni sdolcinate per un improbabile futuro, ho sempre detestato la raccolta dei bollini premio, più ne hai più il tuo premio è ricco...»*

*«Anch'io le ho sempre detestate», e così dicendo, si è alzata ed è uscita dalla stanza.*

*Quel suo comportamento mi faceva impazzire, d'un tratto, mentre discutevamo, si alzava e se ne andava via. Pensavo che non avesse più risposte e si sottraesse per questo, pensavo che fosse molto arrogante a non voler perdere la partita.*

*Così un giorno, appena si è alzata, le ho gridato:*

*«Lei pecca di arroganza! Di orgoglio!»*

*«Sì, è vero», ha risposto girandosi, «pecco di arroganza e orgoglio, ma è un peccato di riflesso. Lei mi fa delle domande ed esige una risposta, è lì che cadiamo entrambi.»*

*«E allora? Bisogna tacere? Restare muti?»*

*Sai cos'ha risposto?*

*«Bisogna affidarsi.»*

*Non so perché ho deviato. Stavo raccontandoti di mio padre e mi sono messo a parlare delle mie dispute sul niente che sovrasta i cieli. La sensazione che mi pervade questi giorni è quella della bestia accerchiata dal fuoco, all'inizio mi pareva un incendio lontano, qualcosa da cui, in un modo o nell'altro, sarei riuscito a fuggire. Sono giunto fin quassù esausto, convinto che questo posto fosse una tana. Solo da poco mi sono accorto che l'incendio mi ha seguito. Non è un fronte rettilineo ma un cerchio, di ora in ora si stringe e io vi sono in mezzo. Perciò ogni tanto mi distraggo, non è la paura ma il fumo a offuscarmi la vista.*

Mio padre. E la Storia. Nel 1948, Tito rompe il patto con Stalin, esce dal Comintern, sceglie una via autonoma nella costruzione del socialismo. Di conseguenza, da un giorno all'altro, gli alleati si trasformano in nemici giurati. Il partito comunista di Togliatti resta legato all'Unione Sovietica, in poco tempo intorno agli italiani il suolo comincia a diventare incandescente. Non sono più i compagni della lotta di liberazione ma spie, esseri immondi, traditori. Cominciano a sparire, in silenzio, uno dopo l'altro, non si sa dove, non si sa perché. Un mattino sparisce anche mio padre, non torna più da scuola. La sua colpa? Aver avuto a casa dei classici russi: Dostoevskij, Gogol', Čechov. Erano tutti lì, allineati sulla sua libreria. Qualcuno aveva fatto la spia. Il sistema non si reggeva sull'uguaglianza e la solidarietà ma sul tradimento e la delazione. Quando le persone oneste se ne sono accorte era troppo tardi. Il grande meccanismo tritaossa si era già messo in moto.

Io sono nato un bel po' di anni dopo, già da tempo i miei ce l'avevano fatta a tornare in Italia. Sono venuto al mondo e sono cresciuto senza sapere niente. La verità è venuta a galla soltanto alla morte di mio padre. Avevo quattordici anni e la mia irrequietezza cominciava a dilagare. Forse per questo mia madre mi ha preso da parte e mi ha detto: «Ti devo parlare». Nel suo universo di pensiero tutto doveva essere chiaro, se era stata zitta fino a quel momento era stato unicamente per rispetto verso il dolore di mio padre. Il discorso lo ha preso alla lontana. «A un certo punto della sua vita», ha detto, «tuo padre è stato costretto ad agire contro i suoi principi morali.»

«Ha rubato?» ho chiesto allora.

«No, ha ucciso.»

Quella frase è rimasta sospesa tra di noi. Intanto pensavo: il furto mi avrebbe dato più fastidio. Poi ho parlato, ho detto:

«Per forza, ha fatto la guerra».

Mia madre ha abbassato lo sguardo. «È successo molto più tardi. Era il suo migliore amico. "Uccidilo", gli avevano detto, "o ti uccideremo." Lui ha scelto di vivere. L'episodio mi è stato raccontato da altri. Quando è tornato a casa non parlava più. Anch'io conoscevo quell'uomo, anni dopo ho incontrato la moglie. Non odiava tuo padre né covava desideri di vendetta. Mi ha abbracciato e ha detto: "Ho pena di voi, per me il dolore è stato uno, per voi una croce che durerà tutta la vita. Tuo marito ha fatto la scelta più difficile".»

Eravamo in cucina e ascoltavo mia madre, mi sentivo sospeso. Che sentimento avrei dovuto provare nei confronti di mio padre? Nei limiti di un rapporto senza parole gli avevo voluto bene, avrei continuato a volergliene anche nella memoria. Che colpa aveva se si era trovato davanti a un muro? Quasi tutti avrebbero fatto la stessa cosa, l'istinto di sopravvivenza spinge sempre a scegliere la morte dell'altro. Molti poi avrebbero ripreso la vita come sempre, un colpo di spugna e avanti. Lui era diverso, sensibile, buono, si era punito scegliendo il silenzio. Era vivo ma era come se non lo fosse, non partecipava, non condivideva, forse era il suo modo di restare vicino all'amico.

«Non dici niente?» ha chiesto mia madre interrompendo il corso dei miei pensieri.

«Che cosa dovrei dire? Quel che è successo, è successo.»

Credo che fosse molto soddisfatta della mia reazione matura e quieta. Anch'io lo ero.

Lo sono stato fino a che mi sono accorto che quella calma era solo apparente. Il dolore di mio padre era già tutto dentro di me, aveva fatto parte del mio essere fin dall'istante in cui il suo seme si era unito all'ovulo. Lì si era combinato in parti uguali con la fede razionale di mia madre. Una miscela esplosiva. Da una parte la volontà di capire, dall'altra l'impossibilità di farlo. Dopo quella rivelazione ho trascorso una settimana immerso in una specie di trance. Le due forze opposte si stavano scontrando, nessuna delle due riusciva a vincere. Scontrandosi producevano attrito. Un giorno mi sono mosso e una parte di me è esplosa.

Ti ho già scritto della fede razionale di mia madre, se fosse stata appena un po' meno radicata molto probabilmente non mi avrebbe mai parlato. Ma lei era così, girava ovunque con una torcia in mano, appena c'era qualcosa di poco chiaro la puntava sopra. Voleva luce dappertutto. In quella sua volontà c'era qualcosa di patetico, la luce che si portava dietro era artificiale, nulla poteva contro le tenebre profonde.

Si deve sempre dire la verità, comunque, a qualunque costo? Non lo so, non posso giudicare il suo modo di agire. È stata coerente con se stessa e questo mi basta per non condannarla. Non voglio e non posso immaginare il mio cammino senza quella confessione.

Un giorno il tappo è saltato. Sono uscito di casa e non ho più fatto ritorno. Non intendevo fuggire, né allontanarmi e lasciare mia madre in ansia. Ero soltanto uscito per fare una passeggiata. Camminando ho perso i miei passi, non mi ricordavo dov'ero, chi ero, né perché stavo vivendo. Mi hanno ritrovato tre giorni dopo in completo stato confusionale, ho passato un mese al reparto neurologico dell'ospedale. Quando sono uscito ero convinto che mia madre mi avesse mentito. Continuavo a tempestarla di domande, «Dove?» «Come?» «Perché?» Quando alla fine mi ha risposto, le ho gridato: «Bugiarda!»

Secondo lei era successo tutto a Goli Otok, un'isola deserta trasformata in lager, a pochi chilometri dalla costa dalmata. In quel posto venivano rieducati i «traditori». La riedu-

*cazione consisteva nell'eliminare dagli uomini ogni traccia di umanità. I detenuti si seviziavano a vicenda. Il rispetto, la dignità, la forza dei legami più intimi, tutto veniva cancellato. I padri uccidevano i figli e viceversa. Assassinare il prossimo era l'unica via possibile per vivere ancora un poco. Non esistevano più volti, al loro posto c'erano rantoli, fiati, maschere di sangue.*

*«Ci sono dei momenti», diceva lei, «in cui non sono più valide le regole di sempre, non si può condannare, bisogna cercare di comprendere.»*

*«Ti inventi tutto!» le urlavo in faccia. «Quel posto non è mai esistito, non c'è scritto nei libri.»*

*«Un giorno lo sarà», rispondeva lei mentre io continuavo a gridare. Gridavo fino nel cuore della notte, gridavo fino a che la stanchezza mi abbatteva come un animale selvatico.*

*Poi un mattino, all'improvviso e senza sapere il perché, mi sono svegliato calmo. In quelle notti di urla e di dolore doveva essere avvenuta una metamorfosi. Le due parti di me avevano lottato e lottato e lottato, alla fine una delle due aveva preso il sopravvento. Era stata la lucidità a vincere, la ragione chiara di mia madre, ma era una lucidità parassita come una zecca: l'ospite da cui traeva nutrimento era il dolore di mio padre, un dolore trattenuto e folle. Dall'universo di mia madre era sempre stata esclusa l'idea di Qualcuno che avesse forgiato il mondo. Il mondo si è creato da solo, diceva, è per la perfezione delle sue stesse leggi che continua ad andare avanti. Era atea in modo fermo e sereno. Quando ero più piccolo mi aveva detto: «Immagina un treno, la terra è questo, va avanti correndo tra lo spazio e il tempo».*

*Mi piaceva quell'immagine, quel trenino tondo e variopinto che ci scarrozzava ad andatura quieta. L'unico punto su cui, con gli anni, non siamo più andati d'accordo era quello del capotreno. Lei sosteneva che la locomotiva di testa era vuota, io invece che la guidava qualcuno e quel qualcuno era l'antagonista di Dio. Non caproni, né sabba, né zoccoli e forconi, ostie insanguinate e cappucci fruscianti. Nessuno spettacolo, nessun rito invertito. Soltanto il secondo principio della termodinamica applicato ai cuori.*

*Cos'è la saggezza? Vivere in armonia con le leggi della natura. La legge che domina la natura è l'entropia: vivi e distruggi, allora sei saggio.*

*Da un po' di tempo a questa parte mi è tornata la voglia di gridare, parlo e, di colpo, la voce mi scappa, diventa più alta.*

*Un giorno la suora me l'ha fatto notare.*

*«Non occorre che urli così forte se sono solo io che devo sentirla.»*

*«E chi altro mi dovrebbe sentire?» ho gridato.*

*Invece di rispondermi è uscita dalla stanza.*

*Ho raccontato anche a lei la storia di mio padre. Perché l'ho fatto? Per stupidità, per desiderio di stuzzicare. Mi ha ascoltato in silenzio. Soffriva? Era turbata? Non riuscivo a capirlo. Quando ho finito, è sceso un lungo silenzio.*

*«E allora», le ho domandato dopo un po', «non ha niente da dire?»*

*«Che cosa dovrei dire?» mi ha chiesto.*

*«Non lo so, siete voi gli specialisti della consolazione, se vuole può anche assolverlo, no? O non lo può fare perché è una donna?»*

*Invece di offendersi ha sorriso. «Non lo posso fare», ha risposto, «non perché sono una donna ma perché sono un essere umano.»*

*«Be', allora dica qualcosa di edificante, insomma, la morale della favola.»*

*«Sa una cosa», ha detto, «non so se qualcuno gliel'ha mai fatto osservare, ma lei ha un grande difetto...»*

*«E cioè?»*

*«La generalizzazione. Lei non fa altro che giudicare e nel giudicare adopera le categorie. Siccome io indosso un certo abito, l'abito religioso, allora lei si sente in diritto di*

*attribuirmi tutta una serie di sentimenti preconfezionati che
lei ha nella sua testa, dovrei grondare di frasi mielosamente
belle, avere lo sguardo rapito come certi santini. Per lei io
non sono una persona, un essere umano che ha fatto un percorso, che ha sbagliato e sofferto come tutti gli altri. Per lei
sono soltanto un'icona e su quest'icona fin dal principio ha
deciso di sputare sopra. Lei dice di non avere scrupoli nel
guardare le cose ma uno sguardo profondo non si serve mai
degli stampini. La vita dello Spirito è qualcosa di molto diverso dalle chiacchiere antireligiose con cui si è riempito la testa.
Lei giudica e si ribella ma in realtà non ha la minima idea
dell'oggetto del suo giudizio e della sua opposizione. Io non
posso assolvere suo padre e non posso giudicarlo, la sua storia è una storia di grande dolore e l'unico sentimento che
posso esprimere è una profonda compassione. Compassione
per il suo destino, per l'attimo in cui poteva effettuare una
scelta diversa e non ha avuto la forza di farlo. »*

*« Di quale scelta parla? »*

*« Di non uccidere. »*

*« Ma sarebbe morto! » ho gridato.*

*« Appunto. »*

Con quella risposta la lettera si interrompeva tempo-
raneamente, c'erano alcune pagine coperte di scarabocchi
per renderle illeggibili, poi ce ne erano altre strappate in
modo brusco. Avevo bisogno di aria, respiro.

Ho chiuso il quaderno. Prima di affrontare l'ultima
parte, sono andato a sgranchirmi le gambe.

## III

*Caro Walter, negli ultimi giorni mi sono sentito come un ta-*
*rantolato, non trovo pace da nessuna parte. Quando sono ve-*
*nuto quassù, te l'ho detto, ero una bestia ferita, cercavo una*
*tana nella quale riprendere possesso della mia salute. Questo*
*convento quasi abbandonato mi era sembrato il posto giusto,*
*l'avevo già sulle carte.*

*« Chi ci abita? » avevo chiesto nel paese a valle.*

*« Soltanto una suora », mi avevano risposto.*

*L'avevo raggiunto di corsa. Per guarire, pensavo, biso-*
*gna stare raccolti, ricevere le cure giuste. Neppure per un*
*istante mi aveva sfiorato l'idea che la cura, alle volte, può*
*essere più dolorosa del male stesso. Credevo di aver trovato*
*una tana di foglie e invece dentro c'era un filo spinato.*

*Comunque, non ho la forza di andarmene. In questi gior-*
*ni, oltre l'eccitazione anomala, provo anche una grande stan-*
*chezza, non mi sono mai sentito tanto sfinito in tutta la mi*
*vita, tanto irrequieto. Durante il giorno mi capita ogni tanto*
*di assopirmi, più che un sonno è una sorta di stordimento.*
*Chiudo gli occhi e subito compaiono immagini orribili. La*
*suora dice che grido nel sonno e, in effetti, alle volte mi sve-*
*glio con la mia stessa voce. È duro, sai, stare quassù senza*
*nessun altro rumore che il canto degli uccelli. Alla fine li*
*detesti, ogni mattina vorresti avere un fucile in mano e abbat-*
*terli a uno a uno. Guardo il cielo e mi domando: « Ma che*
*diavolo avranno da cantare? »*

*Ieri all'alba ho spalancato la finestra e ho urlato: « Ba-*

sta! Bastaa! » poi senza alcuna ragione ho cominciato a colpirmi la testa.

Se penso a tutti quei cretini che inneggiano alla vita di campagna, a tutti quei folli che pensano di trovare la pace tra la quiete dei boschi! È evidente che non sono capaci di vedere un po' più in là del loro naso. La natura è uno specchio, una cartina tornasole da cui il veleno viene fuori. Stare qui è come stare in una stanza con i muri bianchi. Le privazioni sensoriali e la natura sono esattamente la stessa cosa, in modo diverso tutte e due prima o poi ti portano alla follia. Non so decifrare le immagini che compaiono appena mi addormento, in realtà non ce n'è una precisa, è un confuso caleidoscopio di forme diverse.

L'altro giorno ho aperto gli occhi e ho detto: « Così deve essere stato all'inizio del mondo ». La luce squarcia le tenebre e le tenebre cercano di riprendere il sopravvento. Soltanto che, invece di essere l'universo, è il mio corpo il campo di battaglia. Chi vince? Chi mette in fuga chi?

Ieri mi sono svegliato e c'era la suora accanto a me.

« Ha bisogno di aiuto? » mi ha chiesto posandomi una mano sulla fronte. Ho detto: « No », e mi sono girato dall'altra parte. Lei è rimasta per un po' lì, sentivo il suo fiato alle mie spalle, respirava piano, solo ogni tanto faceva un respiro più profondo, come se all'improvviso avesse un gran bisogno d'aria.

Più tardi l'ho raggiunta nella grande cucina, stava mescolando una delle sue solite minestre senza sapore.

« Mio padre ha ucciso per amore! » le ho gridato in faccia.

« Per amore? » ha ripetuto come un'eco.

« Già, per amore. Non capisce? Quell'uomo era il suo migliore amico. Se non lo fosse stato, tutto sarebbe andato in modo diverso. L'ha ucciso perché sapeva cosa gli sarebbe capitato. L'ha ucciso perché non voleva farlo soffrire. Come dite voi? Ha preso la sua croce. »

«*Lei non sta bene*», mi ha risposto, «*per questo faccio finta di non aver sentito.*»

Non ci ho visto più. Mi sono avventato su di lei e ho cominciato a scuoterla per le spalle, il mestolo che aveva in mano è caduto sul pavimento.

«*Fare finta!*» gridavo. «*Fare finta! Cosa vuol dire? È comodo, troppo comodo, stare qui, guardare gli uccellini e fare finta di niente! Ma non le fa schifo la sua vita? Non si vergogna? Siete tutti campioni di egoismo, dovreste vincere le olimpiadi del menefreghismo. Se ne sta qui protetta da tutto e dall'alto del suo scranno dice: "Questo va bene, questo non va bene". Poi, con le sue gonne fruscianti e inamidate, si inginocchia e così ha fatto i compiti, tutto si sistema, può andare a letto tranquilla, gli angeli veglieranno sul suo sonno di ipocrita. Intanto, fuori, il mondo va rotoli, tutti si scannano come maiali e a lei non gliene importa niente, assolutamente niente. Troppo comodo*», continuavo a ripetere scuotendola, «*troppo comodo!*»

Poi, stremato, mi sono lasciato cadere sulla sedia.

Lei, impassibile, ha raccolto il mestolo dal pavimento e ha chiesto:

«*Chi è il mondo?*»

Ho fatto un gesto rabbioso nell'aria, come a dire «*tutto intorno*».

«*Il suo difetto di sempre, generalizza*», ha risposto. «*Il mondo è lei, sono io. Il mondo è il percorso delle nostre coscienze. Io non la giudico, ma lei mi giudica. Non conosce la mia vita e mi giudica lo stesso. Non ha mai sentito il desiderio di chiedermi qualcosa, non vuole sapere cosa mi ha portato qui né qual è stato il mio passato. Non le interessa. L'unica cosa che vuole da me è che io risponda con risposte certe alle sue inquietudini. Io non lo faccio, o non lo faccio come vuole lei, e lei per questo grida, per questo è tanto arrabbiato. Non se ne è accorto? Ogni giorno che passa grida più forte. Non* è da me, in realtà, che vuole una risposta ma da Qualcuno che sta più in alto. Per questo grida tanto.»

Poi ha fatto una breve pausa e ha ripreso.

«Comunque una risposta gliela posso dare anch'io. Il primo essere che ha ucciso è stato Caino e non l'ha fatto certo per amore ma per invidia. Temeva di non essere amato abbastanza. Con tutta la sua intelligenza, con tutta la sua conoscenza, con tutta la sua speculazione, lei non sarà mai in grado di creare neanche un filo d'erba. Non siamo noi a dare la vita, non siamo noi a poterla togliere. Davanti a una situazione estrema, possiamo soltanto accettare che ci venga tolta. Non·è facile, non è naturale, non è desiderabile, ma è così. La legge più profonda dell'Essere impone di negare la violenza. Può darsi che suo padre sia stato mosso da pietà e non dal desiderio di salvarsi, nella follia del dolore può anche averlo pensato. In un orizzonte basso può comparire l'errore più grande, quello di credersi arbitri di un'altra vita. In assenza del timore di Dio può accadere qualsiasi cosa.»

«Ma la vita è violenza», ho replicato con stanchezza.

«Lo è», mi ha risposto, «fino a che non compiamo una scelta.»


Caino! quante volte mi è tornato in mente negli ultimi tempi. Penso sempre a lui come a un essere pervaso dallo stupore. «È così facile?» avrà pensato, subito dopo l'atto. «È tutto qui? Davvero è questo togliere la vita?» Uccidere non richiede uno sforzo superiore a quello che serve per sollevare una valigia. Lo sforzo è minimo, l'effetto è grande. Può far girare la testa pensare a quanti modi ci sono per andare all'altro mondo. Fanno quasi più paura le morti nascoste nelle banalità dei giorni che quelle provocate da incidenti o da catastrofi. Nessuno si stupisce se ti schianti con la macchina e non ne esci vivo, oppure se metti un piede su una mina e salti in aria. Ma se muori mangiando un chicco d'uva durante una scampagnata, se ti cade un vaso in testa mentre vai a *comprare le sigarette? È la facilità, capisci? Se calpesti un acino la suola della scarpa al massimo si bagna un po', ma se lo stesso acino ti si infila nella trachea ti soffoca. La facilità e la fragilità. Non è un gioco di parole ma un punto in cui tutto diventa critico. Quanto tempo ci mette un essere umano per diventare grande? Quanto tempo e cibo e cure e fatiche? E quanto tempo ci mette per diventare un cadavere? Non è una sproporzione tremenda? Un paio di decenni e un secondo? Chi si diverte a giocare a questo modo? Lo stesso che ha fatto le gazzelle capaci di correre veloci quasi quanto i ghepardi? Eppure, paradossalmente, anche per il ghepardo è più complicato. Deve essere in ottima forma, deve avere fortuna e trovare una gazzella meno in forma e meno sveglia delle altre. Deve appostarsi e poi correre. E anche così, non è mai veramente sicuro del risultato della corsa. Non è lo stesso per noi, a noi basta sollevare una pietra e scagliarla contro chi ci sta vicino.*

*È tutta qui la follia della vita, tanta fatica e poi niente. Già ai bambini piace uccidere, uccidono le formiche, gli uccellini nel nido, uccidono se possono anche i gattini. Perché mai bisogna fermarsi da grandi? Perché ci è stata data la possibilità non di dare la vita, ma di toglierla? Non possiamo creare niente. Forse distruggere è proprio lo sfogo di questa impotenza. Caino è stato colto dal rimorso quasi subito. «Cos'hai fatto?» ha detto una Voce, lui si è guardato intorno e ha avuto orrore di ciò che aveva fatto. Non so se era fortuna o sfortuna. Comunque sopra di lui c'era quella Voce, la Voce ha parlato, parlando ha imposto il pentimento. Perché dopo di lui è stata muta? Doveva trattarsi di un'azione unica. Invece, nei millenni che sono seguiti, è stata l'azione più diffusa. Né la civiltà né le diverse fedi sono mai riusciti a fermarla. Anzi la fede, la civiltà sono state spesso i veicoli con i quali si è diffusa più rapidamente.*

*Ti ricordi cosa ti ho detto il giorno in cui ci siamo separati? Che la tua vita era quella dell'arte, la mia quella dell'a-*

zione. Ero stufo dei libri, stufo di ragionare su ogni cosa. Avevo già capito la legge più potente che governa la vita, avevo capito che opporsi o fuggire era soltanto una ridicola perdita di tempo. In tutti questi anni, solo una volta una voce mi ha parlato. Non è stata la voce di Dio ma quella della volpe. Non riesco a togliermela dalla testa. Che stupidità, che delirio! Non si è mai vista una volpe parlare. Se fosse stato Dio a parlare tramite suo perché non l'ha più fatto? Avrebbe potuto benissimo comparire un'infinità di altre volte e tuonare: «Cosa stai facendo?» Invece è stato zitto.

Nel cielo c'è ossigeno, idrogeno, elio, vapore acqueo e nuvole. In dosi minori anche i gas più rari. Più su, in alto, ci sono i satelliti, le navicelle spaziali, poi gli altri pianeti e il sole. Tra il sole e i pianeti, qua e là, vagano le meteoriti e le comete, i rimasugli dell'istante in cui si è creato l'universo. A parte questo, non c'è nient'altro. Sulle nostre teste il cielo è soltanto un immenso lenzuolo steso. Il buio c'è da sempre, da sempre agisce per moto di inerzia. L'ho detto anche alla suora: «Quello a cui lei si genuflette è un grande vuoto. Nessuno lassù dirige le nostre azioni. Nessuno ci guida e ci vuole bene». Sai cosa ha risposto?

«Delegare, questo è l'errore più comune. Sono passati duemila anni da quando Cristo è sceso in terra e ci comportiamo tutti come bambini, aspettiamo l'imbeccata. Se l'imbeccata non arriva, pensiamo subito a un tradimento. Ma chi ha mai detto che Dio deve agire al nostro posto? Lui ci ha dato la possibilità di scegliere. Con questo ha manifestato la potenza amorosa del creato. Il bene, il male sono nelle nostre mani. In questo senso lei ha ragione. Non c'è nessuno lassù che ci prepara la pappa, la nostra esistenza non è l'esistenza dei lattanti. Sarebbe comodo, certo, ma che significato daremmo alle nostre vite se tutto fosse stabilito dall'inizio?»

A questo punto io le ho detto che poteva andare bene così, Dio poteva anche fregarsene delle nostre sorti, poteva non essere buono ma almeno poteva essere giusto. C'è chi nasce con la Grazia e chi la insegue tutta la vita senza mai trovarla. C'erano forse prodotti di prima scelta e prodotti di seconda scelta e prodotti di scarto, antipatie e simpatie? Graduatorie dei Meriti? Cosa si nascondeva dietro questa grande ingiustizia?

«Perché», ho gridato alla fine, «con lei parla con la familiarità di un vicino di casa e invece con me non l'ha mai fatto?»

«Ne è sicuro?» mi ha chiesto.

«Sicurissimo», ho risposto.

«Allora vuole sapere la ragione, la vera ragione?»

«Sì.»

«Perché lei non ha mai abbassato le armi. Per questo non L'ha sentito.»

Ho cominciato a prendere a calci tutto.

«Di che armi parla!» gridavo, fuori di me. «Di che diavolo di armi parla!»

Lei mi è venuta vicino e ha cercato di toccarmi.

«Mi lasci stare!» le ho urlato, scansandomi. «Non sa che potrei ammazzarla?»

Lei ha preso di nuovo la mia mano e ha detto:

«Sì».


Una cosa che detesto è il modo in cui lei si occupa dell'orto, far crescere le piante per mangiare, questo va bene, ma lei, in mezzo alle piante ha messo anche i fiori, li cura, li guarda per ore come se stessero lì e dovessero dirle qualcosa. Non sopporto più quest'egoismo, questo dedicare attenzione a cose di nessun valore. L'altro giorno la spiavo dalla finestra, mi sono affacciato e ho detto:

«A cosa servono i fiori in mezzo alle biete?»

Lei è scoppiata a ridere, non l'avevo mai sentita ridere a quel modo.

«A cosa vuole che servano? A niente!» ha gridato dall'altra parte del giardino.

*Questa notte non ho chiuso occhio. Le notti insonni sono ormai la regola della mia vita. Pensavo a tutto quell'amore sprecato e provavo una gran rabbia, chiudevo gli occhi e digrignavo i denti, non è possibile, mi dicevo, che le cose vadano avanti in modo così idiota. È stupido, lo so, ma provavo una grande gelosia. La suora aveva detto che l'invidia è la paura di non essere amati abbastanza. In quel momento era vero, nella solitudine dell'oscurità i fiori erano diventati i miei nemici, i fiori e tutti gli esseri, le creature che erano semplicemente vive. Odiavo il trionfo della vita, quel crescere prepotente e cieco. Non tolleravo tutto quello spreco di energia che prima o poi sarebbe diventato morte. Al cambio di stagione i fiori appassiscono, per uccidere un essere umano non occorre neanche una rotazione terrestre. È facilissimo, basta un colpo dritto fra il naso e la bocca oppure alla nuca. Uccidere è inserire un fattore di disturbo nella complessità dell'ordine.*

*Alle tre mi sono alzato e sono uscito. In cielo la luna era alta e illuminava le cose intorno come fosse giorno. Sono andato nell'orto e ho cominciato a distruggere. Strappavo i fiori con furore selvaggio, li strappavo come fossero chiodi piantati nel mio cuore. Quando non c'è stata più neanche una corolla intatta, mi sono pulito le mani sui calzoni e in silenzio ho raggiunto la stanza della suora.*

# IV

Erano state queste le ultime parole del diario di Andrea,
lo scritto si interrompeva a quel punto. Sotto, si leggevano
alcune parole confuse, la scrittura era molto diversa da
quella delle pagine precedenti. Con fatica ho decifrato
«non verrai mai» sottolineato due volte e poi sotto con
uno stampatello infantile: «SCUSA, SCUSA».

Ho aperto la finestra. Aveva smesso di piovere, la terra emanava vapore. La nebbia saliva e sembrava respiro.
Le gocce trattenute dalle foglie cadevano al suolo. Ho
guardato verso l'alto, in cielo grosse nubi bianche venivano spinte via dal vento. Negli squarci tra una e l'altra il
cielo era limpido, punteggiato di stelle.

Sono rimasto lì finché, a oriente, la volta celeste ha
cominciato a tingersi di un chiarore più intenso. Allora ho
chiuso la finestra e sono andato a letto. Apparentemente
non sentivo niente, né ribellione, né inquietudine. Dentro
di me c'era la calma vuota che segue le emozioni troppo
forti.

Prima di addormentarmi è comparso un pensiero pic-
colissimo. «Mio padre», ho pensato, «è stato una delle
rovine della mia vita e prima di morire mi ha chiesto scusa. Ho sempre considerato Andrea il mio amico-maestro
e al momento di andarsene ha detto la stessa identica cosa,
"scusa".»

Mi sono svegliato nel cuore della notte. Per un istante
sono stato preso dal panico, ero andato a dormire quasi

all'alba ed era ancora buio, l'orologio era fermo, i cani ululavano come pazzi. Possibile che il sole a un tratto avesse deciso di non sorgere? Avevo troppa paura per alzarmi, così sono rimasto a letto, chiudevo gli occhi e li riaprivo, attendevo la luce. E alla fine la luce è venuta. Il vetro era coperto di vapore ghiacciato, il bel tempo doveva aver portato il freddo. Ho girato un po' per i corridoi vuoti prima di trovare la suora, era in cucina seduta vicino al caminetto e stava rammendando qualcosa.

«Finalmente», mi ha detto, «cominciavo a pensare di avere ospitato una marmotta.»

«Perché?» ho chiesto.

«Perché ha dormito due giorni interi.»

«Ero stanco», ho risposto.

Mi aveva preparato qualcosa da mangiare, mentre si aggirava per la cucina la guardavo in silenzio. Provavo una certa difficoltà a far combaciare la persona che avevo davanti con tutto ciò che Andrea aveva scritto nel suo diario.

Quando mi ha teso la tazza con il latte le ho chiesto:

«Poteva salvarlo?»

Non sentivo più odio nei suoi confronti, soltanto una sorta di curiosità dolente.

Ha preso una sedia e mi si è seduta accanto.

«Per alcuni giorni», ha risposto, «ho avuto l'impressione di avercela fatta. Lo sbaglio è stato fidarsi delle apparenze.»

«Dopo quella notte dell'orto?»

Sembrava stupita. «Come lo sa?»

«Dal suo quaderno. Ha scritto tutto.»

«Sì, dopo quella notte. È stato il punto più basso, capisce? Quando si arriva così giù, bisogna risalire, non si può scendere ancora, non si può restare fermi. Quella notte si è liberato della zavorra, si sentiva più leggero. Forse è stata proprio questa leggerezza a incrinare definitivamente il suo equilibrio. Non era abituato a camminare senza pesi. L'unica spiegazione che posso darmi è che ha avuto paura.»

«Voleva ucciderla?»

«Sì, credo fosse entrato nella mia cella con quella intenzione.»

«Ma lei è ancora viva. E allora?»

Siamo rimasti a lungo a parlare davanti al fuoco, di tanto in tanto lei si alzava e lo ravvivava con altri ciocchi.

Quella notte, mi ha raccontato, c'era la luna piena. L'aveva sentito entrare, il suo sonno è sempre stato leggero. I suoi occhi brillavano come ghiaccio, respirava a fatica. Si erano guardati per un tempo che le era parso lunghissimo, poi lui aveva allungato le mani verso il suo collo. Lei, invece di urlare o difendersi, aveva posato le sue su quelle giovani e forti di Andrea.

«Lei ha voglia di piangere. Pianga.»

E Andrea era scoppiato in singhiozzi. Piangeva come un bambino rimasto troppo a lungo solo. La suora si era alzata a sedere sul letto e lui, accasciato ai suoi piedi, aveva posato la testa sulle sue ginocchia.

«Io sono un assassino», aveva confessato.

L'alba li aveva trovati nella stessa posizione, il grande corpo di Andrea affidato a quello minuto e fragile della vecchia.

In quelle ore lui le ha raccontato tutto, tutto quello che fino a quel momento aveva tenuto serrato dentro di sé. Poco dopo la nostra separazione, era entrato nella Legione Straniera ed era andato a combattere nel Ciad e in Guyana. Poi, al congedo, si era dato alla libera professione.

Aveva detto proprio così alla suora: «Alla libera professione di assassino».

Per più di dieci anni, dunque, aveva fatto il mercenario. Si trovava di nuovo in Africa, quando era scoppiata la guerra in Jugoslavia. Era tornato subito in Europa.

Il fatto che lo aveva tanto sconvolto era avvenuto sugli stessi monti sui quali, quasi cinquant'anni prima, aveva combattuto suo padre. Il padre per un'idea e Andrea per soldi. Non sapeva dire quante volte avesse già premuto il grilletto contro un obiettivo vivo. Faceva il suo dovere e basta, non eccedeva in niente, era stimato per la sua freddezza.

C'era soltanto una cosa che lo innervosiva, la gente che aveva paura. «Mi facevano proprio montare i nervi», aveva detto testualmente alla suora.

Durante un rastrellamento, gli erano «montati i nervi» davanti a una giovane donna. Era l'unica sopravvissuta di un intero paese e non volevano sprecare più munizioni.

«Falla fuori», aveva detto Andrea a un ragazzo. Il ragazzo e la donna dovevano avere avuto pressappoco la stessa età, a lui spuntava appena la barba. Stavano uno davanti all'altro e nessuno dei due faceva un gesto.

Allora Andrea, spazientito, aveva preso un grosso bastone e l'aveva uccisa.

A quel punto, mi ha detto la suora, il racconto si è come spezzato, le parole di Andrea uscivano in modo confuso, incoerente. Non faceva altro che ripetere «erba matta... non se ne andava mai... era come erba matta... mi guardava, non doveva guardarmi... ho alzato il bastone e ho sentito la voce della volpe... la voce della volpe, capisce?»

Ora la suora sembrava parlare con la stessa eccitazione di Andrea, quel racconto doveva esserle rimasto stampato nella memoria:

«"A migliaia di chilometri di distanza", aveva proseguito Andrea, "in mezzo ai boschi, quella donna mi guardava e la vocetta stridula ripeteva: 'Non adesso, non sono pronta'. Non sopportavo quel sibilo, per non sentirlo, colpivo e colpivo, quando ho finito, ero tutto bagnato, era inverno e sudavo ghiaccio. Ho spostato lo sguardo, lì accanto c'era un bambino, prima non l'avevo visto, non so perché, non l'avevo visto. Non sono esperto ma non doveva avere più di due anni, aveva ancora il pigiama addosso ed era scalzo, stava seduto nel fango. Invece di piangere o strillare mi guardava fisso, lì davanti c'era il corpo di sua madre senza più sguardo né sorriso. Se avesse pianto avrei finito subito il mio lavoro, anche il pianto mi fa montare i nervi. Lontano c'era solo il rumore di un camion, vicino quello degli uomini che entravano nelle case. In realtà non sentivo niente, io e lui isolati in una capsula, i suoi occhi immobili, la pupilla fissa, non un battito di palpebre. Noi due e tutto il resto sospeso. Quegli occhi, capisce, mi mettevano a nudo, non l'aveva mai fatto nessuno, erano la stessa identica espressione che avevo avuto in una foto da bambino. Anche l'età era la stessa, l'età in cui il padre-vampiro mi prendeva in braccio. Adesso sapevo che era un vampiro all'incontrario. Non aveva preso la mia energia, era stato piuttosto il suo alone gelato a donarmi qualcosa. Mi aveva donato l'orrore. Per più di trent'anni ho girato solo intorno, tutta la strada che avevo fatto non era un cerchio ma una spirale. Gli abbracci del vampiro, l'orrore, seguito da una lunga fuga. Quando mi sono accorto che la fuga era soltanto un ritorno, ero arrivato alla meta. Si dice che le colpe dei padri cadono sui figli, non è vero, non cadono, li plasmano, le colpe dei padri plasmano i figli"».

Dopo questo racconto, aveva detto la suora, Andrea era caduto in un sonno profondo. Dormiva rannicchiato come un bambino prima di venire al mondo, sul suo volto aveva un'espressione che non gli aveva mai visto in quei mesi. Al risveglio era un'altra persona, persino il tono della voce era più basso. Parlava piano come se avesse paura di farsi sentire. Era gentile, attento, la seguiva per i corridoi del convento come un cane che segue il padrone.

«È stato questo che mi ha illuso», ha detto a quel punto la suora, «sono stata sciocca e superficiale a credere che quei segnali fossero i sintomi di un mutamento di rotta. Era cambiato, mi aiutava nei lavori, aveva cominciato di sua iniziativa a dipingere le pareti della chiesa. Era stato lui a farmi notare quanto fossero tristi così scrostate. Un giorno, mentre stavo nell'orto, l'ho sentito cantare. La sua voce usciva limpida dalla porta della chiesa, allora ho deposto gli attrezzi e ho detto: "Dio ti ringrazio, ti ringrazio perché hai fatto entrare la luce nel suo cuore". La settimana dopo mi ha preso per mano e mi ha portato dentro a vedere il risultato. Si guardava intorno e diceva: "Bisognerebbe fare ancora questo o quello". "Se vuoi, pensaci tu", ho risposto, "io sono troppo vecchia."

«Eravamo passati a darci del tu, in qualche modo lo sentivo come un figlio. Poi ci siamo seduti, siamo rimasti a lungo l'una accanto all'altro in silenzio. Tra noi, in quell'istante, c'era una grande pienezza, ogni parola ogni gesto sarebbero stati superflui. La sera, dopo cena, aveva voluto che gli indicassi il punto nei Vangeli in cui è riportata la parabola del Figliol Prodigo. L'ha letta più volte davanti a me e poi ha detto: "Ma non è giusto". "Non è giusto cosa?" gli ho chiesto. "Che i figli che si sono comportati bene vengano trattati con indifferenza e che invece, per il ritorno del delinquente, venga fatta una grande festa. Perché non si ribellano? Perché non lo rimandano a calci da dove è venuto? Cosa vuol dire? Che la cosa migliore è comportarsi male?"

«"La logica dell'amore", ho risposto allora, "è una specie di non logica, spesso segue vie incomprensibili per il nostro intelletto. C'è la gratuità nell'amore, è questo che stentiamo ad accettare. Nella logica normale tutto ha un peso e un contrappeso, c'è un'azione e una reazione, tra una e l'altra c'è sempre un rapporto conosciuto. L'amore di Dio è diverso, è un amore per eccesso. Il più delle volte, invece di aggiustare, sovverte i piani. È questo che sbalordisce, che fa paura. Ma è anche questo che permette al figlio sbandato di tornare alla casa accolto non dall'astio ma dalla gioia. Ha sbagliato, è stato confuso, forse anche ha fatto del male ma poi torna, non torna per caso ma sceglie. Sceglie di tornare nella dimora del Padre."

«Avevo concluso dicendo: "La porta è sempre aperta, capisci? Vuol dire anche questo".

«Andrea era rimasto un po' sovrappensiero, poi si era alzato e mi aveva augurato la buona notte.

«La mattina dopo, fino a una cert'ora, non mi sono preoccupata. Spesso Andrea compariva intorno alle dieci. L'ansia mi ha presa verso mezzogiorno. Ho bussato alla sua porta e nessuno ha risposto. Allora sono entrata, la cella era deserta, sul letto c'erano un quaderno e una matita, per terra i suoi stivali sporchi di fango. A quel punto l'ansia è diventata panico. Ho aperto una dopo l'altra tutte le porte delle celle, poi sono corsa fuori, verso il ripostiglio degli attrezzi. Mentre attraversavo il cortile, oltre il vetro dello sgabuzzino, ho visto le sue gambe penzolare dal soffitto. Poco lontano dalla porta c'era della terra smossa, prima di uccidersi si era scavato la fossa.»

È seguito un lungo silenzio.

«È stato terribile», aveva ripreso poi la suora, «terribile. Andrea era una piantina che cominciava a spuntare, è venuta la grandine e l'ha portata via. Sono arrivata addirittura a pensare che tutta la serenità che aveva dimostrato quei giorni fosse dovuta unicamente al fatto che aveva già deciso. Era la morte, la fine del dolore, a renderlo allegro. Ma forse non è così, mi sbaglio, la sua luce era vera luce, proprio per questo ha avuto paura. Ha commesso l'errore di giudicarsi con il suo metro di uomo, non è stato capace di pietà per se stesso, non poteva averla. Un'anima che se ne va così è un'anima sconfitta. Una sconfitta sua, una sconfitta nostra. Adesso più che mai Andrea ha bisogno di aiuto, per questo la prima sera le ho chiesto di pregare, per aiutarlo a superare il peso del suo gesto.»

«Io non so pregare», le ho detto.

Mi ha guardato, il suo sguardo era tornato limpido.

«Nessuno lo sa. Per imparare bisogna prima mettere da parte l'orgoglio.»

## V

Dal paese a valle partiva una corriera al giorno per Lubiana. Ogni mattina raccoglievo le mie poche cose, deciso a partire. Ogni sera ero ancora lì, davanti al fuoco, con la suora. Dopo dieci giorni ho svuotato la borsa e l'ho gettata sopra l'armadio. Nelle notti gelate e solitarie, ho capito che partire non sarebbe stato altro che continuare a comportarmi come avevo sempre fatto.

Si fugge quando qualcosa ci insegue. Alle spalle io avevo solo fantasmi, chi sfugge ai fantasmi corre incontro alla follia.

C'erano quattro croci dietro di me, la croce di mia madre, quella di mio padre, la croce di Andrea e quella della mia ambizione. Stavano tutti sepolti sotto uno spesso strato di terra. Non avevo più bisogno di agire per dimostrare qualcosa a qualcun altro, neppure a me stesso. Ormai sapevo che tutte le mie azioni erano state soltanto reazioni, tutti i movimenti che avevo compiuto li avevo compiuti in contrasto alla volontà di altri. Adesso in me non c'era più moto ma inerzia. Ero inerte e inerme. Avevo l'età di un uomo e mi trovavo nelle stesse condizioni di un bambino che viene al mondo. Sentivo che tutti quegli anni mi avevano lasciato addosso delle incrostazioni, ero una barca rimasta troppo a lungo senza cure in acqua. Potevo decidere di rompere gli ormeggi e andare per sempre alla deriva oppure di tirare lo scafo in secca, raschiarlo e verniciarlo fino a renderlo capace di tornare a navigare in mare aperto.

Nessuno mi aspettava a casa, la mia vita esisteva in me e nel cuore di nessun altro. Se fossi morto nessuno mi avrebbe rimpianto, non avevo un lavoro, uno scopo. Intorno a me c'era il deserto che spesso segue uno sfruttamento irrazionale della terra.

Di tanto in tanto, mentre lavoravo nell'orto o sistemavo una recinzione, mi comparivano davanti agli occhi scene della mia vita di Roma. Vedevo Orsa, sdraiata sul letto, e Neno seduto sul divano con le gambe accavallate. Vedevo la mia vita come si dice che la vedano le persone in punto di morte. Ormai ero lo spettatore e basta.

Entrambi mi avevano sostituito. Nel letto di Orsa c'era di sicuro qualcun altro e, accanto a Neno, un nuovo illuso pervaso dalla stessa mia smania di successo. Da lassù tutti gli accadimenti mi parevano soltanto una grande ruota, la ruota girava muovendo i suoi raggi. Pensavo alle nicchie ecologiche di cui tanto mi aveva parlato Andrea, avevo lasciato la mia vuota laggiù e subito era stata riempita da qualcun altro. Quel qualcun altro non sarebbe sfuggito al mio stesso destino: disprezzo e disperazione lo attendevano dietro l'angolo. Credeva di essere importante invece era solo un pagliaccio. Un pagliaccio che saltava e cantava, faceva capriole in mezzo a degli scheletri seduti nel deserto.

Non riuscivo a togliermi di mente la morte. Non la morte di Andrea o la mia, ma quella che colpiva le persone che si credevano onnipotenti.

Un giorno anche Federico sarebbe morto, e sarebbero morte le sue vallette dalle cosce lisce. Sarebbe morto Orio accasciato sui suoi puff imbottiti di soldi. Anche sullo sguardo da pantera di Orsa sarebbe scesa prima il velo della cataratta e poi quello della morte. Tutti avremmo avuto alla fine lo stesso identico letto, la lastra fredda di un obitorio. La dissoluzione era il filo di lana verso il quale correvamo. Correvano i vincitori e correvano i falliti. Lo si poteva vedere benissimo, in fondo al rettilineo. Eppure la maggior parte delle persone continuava a comportarsi come se non ci fosse. Continuavano a sentirsi giovani, sane e potenti, sicure che lo sarebbero state per sempre.

È stato come trovarmi, a un tratto, davanti a una montagna, c'era sempre stata, ma non ero mai riuscito a vederla. Eppure stava lì, stava lì fin dal giorno in cui il mio compagno di banco era morto e io avevo sentito intorno a me il vuoto. C'era quella montagna, quel vulcano, quell'iceberg e sulle sue pendici si svolgeva la vita. Era impossibile capirne il mistero senza arrivare alla vetta. Forse buttare l'esca per farmi arrivare al convento è stato l'unico atto di amore che Andrea abbia mai compiuto in tutta la sua vita.

La sera davanti al fuoco parlavo spesso con la suora, ero sorpreso di come lassù le parole avessero un peso diverso. Fino ad allora, senza che me ne rendessi davvero conto, ero stato immerso in un chiacchiericcio continuo. Parole parole e parole erano uscite dalla mia bocca e da quelle degli altri. Quelle parole non erano altro che il liquido nero che emette la seppia per confondere le acque. Si vedeva poco o niente ma non aveva importanza. Era comodo viverci dentro.

Ripensavo spesso allo «scusa» che aveva detto mio padre e a quello che aveva ripetuto Andrea.

«Perché», ho chiesto alla suora, «in punto di morte, tutti e due hanno ripetuto la stessa cosa?»

«Spesso soltanto la fine di un percorso», aveva risposto, «evidenzia ciò che c'è stato dietro. L'emergenza porta a vedere le azioni in una luce diversa. A un tratto si capi-

sce di aver sbagliato, è troppo tardi per cambiare le cose.
Per questo si chiede scusa. Lo chiederò anch'io», aveva
aggiunto, «lo chiederà anche lei. Nessuno può fare a meno di chiederlo. Non farlo sarebbe presunzione perché la
vita comunque è un cammino di errori. Solo pochissimi
conoscono la Luce dall'inizio, tutti gli altri procedono a
tentoni. E anche quando qualcuno giunge all'intuizione
dello Spirito, sbaglia ancora. Sbagliamo tutti per il semplice fatto di essere uomini, perché la nostra vista arriva solo
fino a un certo limite, non trapassa gli oggetti né scavalca
gli orizzonti. C'è sempre un angolo buio che non si riesce
a scorgere. Scivolare spesso è più facile che andare
avanti.»

Abbiamo parlato a lungo anche di tutti i discorsi che
Andrea e io avevamo fatto nell'adolescenza. Del modo in
cui ero stato affascinato dalle sue parole, del mio averlo
riconosciuto come una specie di maestro, e di come i suoi
discorsi fossero diventati il mio programma di vita.

Le faceva ancora molto male parlare di Andrea, si
capiva. Appena pronunciavo il suo nome, per un istante
la gioia luminosa del suo sguardo si appannava. Ma non
evitava l'argomento.

«La grande prigione di Andrea», mi ha detto una
sera, «era la sua estrema intelligenza. È stata lei a costruir-
gli una gabbia intorno, l'ha costruita con l'inganno, sedu-
cendo il suo stesso proprietario. Per troppo tempo gli ha
fatto credere di essere un potente cannocchiale, anzi, forse
addirittura un telescopio. Con quelle lenti poteva spaziare
dagli abissi della terra alla lontana luminosità delle stelle,
poteva tracciare traiettorie e stabilire i punti di caduta.
L'acutezza del suo pensiero lo faceva sentire onnipotente,
era convinto di vedere cose nascoste ai più. E in parte
forse era anche vero. Ma con l'abitudine di tenere gli occhi incollati su quello strumento, non si è reso conto che

davanti a lui si apriva solo un minuscolo spicchio della realtà. I cannocchiali avvicinano e ingigantiscono un angolo di visuale limitato, ci sono venti gradi là davanti e, tutto intorno, altri trecentoquaranta. Quando alla fine il suo sguardo si è staccato, non ha retto alla visione dell'insieme. Non è riuscito a sopportarla.»

«Bisogna essere stupidi?»

«No», mi ha risposto, «bisogna essere umili.»

«Vedi», ha proseguito, guardandomi negli occhi, «l'errore è credere che l'intelligenza sia un nostro merito. Più si è intelligenti, più si tende a crederlo. L'intelligenza stessa cova dentro di sé il germe della superiorità. Ma superiorità a cosa? A chi? Non siamo noi che facciamo l'intelligenza. L'intelligenza è un dono, una specie di piccolo tesoro di cui dobbiamo avere una gran cura. Ci viene soltanto affidata, dobbiamo rispettarla, aver fiducia in lei. Nessuno può decidere di essere intelligente, capisci? Nessuno può pretenderlo, come nessuno può decidere "quanto" essere intelligente. Basterebbe soffermarsi per un attimo su questo per sbarrare la strada all'orgoglio.

«Un giorno però ci verrà chiesto di rendere conto di come l'abbiamo impiegata. Probabilmente conosci la parabola dei talenti. La grande confusione è il mischiare il sapere con il potere, pensare che l'intelligenza da sola serva a dominare le cose, a possederle, a plasmarle. Le cose e le persone. Ma senza umiltà, senza compassione l'intelligenza è solo la misera parodia di se stessa. Tu credi che ti renda libero e invece ti imprigiona. Invisibile e paziente, costruisce intorno a te una gabbia. Stai lì e credi di avere un respiro più vasto. Quando ti accorgi che non è così, spesso è tardi. Hai paura di uscire come gli animali vissuti troppo a lungo in prigionia.

«Io sono abbastanza vecchia, per aver visto scorrere una gran parte di secolo. Posso ormai dire che è questo il male del nostro tempo. L'intelligenza superba, nutrita soltanto di se stessa. A un certo punto è andato smarrito il timore di Dio, le azioni sono diventate vuote, avulse da un progetto più grande. Dove c'è il vuoto c'è l'Irrazionale. Scivola rapido dappertutto e, dappertutto, sparge la sua follia. Quello che c'è stato – quello che c'è – dipende da questo. Senza rispetto, senza amore, l'uomo è soltanto uno scimmione che corre per il mondo con le mani sporche di sangue.»

«L'Irrazionale chi è?» avevo allora domandato.

«Lo chiami come lo vuole chiamare. I suoi nomi sono molti, ma la sua azione una sola.»

«E cioè quale?»

«Distruggere i destini. Seminando oscurità, rende l'uomo estraneo a se stesso.»

Nei mesi trascorsi insieme ho imparato a conoscere la sua fragilità e la sua forza. La fragilità del suo essere anziana, la forza senza tempo del suo pensiero. Ripensavo spesso al senso di fastidio che avevo provato la prima volta che l'avevo vista.

Anch'io, come Andrea e come tutti gli altri, avevo in mente soltanto il cliché della suora. Avevo giudicato l'abito invece di vedere la persona. Pensavo a una consolazione fastidiosamente mielosa, invece mi ero trovato davanti un essere umano che mi aveva parlato con una lucidità e una sapienza che non avevo mai trovato in nessun altro.

Così, alla fine, ho preso il coraggio a due mani e le ho fatto la domanda che da sempre mi tormentava. Il cardine intorno a cui ruotava la mia vita.

«Allora, il male... Perché esiste il male?»

Era un pomeriggio di marzo, stavamo seminando la bieta nell'orto. Lei si è rizzata in piedi, stava dritta in mezzo ai solchi con i semi in mano.

«Vuole proprio una risposta?»

«Sì.»

«La risposta è che non esiste nessuna risposta. Chiunque dica di saperlo, chiunque parli di premi e di castighi, sta mentendo. Quando muore un bambino che cosa si può dire? Niente. Si può solo imprecare contro il cielo o accettarne il mistero. Il male è sorpresa e scandalo. Si può combattere soltanto il male più piccolo, il male delle nostre azioni. Con una parola, con un gesto si può aumentare il male presente nel mondo o diminuirlo. Decidere in un senso o nell'altro dipende solo da noi.»

«Guardi questi semi di bieta», aveva aggiunto, «guardi come sono sgraziati, anzi decisamente brutti. Se uno non sapesse ciò che sono, potrebbe addirittura pensare che siano gli escrementi di qualche piccolo roditore. Invece qui, in questi pochi millimetri cubi di materia, c'è tutto. C'è energia raccolta e il progetto di una crescita. Le grandi foglie verdi che a giugno ombreggeranno la terra dell'orto, sono già tutte qua dentro. Molte persone si emozionano davanti ai grandi spazi aperti, le montagne o il mare. Soltanto così si sentono in comunione con il respiro dell'universo. A me è sempre successo il contrario. Sono le cose piccole a darmi la vertigine dell'infinito.

«Il seme di una zucca, ad esempio, si può mangiare oppure mettere in terra. Nel primo caso non succede niente, ma nel secondo, in capo a qualche mese, spunta una pianta enorme, con le sue foglie invade tutto l'orto. Sembra quasi una pianta magica e tra le foglie compaiono le zucche. Sono tonde, lucide. Se le apri il loro colore è il colore del sole al tramonto. Allora ti fermi e ti chiedi, da dove viene tutto questo? È molto difficile tornare indietro, alla piccolezza dei semi. Ma c'era il progetto, capisce? Il compito di quella piccola entità era proprio diventare quella luce arancio racchiusa nella scorza.

«Siamo tutti semi gettati sulla terra, è questo che dimentichiamo troppo spesso.»

Della sua vita sapevo poche cose. Provava una sorta di pudore a parlare di sé. Rispondeva soltanto se le facevo domande, di suo aggiungeva unicamente quello che avrebbe potuto aiutarmi nel cammino di comprensione.

Così mi aveva raccontato che, prima di entrare in convento, aveva studiato matematica. La sua intelligenza era assetata di perfezione, per questo si era rivolta a quel genere di studi. Per molto tempo era stata convinta che calcoli e teoremi potessero dare un nome e una legge a ogni cosa.

Insegnava già da anni in un liceo quando la sua famiglia era stata sterminata dagli ustascia. Lei si era salvata perché era andata in cantina a prendere del vino.

Davanti all'irrompere del male aveva sentito quanto era piccolo quel sapere che aveva creduto enorme. Non riusciva a darsi pace di essere sopravvissuta alla sua famiglia.

«Dopo lo sterminio, ho vissuto per anni con il cuore avvolto in una morsa di spine. Avrei preferito una lama. Le lame uccidono. Le spine rendono soltanto doloroso ogni respiro.

«Per anni ho vagato per l'Europa come un cane selvatico. Nessun luogo, nessun rapporto era in grado di donarmi uno stato diverso dallo stordimento. La luce che si irradiava su ogni alba dei miei giorni era la luce dell'odio. Odiavo coloro che avevano ucciso, odiavo mio padre e i princìpi per i quali si era fatto uccidere. Odiavo il mio sapere che era grande e inutile come una rete da pesca con le maglie rotte.

«Per molto tempo», aveva aggiunto, «il mio cielo è stato illuminato soltanto dal bagliore degli incendi. Le fiamme correvano da una parte all'altra mosse dal vento, lambivano e bruciavano ogni cosa senza mai fermarsi a chiedere il permesso.»

Aveva fatto una pausa, come a riprendere fiato, e con voce più bassa aveva continuato.

«Poi un giorno, viaggiando in treno, ho trovato un Vangelo abbandonato sul sedile accanto al mio. Non avevo niente da leggere e così l'ho preso in mano. Era primavera e il convoglio procedeva piano, dal finestrino giungeva il profumo intenso delle acacie in fiore. L'ho aperto a caso, a caso ho posato gli occhi su una riga. C'era scritto: *"Vi lascio la pace, vi dò la mia pace, non ve la dò come il mondo la dà"*.

«Quelle parole mi sono entrate subito dentro. Una volta entrate, si sono trasformate in un chiodo, in una trivella. Hanno aperto un piccolo foro nell'oscurità che da troppo tempo avvolgeva i miei giorni. Dal foro è entrata la luce, all'inizio era appena un filo, andava, veniva, c'era e non c'era. Alle volte, addormentandomi la sera, mi rivolgevo a qualcuno di cui non conoscevo ancora il volto. "Ti prego", dicevo, "fa' che questo filo di luce non scompaia, fa' che domani ci sia ancora".

«Ero come un'assetata. Un'assetata che scopre una goccia d'acqua su una roccia. Sapevo che da lei dipendeva la mia salvezza. Quello che non sapevo ancora era se, là sotto, c'era una falda o se si trattava soltanto di un po' di rugiada. Avevo camminato a lungo in un deserto di pietra. Camminando e camminando, mi ero convinta che tutto il mondo fosse così, arso, aspro, senza nessuna forma di vita, senza nessuna luce se non quella degli incendi che, camminando, mi portavo dentro. Poi, di colpo, davanti a me è comparsa un'oasi. C'erano le palme, i fiori, il canto degli uccelli, i frutti e il gorgoglio continuo di una sorgente. Poteva essere un miraggio, poteva non esserlo. Come saperlo? Soltanto avvicinandomi mi sono accorta che quell'ombra era vera ombra e quell'acqua vera acqua. Mentre scendeva fresca nel mio corpo tutt'a un tratto è successa una cosa strana, qualcosa è cambiato nel mio sguardo. Il velo opaco che per tanto tempo l'aveva coperto è scomparso. Gli occhi erano sempre i miei, ma ciò che vedevo era diverso.»

«Diverso come?» avevo chiesto.

«Diverso per la gioia.»

Era sera tardi, abbiamo parlato ancora per un po'. Mi ha raccontato del suo ingresso in convento e dei lunghi anni passati in India a curare i moribondi.

«Desiderava punirsi?» le ho domandato quando ci siamo alzati.

Lei ha sorriso come davanti alla domanda di un bambino.

«Punirmi?» aveva risposto, «e per cosa?»

Poi, con passi leggeri era scomparsa in fondo al corridoio.

# VI

Suor Irene è morta il due dicembre dell'inverno seguente.

È morta di quel lento abbandono di cui muoiono le persone sane e molto vecchie. Già nell'estate aveva cominciato ad avere difficoltà a camminare, in ottobre si era messa a letto. Non aveva voluto che chiamassi un dottore né che la portassi in ospedale.

Così ho cominciato a prenderla in braccio. Chissà perché mi aspettavo che fosse pesante, invece era leggerissima.

Le prime volte sembrava essere un po' in imbarazzo, da troppi anni era lei a occuparsi degli altri, non era pronta a sopportare il contrario.

Dopo qualche giorno, però, si è affidata. Invece di tenere la testa dritta, l'ha posata sul mio petto. Da un uccellino curioso che si sforza di guardare fuori dal nido è diventata un uccellino stanco, sentivo le sue dita lunghe e fredde sul mio collo.

In altri tempi quel contatto mi avrebbe irritato. Ma qualcosa era cambiato in me. Pensavo a mia madre e alla sua agonia solitaria e sentivo di emanare più calore. Curando lei, curavo le persone che mi erano passate accanto ed erano morte senza che riuscissi a sfiorarle, a scalfire la loro solitudine, il loro dolore.

La sua voce seguiva il declino del corpo, di giorno in giorno diveniva più flebile. Solo il pensiero era rimasto immutato. La lucidità, la precisione delle sue parole erano quelle di sempre. Per non lasciarla sola avevo sistemato varie brandine in giro per il convento. Dove andavo io veniva anche lei.

«Siamo come il paguro e l'anemone», ha detto un giorno, «tu cammini e io ti seguo. Anche se non voglio lo devo fare lo stesso.»

Quella improvvisa intimità ci aveva portati a darci del tu. Con il tu era nata un'altra dimensione di rapporto. Non ci urlavamo più le cose come due alpinisti in cima a due picchi, le nostre frasi avevano finito per somigliare sempre più a sussurri.

Un giorno, attraversando il chiostro, ha detto:

«Sono venuta qui per morire sola. Volevo andarmene con discrezione, senza dare fastidio a nessuno. Invece sei arrivato tu e adesso tutto ruota intorno a me. Mi tocca venir trasportata dalla mattina alla sera come fossi un Gran Visir».

Alle volte era più triste, si lamentava del fatto che mi occupassi troppo di lei.

«Non ne vale la pena», diceva. «Vai a passeggiare, vai a svagarti. Sei giovane, hai tanta energia nel corpo.»

«Non c'è nient'altro che voglia fare, se non questo.»

«Per punirti?» aveva chiesto lei.

«No, per mortificare il tuo orgoglio.»

La mia battuta l'aveva fatta sorridere.

«Hai ragione, con l'età l'orgoglio peggiora.»

Le sue parole sulla diversità della gioia per tutti quei mesi avevano continuato a tormentarmi. Avevo imparato ad alzarmi all'alba, svegliandomi mi capitava sempre più spesso di provare una sensazione nuova. Mi sentivo allegro. Non c'era un motivo preciso, un'idea. Anche la più piccola cosa mi faceva sorridere, nel mio sguardo c'era meraviglia, non altro. Era come se una parte di me stesse cominciando a dilatarsi, a respirare in modo diverso. Pensavo spesso al piccolo foro da cui entrava la luce di cui mi aveva parlato suor Irene.

Una mattina, mentre inginocchiato sulla terra dell'orto piantavo dei cavoli, all'improvviso le ho chiesto:

«La Grazia è gioia?»

Era molto stanca. Invece di rispondermi ha abbassato le palpebre, in segno di assenso.

Stupidamente ho aggiunto: «Perché?»

Allora lei ha sollevato piano un braccio, con lo sguardo ho seguito il suo gesto, sopra di noi c'era un castagno carico di frutti, più sopra il grande silenzio luminoso del cielo.


È stata lucida fino agli ultimi giorni, in quelle ore non l'ho mai abbandonata.

Quando ha preso la mia mano tra le sue e ha mormorato «scusa» la pioggia batteva sui vetri.

Ha smesso di respirare poco prima dell'alba.

L'ho pettinata, lavata. L'ho composta sul letto. A fianco ho acceso due candele bianche.

Poi ho messo la giacca a vento e sono andato a fare una passeggiata.


Il cielo era ancora scuro ma aveva smesso di piovere. Ho imboccato il piccolo sentiero che dal convento portava su, in cima al monte. Mi sentivo leggero, straordinariamente leggero. C'era dolore in me ma anche il senso di una libertà diversa.

Camminando, pensavo al lungo anno trascorso insieme, alla sua mano con i semi dentro, alla sua gioia e alla sua durezza. Pensavo al caso che aveva fatto incontrare le nostre vite, al fatto che, forse, fin dal momento della mia nascita, io ero destinato ad arrivare in quel posto.

Alle mie spalle avevo i lunghi anni di confusione, tutto il dolore che avevo provato e tutto il dolore che avevo provocato. Devo risalire molto indietro per arrivare a un punto nel quale era possibile ricomporre la mia persona. Un punto prima delle chiacchiere. Un punto prima della vanità dell'ambizione. In quell'anno tutte le incrostazioni lentamente erano scomparse. Non avevo più paraocchi né stampini per vedere le cose. L'intelligenza si stava stemperando in qualcos'altro.

A questo qualcosa non avevo ancora dato un nome, sapevo però di averlo già incontrato almeno una volta. Era stato quando, da ragazzo, avevo accarezzato gli agnelli che andavano a morire. Era stato appena un lampo. Un lampo che aveva svelato una forma diversa di comprensione. A sedici anni l'avevo scambiata per arte. Adesso sapevo che si trattava soltanto del sentimento della compassione.

D'un tratto, davanti ai miei occhi, è comparsa l'immagine di un bambino che veniva al mondo. Era mio padre. Non era solo. Dietro di lui c'era mia madre e poi Andrea, Neno, Federico, Orio, Orsa. C'erano loro e c'era il piccolo corpo rugoso di suor Irene. E dopo suor Irene, il mio. Un giorno lontano eravamo stati tutti nudi, inermi, fragili e stupefatti. Avevamo avuto tutti lo stesso sguardo, quel giorno. Uno sguardo privo di pregiudizio, luminoso di gioia. C'era qualcosa di struggente in quell'immagine, qualcosa che mi bruciava dentro. In fondo, ho pensato continuando a inerpicarmi su per il monte, per smettere di odiarsi basterebbe vedere le persone così.

Se avessi ricordato mio padre come un neonato, invece che come un ubriacone, sarebbe sparito ogni rancore. L'unico sentimento possibile sarebbe stata la commozione. La stessa identica commozione che avevo provato accanto al suo letto di morte.

Commozione e compassione.

Commozione per la nudità, compassione per la sua fragilità. La stessa commozione e la stessa compassione che adesso provavo per tutte le esistenze che andavano avanti ignote a se stesse. Per le esistenze compresse, schiacciate, monche, oppure esplose. Per le esistenze che scorrevano via come sabbia tra le dita di un bambino. Compassione per quell'enorme ghirlanda di vite che ci intreccia gli uni agli altri, senza alcuna distinzione. Estranei al mistero del primo sguardo, confusi nel tragitto, impauriti all'ultimo istante.

Crescere non vuol dire dimenticare quello stato, ma riacquistarlo. Ritrovare il nostro sguardo originario.

Quando sono arrivato in cima al monte, il vento ha cominciato a soffiare, la temperatura è ulteriormente scesa. Stavo lì in piedi e non c'era altro rumore che il suo sibilo, lo stesso identico suono che riempiva di incubi le mie notti di bambino.

Stavo lì in piedi e sapevo che lei era morta. Sapevo questo e sapevo anche che era viva, avevo una percezione quasi fisica della sua presenza al mio fianco.

Lassù ho capito che la morte non mi faceva più paura, perché morte e vita sono due forme diverse di esistere. Stando lì in piedi ho compreso anche che dentro di me non c'era più spazio per il vuoto. Che il vuoto esiste soltanto finché non si assimila la morte.

Stavo lì in piedi ed ero felice di quel vento. Felice del vento, della terra, della pioggia che cade e fa crescere le piante.

Stavo lì e non ero più io ma il respiro delle balene addormentate nella profondità del mare. Ero un leone che camminava nella savana e la gazzella che si abbeverava al fiume. Ero il seme e la pianta e il piccolo cavallo che traballa sulle zampe. Ero il cavallo, la pianta e l'elefante morente, il suo corpo enorme e saggio che si accascia stanco.

Ero quest'universo di respiro e di crescita. Ero tutto questo ed ero anche un uomo, ed era questo mio essere uomo che mi faceva piangere perché l'uomo vive nella grandezza e nella magnificenza dell'universo senza mai rendersene conto. Distrugge, consuma, asserve tutta l'immensa bellezza intelligente che gli è stata data in dono.

Stavo lì in piedi e singhiozzavo. A un tratto il vento è sceso e ha cominciato a cadere la neve. Non era nevischio ma fiocchi grossi, mi cadevano addosso e si scioglievano, cadevano sul paesaggio circostante e lo coprivano.

Allora mi sono mosso per tornare indietro, il sentiero era già bianco e i miei passi suonavano in modo diverso.

Poco prima del convento ho incontrato un cervo con grandi corna. Strofinava il collo e il muso contro la corteccia di un albero, la neve si posava regolare sul suo corpo.

Credevo che sarebbe fuggito, vedendomi. Invece è stato fermo. Aveva occhi straordinariamente neri, straordinariamente lucidi, con lunghe ciglia ghiacciate. Non aveva paura, non c'era giudizio né sfida nel suo sguardo. Mi osservava e basta.

«Gli uomini amano uccidere gli animali perché hanno invidia della loro naturale grazia», mi aveva detto una volta suor Irene.

Quando il cervo si è mosso, ho pensato che aveva ragione. C'era una Grazia nel mondo vivente e l'uomo faceva di tutto per esserne escluso.

Quando sono entrato nella sua cella, le candele stavano per estinguersi. Ho bagnato due dita e le ho spente. Poi le ho sostituite.

Sono rimasto accanto a suor Irene tutto il pomeriggio

e tutta la notte. Più volte, osservandola nella luce incerta delle fiammelle, ho avuto l'impressione che sorridesse.

«Adesso hai capito», mi aveva detto uno degli ultimi giorni.

«È una domanda?»

«No, è un'affermazione.»

«Capito cosa?»

«La cosa più semplice, cos'è l'amore.»

«E cos'è?»

«È attenzione.»


La mattina dopo, secondo le sue volontà, ho avvolto il suo corpo in un telo bianco. C'erano grandi nubi opache e immobili.

Ho dovuto spalare parecchia neve prima di arrivare alla terra e parecchia terra prima di riuscire a seppellirla.

Intorno a lei c'erano tutte le consorelle morte e il corpo inquieto di Andrea.

Mi aveva dato un foglietto da leggere. Era la preghiera semplice di san Francesco.

Quando ho letto: «*Perdonando si è perdonati. Morendo si risuscita a vera vita*», dal cielo ha ripreso a cadere la neve

# I MITI

G. García Márquez, *Cent'anni di solitudine*
Giorgio Forattini, *Andreácula*
George Orwell, *La fattoria degli animali*
Marco Lombardo Radice, Lidia Ravera, *Porci con le ali*
Erich Fromm, *Avere o essere?*
Ernest Hemingway, *Il vecchio e il mare*
John Grisham, *L'uomo della pioggia*
Hermann Hesse, *Il lupo della steppa*
P.D. James, *Sangue innocente*
Sidney Sheldon, *Padrona del gioco*
Stephen King, *Il gioco di Gerald*
Ezio Greggio, *Presto che è tardi*
Enrico Brizzi, *Jack Frusciante è uscito dal gruppo*
Kuki Gallmann, *Notti africane*
Patricia Cornwell, *Insolito e crudele*
Barbara Taylor Bradford, *La voce del cuore*
Francis Scott Fitzgerald, *Il grande Gatsby*
Ken Follett, *Un luogo chiamato libertà*
Stefano Zecchi, *Estasi*
Sebastiano Vassalli, *La chimera*
Dean Koontz, *Il fiume nero dell'anima*
Alberto Bevilacqua, *L'Eros*
Luciano De Crescenzo, *Il dubbio*
John le Carré, *La passione del suo tempo*
Robert James Waller, *I ponti di Madison County*
Rosamunde Pilcher, *I cercatori di conchiglie*
Aldo Busi, *Seminario sulla gioventù*
Susanna Tamaro, *Va' dove ti porta il cuore*
Stephen King, *Misery*
G. García Márquez, *Cronaca di una morte annunciata*
Patricia Cornwell, *La fabbrica dei corpi*
Luciano De Crescenzo, *Panta rei*
David B. Ford, *Il potere assoluto*

Robert Harris, *Enigma*
Frederick Forsyth, *Il giorno dello sciacallo*
*Topolino & Paperino, 40 anni di grandi storie Disney*
John Grisham, *La Giuria*
Willy Pasini, *Intimità*
Sveva Casati Modignani, *Disperatamente Giulia*
John le Carré, *La spia che venne dal freddo*
Anthony De Mello, *Chiamati all'amore*
*Il diario di Anna Frank*
Patricia Cornwell, *Oggetti di reato*
Margaret Mitchell, *Via col vento*
Andrea De Carlo, *Treno di panna*
Tiziano Sclavi, *Dylan Dog*
Luciano De Crescenzo, *Ordine e Disordine*
Frederick Forsyth, *Icona*
Paolo Maurensig, *Canone inverso*
Fabio Fazio, *Anima mini tour*
Ken Follett, *Il terzo gemello*
Thomas Keneally, *La lista di Schindler*
Omero, *Odissea*
Susanna Tamaro, *Per voce sola*
Ian McEwan, *Lettera a Berlino*
Gino & Michele, Matteo Molinari, *Anche le formiche
nel loro piccolo si incazzano*
Madre Teresa, *Il cammino semplice*
Roberto Benigni, *E l'alluce fu*
Dean Koontz, *Intensity*
Dominique Lapierre - Larry Collins, *Stanotte la libertà*
Bonelli - Galleppini, *Tex la leggenda*
Enzo Bettiza, *Esilio*
Patricia Cornwell, *Quel che rimane*
G. García Márquez, *Notizia di un sequestro*
Rosamunde Pilcher, *Le bianche dune della Cornovaglia*